Tercera muchacha

Biblioteca Agatha Christie

Agatha Christie
Tercera muchacha

Traducción de Alberto Coscarelli

Planeta

Avda. Diagonal, 662-664, 08034 Barcelona (España)
www.planetadelibros.com

Publicado de acuerdo con Grupo Planeta Argentina S.A.I.C.

Diseño de la cubierta: Booket / Área Editorial Grupo Planeta
Ilustración de la cubierta: © David Sierra
Primera edición en Colección Booket: octubre de 2024
Segunda impresión: enero de 2025

Depósito legal: B. 14.336-2024
ISBN: 978-84-08-29372-9
Composición: Realización Planeta
Impresión y encuadernación: QP Print
Printed in Spain - Impreso en España

Biografía

Agatha Christie es conocida en todo el mundo como la Dama del Crimen. Es la autora más publicada de todos los tiempos, tan solo superada por la Biblia y Shakespeare. Sus libros han vendido más de dos mil millones de ejemplares en todo el mundo. Escribió un total de ochenta novelas de misterio y colecciones de relatos breves, más de veinticinco obras de teatro y seis novelas escritas con el pseudónimo de Mary Westmacott. Probó suerte con la pluma mientras trabajaba en un hospital durante la Primera Guerra Mundial, y debutó en 1920 con *El misterioso caso de Styles*, cuyo protagonista es el legendario detective Hércules Poirot, que luego aparecería en treinta y tres libros más. Alcanzó la fama con *El asesinato de Roger Ackroyd* en 1926, y creó a la ingeniosa Miss Marple en *Muerte en la vicaría*, publicado por primera vez en 1930. Se casó dos veces, una con Archibald Christie, de quien adoptó el apellido con el que es conocida mundialmente como la genial escritora de novelas y cuentos policiales y detectivescos, y luego con el arqueólogo Max Mallowan, al que acompañó en varias expediciones a lugares exóticos del mundo que después usó como escenarios en sus novelas. En 1961 fue nombrada miembro de la Real Sociedad de Literatura y en 1971 recibió el título de Dama de la Orden del Imperio Británico, un título nobiliario que en aquellos días se concedía con poca frecuencia. Murió en 1976 a la edad de ochenta y cinco años. Sus misterios encantan a lectores de todas las edades, pues son lo suficientemente simples como para que los más jóvenes los entiendan y disfruten, pero a la vez muestran una complejidad que las mentes adultas no consiguen descifrar hasta el final.

www.agathachristie.com

A Norah Blackmore

Personajes

Relación de los principales personajes que intervienen en esta obra:

DAVID BAKER: un *beatnik* moderno, que corteja a Norma.

BATTERSBY: directora, ya retirada, del colegio en el que estudió Norma.

CHARPENTIER: dama algo madura, muerta misteriosamente por defenestración.

FRANCES CARY: completa, con Norma y Claudia, el trío de muchachas que viven juntas.

GEORGE: ayuda de cámara de Hércules Poirot.

GOBY: empleado en una agencia de investigación, de la que se sirve Poirot.

SIR RODERICK HORSEFIELD: ya muy anciano, fue miembro de los Servicios Secretos. Tío de Andrew.

LOUISE: examante de Andrew Restarick.

MCFARLANE: administrador del piso de las tres muchachas.

NEELE: inspector jefe de policía.

ARIADNE OLIVER: dama escritora de relatos detectivescos, amiga de Poirot.

HÉRCULES POIROT: nuestro ya bien conocido detective belga.

CLAUDIA REECE-HOLLAND: empleada de Andrew, comparte piso con Norma.

ANDREW RESTARICK: acaudalado hombre de negocios casado en segundas nupcias con Mary.

MARY RESTARICK: segunda esposa de Andrew, madrastra de Norma.

NORMA RESTARICK: la tercera muchacha. Hija de Andrew.

SIMON: hermano, ya difunto, de Andrew Restarick.

SONIA: joven secretaria de sir Roderick.

STILLINGFLEET: doctor, especialista en psiquiatría.

WEST: apellido que utiliza algunas veces Norma.

Capítulo 1

Hércules Poirot se había sentado a desayunar. Junto a su mano derecha había una taza de chocolate humeante. Siempre había sido aficionado a los dulces. Para acompañar el chocolate tenía un *brioche*, el complemento ideal. Asintió complacido. Lo había adquirido en la cuarta pastelería que había visitado. Se trataba de una *pâtisserie* danesa, pero muy superior a la supuestamente francesa que había en el barrio. Esta, sencillamente, era un fraude.

Se sintió satisfecho desde el punto de vista gastronómico. Su estómago estaba en paz. También lo estaba su mente, quizá en exceso. Había acabado su *Magnum opus*, un análisis de los grandes escritores de novela policíaca. Se había permitido hablar mordazmente de Edgar Allan Poe, se había quejado de la falta de método y de orden en los románticos relatos de Wilkie Collins, había puesto por las nubes a dos autores norteamericanos prácticamente desconocidos y, de muy diversas maneras, había concedido honores allí donde se merecían y escatimado sin piedad cuando juzgó que eran inmerecidos. Había seguido todo el proceso de impresión, había repasado las pruebas y, aparte de un número de erratas realmente increíble, había dado el visto bueno. Había disfrutado mucho con este proyecto literario, aunque algunas veces había resoplado de disgusto mientras estrellaba el libro contra el suelo (pese a que nunca se había olvidado de recogerlo y arrojarlo a la papelera como estaba mandado), pero había gozado lo suyo en las escasas ocasiones en las que su aprobación estaba plenamente justificada.

¿Y ahora qué? Se había tomado un grato interludio de relajación, muy necesario después de una tarea intelectual. Sin embargo, no se podía permanecer relajado eternamente, había que pasar a la siguiente tarea. Por desgracia, no tenía ni la más remota idea de cuál podría ser. ¿Algún otro proyecto literario? Creía que no. Las cosas se hacen bien una sola vez, y no hay que volver a tocarlas. Este era su lema. El problema era que se aburría. Toda aquella extenuante actividad mental a la que se había dedicado había sido un exceso. Le había hecho adquirir malos hábitos, le había hecho sentirse ansioso.

¡Deplorable! Meneó la cabeza y bebió otro sorbo de chocolate.

Se abrió la puerta y entró el impecable George, su ayuda de cámara. Su actitud era respetuosa, aunque reflejaba una ligera incertidumbre. Carraspeó discretamente.

—Acaba de llegar una... —anunció en voz baja y se detuvo— joven señorita.

Poirot le miró sorprendido y con ligera expresión de reproche.

—No recibo a nadie a estas horas —protestó.

—No, señor —ratificó George.

Amo y criado intercambiaron una mirada. La comunicación entre ellos algunas veces estaba plagada de dificultades. George, por el tono, el matiz o la elección de determinadas palabras, podía dar a entender que se podía averiguar algo más si se formulaba la pregunta adecuada. Poirot consideró cuál podría ser la pregunta correcta en este caso.

—¿La señorita es bien parecida?

—No desde mi punto de vista, señor, aunque no hay nada escrito en materia de gustos.

Poirot estudió la respuesta. Recordó la breve pausa que George había intercalado antes de «joven señorita». George era un fino observador de las clases sociales. Tenía sus reservas sobre la condición social de la visitante, pero le había otorgado el beneficio de la duda.

—¿Es usted de la opinión de que es una joven señorita más que, digamos, una muchacha?

—Creo que sí, señor, aunque no siempre es sencillo saberlo en estos tiempos —manifestó George con auténtico pesar.

—¿Ha mencionado algún motivo para justificar su visita?

—Ha manifestado —respondió George pronunciando las palabras con cierto desagrado y como si pidiera disculpas por anticipado— que desea consultarle sobre un asesinato que pudo haber cometido.

Hércules Poirot lo miró fijamente. Enarcó las cejas.

—¿Pudo haber cometido? ¿No lo sabe?

—Eso es lo que ha dicho, señor.

—Muy poco satisfactorio, aunque posiblemente interesante.

—Quizá se trate de una broma, señor —señaló George con un tono de duda.

—Supongo que cualquier cosa es posible —admitió Poirot—, pero nadie diría que... —Cogió la taza—. Hágala pasar dentro de cinco minutos.

Poirot se acabó el chocolate. Dejó la taza sobre la mesa y se levantó. Se acercó a la chimenea y se atusó los bigotes cuidadosamente, mirándose en el espejo que estaba sobre la repisa. Satisfecho, volvió a su silla y aguardó la llegada de su visitante. No sabía muy bien qué podía esperar.

Quizá confiara en ver a alguien que se acercaba a su concepto de perfección femenina. No se había olvidado de la manida frase «una belleza en apuros». Se llevó una desilusión cuando George reapareció en compañía de la visitante. Meneó la cabeza y exhaló un suspiro para sus adentros. La joven no era una belleza ni mostraba la menor señal de angustia. Como mucho se podía hablar de una ligera perplejidad.

«¡Bah! ¡Esas muchachas! ¿Es que ni siquiera intentan hacer algo por ellas mismas? Bien maquillada, vestida con elegancia y el pelo peinado por un buen peluquero, quizá podría pasar. ¡Pero así!», se dijo.

La visitante era una joven de unos veintitantos años. El pelo largo, grasiento y de un color indeterminado, le caía sobre los hombros. Los ojos grandes y de un color azul verdoso parecían velados por la apatía. Vestía lo que en apariencia era el uniforme obligado de su generación. Botas altas de cuero negro, medias caladas de lana blanca de una limpieza discutible, una falda muy corta y un largo y muy amplio jersey de lana gruesa. Cualquier persona de la edad y generación de Poirot hubiera compartido el mismo deseo: meter a la muchacha en una bañera en el acto. Muchas veces había sentido ese impulso mientras caminaba por la calle. Había centenares de muchachas con el mismo aspecto. Todas parecían sucias. Sin embargo, había una contradicción en esas palabras: esta chica tenía todo el aspecto de haber sido sacada hacía muy poco de las aguas de un río. «Estas muchachas —se dijo— no eran en realidad sucias. Sencillamente se tomaban una infinidad de molestias para parecerlo.»

Se puso de pie con su habitual cortesía, le estrechó la mano y le acercó una silla.

—¿Deseaba usted verme, mademoiselle? Por favor, siéntese.

—¡Oh! —exclamó la joven con un leve jadeo. Miró a Poirot con mucha atención.

—*Eh bien?*

La joven vaciló durante un instante.

—Creo que prefiero quedarme de pie. —La mirada

de duda no desaparecía de los grandes ojos de la visitante.

—Como usted quiera. —Poirot volvió a sentarse y la miró, esperando en silencio.

La joven frotó un zapato contra el otro. Se miró los pies y después otra vez al detective.

—¿Es usted verdaderamente Hércules Poirot?

—Así es. ¿En qué puedo servirle?

—Verá, es algo difícil. Me refiero a que...

Poirot consideró que la joven necesitaba la ayuda de un apuntador.

—Mi criado me ha dicho que usted deseaba verme porque creía «ser la autora de un asesinato» —manifestó—. ¿Es eso correcto?

—Sí, lo es —asintió la visitante.

—Es obvio que no se trata de un asunto que admita ninguna clase de duda. Usted debe saber si ha cometido o no un asesinato.

—La verdad es que no sé muy bien cómo explicarlo.

—Venga —dijo Poirot con un tono bondadoso—. Siéntese. Relájese. Cuéntemelo todo.

—No creo... La verdad es que no sé cómo... Verá, todo es tan complicado. Acabo de cambiar de opinión. No quiero parecer descortés, pero creo que lo mejor será que me marche ahora mismo.

—Ánimo. Cuéntemelo.

—No, no puedo. Creía que podía venir aquí y preguntarle a usted qué debía hacer, pero no puedo continuar, entiéndalo. Todo es tan diferente a como...

—¿Como qué?

—Lo siento muchísimo y no quiero parecer grosera, pero...

Exhaló un suspiro tremendo, miró a Poirot, desvió la mirada y de pronto le espetó:

—¡Es usted demasiado viejo! Nadie me había dicho que

era usted tan viejo. Le aseguro que no quiero parecer impertinente, pero así son las cosas. Usted es demasiado viejo. Lo siento muchísimo.

Se volvió bruscamente y salió a trompicones de la habitación, como una polilla que se golpea con desesperación contra una bombilla eléctrica.

Poirot, boquiabierto, oyó el portazo.

—*Nom d'un nom d'un nom!* —exclamó.

Capítulo 2

I

Sonó el teléfono.

Hércules Poirot ni siquiera pareció darse cuenta del hecho.

Sonó con una aguda y molesta insistencia.

George entró en la habitación y se acercó al aparato, al tiempo que miraba a Poirot con una expresión interrogativa.

Poirot hizo un ademán.

—Déjelo.

George obedeció y salió de la habitación. El teléfono continuó sonando. El sonido, agudo y molesto, continuó hasta que se interrumpió bruscamente. Sin embargo, al cabo de un par de minutos volvió a sonar.

—¡Ah, *sapristi*! Tiene que ser una mujer. No hay ninguna duda de que es una mujer.

Exhaló un suspiro, se levantó y atendió la llamada.

—*Allô!*

—¿Es usted? ¿Hablo con monsieur Poirot?

—Sí, el mismo.

—Soy la señora Oliver. Su voz suena diferente. Al principio no la he reconocido.

—*Bonjour, madame*, ¿cómo está usted?

—Muy bien, gracias. —La voz de Ariadne Oliver sonaba con su optimismo habitual. La famosa escritora de novelas policíacas y Poirot eran buenos amigos.

—Sé que es un poco temprano para llamarle, pero quiero pedirle un favor.

—¿Sí?

—Se trata de la cena anual de nuestro Club de Autores Policíacos. Me preguntaba si usted aceptaría ser nuestro orador invitado de este año. Sería encantador por su parte que aceptara la invitación.

—¿Cuándo es la cena?

—El veintitrés del mes que viene.

La señora Oliver oyó un profundo y triste suspiro.

—¡Lo siento! Soy demasiado viejo.

—¿Demasiado viejo? ¿De qué demonios está hablando? Usted no tiene nada de viejo.

—¿Usted cree que no?

—Por supuesto que no. Es un hombre magnífico. Y nos podrá contar un montón de historias maravillosas sobre crímenes reales.

—¿Quién querrá escucharlas?

—Todo el mundo. Mis colegas... ¿Le pasa algo, Poirot? ¿Ha ocurrido algo grave? Parece usted alterado.

—Sí, estoy alterado. Mis sentimientos... ¡Bah!, no tiene importancia.

—Pero puede contármelo a mí.

—¿Qué sentido tiene montar tanto jaleo?

—¿Por qué no? Será mejor que venga y me lo cuente todo. ¿Cuándo vendrá? Esta tarde. Venga a tomar el té.

—No tomo té.

—Entonces un café.

—No es la hora del día en que acostumbro a tomar café.

—¿Chocolate? ¿Con nata por encima? O una tisana. Sé que le encantan las tisanas. ¿Limonada? ¿Una naranjada? Puedo hacerle un café descafeinado si lo consigo.

—*Ah, ça, non, par exemple!* Eso es una abominación.

—Uno de esos *sirops* que tanto le gustan. Tengo media botella de Ribena en un armario.

—¿Qué es un Ribena?

—*Sirop de cassis.*

—¡Vaya, hay que quitarse el sombrero ante usted! Sabe convencer, madame. Me siento conmovido por su interés. Aceptaré con placer tomar una taza de chocolate esta tarde.

—Bien, y de paso me contará que es eso tan grave que lo tiene tan alterado.

La señora Oliver colgó.

II

Poirot reflexionó durante unos momentos. Luego marcó un número de teléfono.

—¿El señor Goby? —preguntó cuando atendieron la llamada—. Le habla Hércules Poirot. ¿Está usted muy ocupado?

—Más o menos —respondió la voz del señor Goby—, tirando a más. Pero para complacerle a usted, monsieur Poirot, si es que tiene prisa, como suele ser el caso... Bueno, yo no diría que mis muchachos no puedan ocuparse de la mayor parte de lo que llevamos entre manos. Desde luego, ya no es tan sencillo como antes conseguir buenos colaboradores. En otros tiempos todo era muy distinto. Se creen que lo saben todo cuando todavía no han empezado a aprender. Pero qué se puede hacer. No se pueden esperar cabezas de viejos sobre hombros jóvenes. Estaré encantado de ponerme a su disposición, monsieur Poirot. Quizá pueda encargarle la tarea a un par de mis mejores muchachos. Supongo que se trata de lo habitual. ¿Recoger información?

El señor Goby escuchó atentamente mientras Poirot le explicaba con todo detalle cuál era el trabajo a realizar.

Después de hablar con el señor Goby, el detective belga llamó a Scotland Yard, preguntó por un viejo amigo y esperó unos minutos a que le pasaran la llamada. El hombre escuchó la petición de Poirot.

—No pide casi nada, ¿verdad? —comentó—. Un asesinato en cualquier parte. Hora, lugar y víctima desconocidos. Suena un poco como jugar a la gallinita ciega, ¿no le parece? —Hizo una pausa y añadió con tono de reproche—: ¡Por lo que se ve, no sabe usted absolutamente nada!

III

A las cuatro y cuarto de aquella tarde, Poirot se encontraba instalado en la sala de la señora Oliver disfrutando de un excelente chocolate con nata montada que su anfitriona acababa de servirle. Para acompañar, había añadido una fuente con lenguas de gato.

—*Chère madame,* cuánta bondad.

Por encima del borde de la taza, contempló con cierta sorpresa el peinado de la señora Oliver y el nuevo papel que tapizaba las paredes. Ambos eran una novedad. La última vez que había visto a su amiga, el estilo de peinado había sido sencillo y severo. Ahora mostraba una abundancia de tirabuzones y rizos dispuestos con un diseño de lo más intrincado. Sospechó que aquella lujosa exuberancia era en gran parte artificial. Consideró desde un punto de vista científico cuántos de aquellos tirabuzones y rizos podrían caer inesperadamente si se daba el caso de que la señora Oliver se levantara de un salto como tenía por costumbre. En cuanto al papel de la pared...

—¿Las cerezas son nuevas? —preguntó, señalándolas con la cucharilla. Tenía la sensación de estar sentado en medio de una plantación de cerezos.

—¿Cree usted que hay demasiadas? —replicó la escritora—. La verdad es que resulta muy difícil prever cuál es el efecto que producirá cuando se trata de empapelar. ¿Le parece que el anterior papel pintado quedaba mejor?

Poirot hizo un esfuerzo y recordó vagamente una legión de pájaros tropicales multicolores en una selva. Tuvo la tentación de comentar: *Plus ça change, plus c'est la même chose*, pero se contuvo.

—Ahora —añadió la mujer mientras el invitado dejaba la taza en el platillo, se arrellanaba en la butaca con un suspiro de satisfacción y se limpiaba discretamente los restos de nata de los bigotes— cuénteme qué le pasa.

—Se lo voy a contar en pocas palabras. Esta mañana ha venido a verme una muchacha. Sugerí que debía pedir una cita. Uno tiene sus rutinas, usted ya me comprende. La respuesta fue que deseaba verme de inmediato porque pensaba que cabía la posibilidad de que hubiera cometido un asesinato.

—¡Qué cosa tan extraña! ¿No estaba segura de algo así?

—¡Precisamente! *C'est inouï!* Le indiqué a George que la hiciera pasar. ¡Y se quedó allí plantada! Se negó a sentarse. Sencillamente, se quedó de pie mirándome. Parecía bastante lela. Intenté animarla. De pronto declaró que había cambiado de parecer. Dijo que no quería ser descortés pero que..., no sé qué pensará usted, que yo era demasiado viejo.

La señora Oliver se apresuró a manifestar unas palabras de consuelo.

—Oh, no haga usted caso, los jóvenes son así. Creen que cualquiera con más de treinta y cinco años es una momia. Los pobres no tienen cabeza, debe comprenderlo.

—Me hirió —afirmó Poirot lacónicamente.

—Yo en su lugar no me preocuparía. Desde luego, es una auténtica descortesía.

—Eso no tiene importancia, aunque lo esencial de todo

esto no son solo mis sentimientos. Estoy preocupado, sí, lo estoy.

—Insisto en que debe usted olvidarse del tema —le recomendó la señora Oliver tratando de reconfortarlo.

—Usted no lo comprende. Me preocupa la muchacha. Vino a verme en busca de ayuda. Luego decidió que era demasiado viejo, demasiado viejo para serle de alguna utilidad. Se equivocaba, desde luego, eso no hace falta ni decirlo, y luego se marchó sin más. Pero le aseguro que esa chica necesita ayuda.

—Creo que en realidad no la necesitaba —señaló la anfitriona, dispuesta a calmar a su amigo—. Las muchachas acostumbran a montar un jaleo por cualquier cosa.

—No. Se equivoca. La joven que me ha visitado necesitaba ayuda.

—¿Cree que verdaderamente ha cometido un asesinato?

—¿Y por qué? Eso fue lo que dijo.

—Sí, pero... —la señora Oliver se interrumpió—. Ella dijo que quizá lo había cometido —añadió con voz pausada—. ¿Qué habrá querido darle a entender en realidad?

—No lo sé. No tiene ningún sentido.

—¿Que ella asesinó a alguien o que creía haberlo asesinado?

Poirot se encogió de hombros.

—¿Por qué dijo que había asesinado a alguien? ¿Y cuál sería el móvil de ese crimen?

Poirot repitió el gesto.

—Han podido sucederle muchas cosas, desde luego. —La señora Oliver se animó mientras ponía en marcha su fértil imaginación detectivesca—. Quizá atropelló a alguien con el coche y no se detuvo. Tal vez se vio atacada por un hombre al borde de un acantilado, tuvieron un forcejeo y ella consiguió arrojarlo por el precipicio. Quizá se confundió a la hora de darle a alguien su medicina, o fue a una de esas fiestas donde consumen drogas, tuvo una pelea con alguien y después descubrió que le había apuñalado.

—*Assez, madame, assez!*

Pero la señora Oliver ya estaba lanzada.

—Quizá es una enfermera de cirugía y en el quirófano le administró al paciente el anestésico equivocado o... —Se interrumpió súbitamente, ansiosa por conocer más detalles—. ¿Qué aspecto tenía?

Poirot hizo memoria.

—Algo parecido a una Ofelia carente de atractivo físico.

—Caramba. Casi puedo verla cuando usted lo dice —manifestó la escritora—. Qué extraño.

—No me pareció una joven decidida —opinó Poirot—. Es así como la veo. Alguien incapaz de enfrentarse a las dificultades. Una de esas que no ven de antemano los peligros que se le vienen encima. Una chica a la que los demás miran y dicen: «Necesitamos una víctima. Esa nos servirá».

Las palabras de Poirot cayeron en saco roto porque la señora Oliver ya no le escuchaba. Se sujetaba los enormes tirabuzones con las dos manos en un gesto que el detective conocía muy bien.

—¡Un momento! —gritó la mujer como si estuviera a punto de morir—. ¡Espere un momento!

Poirot esperó con las cejas enarcadas.

—No me ha dicho su nombre.

—No me lo dijo. Coincido con usted en que es lamentable.

—¡Un momento! —volvió a implorar la anfitriona con idéntica agonía. Apartó las manos de la cabeza y exhaló un sonoro suspiro. El pelo se desprendió, liberado por fin, y cayó sobre sus hombros. Un soberbio tirabuzón se separó completamente de los demás y rodó por el suelo. Poirot lo recogió con discreción y lo dejó sobre la mesa.

—Por fin —añadió la señora Oliver, recuperando la calma como por arte de magia. Puso un par de horquillas en su sitio y asintió con energía mientras pensaba—. ¿Quién le habló a la muchacha de usted, monsieur Poirot?

—No lo sé. Naturalmente, habría oído hablar de mí.

La señora Oliver consideró que «naturalmente» no era una palabra en absoluto adecuada. Lo que sí era natural era que Poirot estuviese convencido de que todo el mundo había oído hablar de su persona. En realidad, había legiones de personas que demostrarían una ignorancia total si se les mencionara el nombre de Hércules Poirot, sobre todo entre la generación joven. Se preguntó cómo se lo podía explicar de un modo que no hiriese sus sentimientos.

—Creo que está usted en un error —manifestó—, las muchachas y los jóvenes no saben gran cosa de detectives y asuntos así. No han oído hablar de ellos.

—Todo el mundo ha tenido que oír hablar de Hércules Poirot —afirmó el interesado con un tono de soberbia.

Esto era un dogma de fe para el detective.

—Debe comprender que, en la actualidad, a la mayoría de los jóvenes se les educa muy mal. En realidad, las únicas personas a las que conocen por su nombre son los cantantes pop, los grupos musicales, los disc jockeys y esa clase de gente. Si necesita a alguien especial, me refiero a un médico, un detective o un dentista, bien, entonces tendrá que preguntarle a alguien quién es la persona más adecuada a su necesidad. Entonces la otra persona dirá: «Querida, tienes que ir a ver a ese hombre absolutamente maravilloso de Queen Anne's Street. Te retuerce las piernas tres veces alrededor de la cabeza y estás curada», «Me robaron todos los diamantes y Henry me hubiera matado, así que no podía ir a la policía, pero conseguí un detective que es un sabueso de lo más discreto. Se encargó de recuperarlos y Henry no se enteró ni de media palabra». Es así como funcionan estas cosas. Alguien le envió a esa muchacha, monsieur Poirot.

—Lo dudo mucho.

—Usted no podía saber eso hasta que se lo dijeran. Y yo se lo voy a decir ahora. Lo acabo de recordar en este momento. Esa muchacha fue a verlo por indicación mía.

Poirot la miró pasmado.

—¿Usted? ¿Y por qué no me lo ha dicho enseguida?

—Porque, como le acabo decir, lo he recordado ahora mismo, cuando usted ha hablado de una Ofelia: el pelo largo y como si estuviese mojado, bastante fea. Me pareció la descripción de alguien que había visto hacía muy poco. Entonces recordé quién es.

—¿Quién es?

—En realidad no sé su nombre, pero lo puedo averiguar sin problemas. Estuvimos charlando de detectives privados, y le hablé de usted y de algunas de las cosas extraordinarias que había hecho.

—¿Le dio usted mi dirección?

—No, desde luego que no. No tenía idea de que ella necesitara un detective o algo parecido. Solo estábamos hablando. Pero mencioné su nombre varias veces y, por supuesto, si estaba interesada, no tenía más que buscarlo en la guía telefónica y presentarse en su casa.

—¿Hablaban ustedes de asesinatos?

—No que yo recuerde. Ni siquiera sé cómo fue que acabamos hablando de detectives, a menos que... Sí, quizá fue ella la que sacó el tema.

—Entonces, cuénteme todo lo que pueda. Incluso si no sabe su nombre, explíqueme todo lo que sepa sobre la muchacha.

—Fue el fin de semana pasado. Yo estaba con los Lorrimer. No tienen nada que ver con el tema, excepto que fueron ellos los que me invitaron a casa de unos amigos suyos a tomar una copa. Había varias personas y la verdad es que no me divertí demasiado porque, como usted sabe, no me gusta beber, y entonces tienen que ir a buscarme algún refresco, lo que no deja de ser una lata. Además, en esas reuniones la gente me suele decir todo eso de que les gustan mis libros, que se mueren de ganas de conocerme, y a mí me provoca vergüenza, me preocupa y me hace sentir como una tonta, aunque más o menos me las apaño y lo soporto. También hablan de lo mucho que les gusta mi espantoso detective Sven Hjerson. ¡Si supieran cuánto le odio! Pero mi editor siempre me dice que no lo comente. En cualquier caso, supongo que la charla sobre detectives en la vida real surgió de todo eso, y hablé un poco de usted, y la chica estaba por allí escuchándome. Cuando usted mencionó a una Ofelia nada atractiva las piezas encajaron. Me dije: ¿A quién me recuerda?, y entonces la recordé. Por supuesto. La muchacha de la fiesta del otro día. Creo que era alguien de la casa, a menos que la esté confundiendo con alguna otra chica.

Poirot exhaló un suspiro. Cuando se trataba de la señora Oliver siempre era necesario tener una paciencia de santo.

—¿Quiénes eran las personas que la invitaron a tomar una copa?

—Creo que se llaman Trefusis, a menos que fuera Treherne. Un nombre así. Él es una personalidad. Un millonario. Es alguien importante en la City, pero ha pasado la mayor parte de su vida en Sudáfrica.

—¿Tiene esposa?

—Sí. Una mujer muy guapa. Mucho más joven que él. Una cabellera muy rubia. Su segunda esposa. La hija es de su primera esposa. También había un tío viejísimo. Algo sordo. Un personaje muy distinguido, con un montón de títulos y letras después del apellido. Un almirante, un mariscal del aire o algo así. Creo que también es astrónomo. Al menos, tiene un gran telescopio que sale por el tejado, aunque supongo que solo es una afición. También vi allí a una muchacha extranjera, que cuidaba del anciano. Creo que lo acompaña cuando va a Londres y se ocupa de que no lo atropellen por la calle. Una joven bastante bonita.

Poirot clasificó la información que la señora Oliver le había suministrado, con la sensación de ser una computadora humana.

—Por lo tanto, en la casa viven el señor y la señora Trefusis...

—No, no es Trefusis. Ahora lo recuerdo. Es Restarick.

—El nombre no se parece en nada al otro.

—Sí que se parece. Es un nombre galés, ¿no?

—Por lo tanto —repitió Poirot—, en la casa viven el señor y la señora Restarick, el distinguido tío mayor. ¿Él también se llama Restarick?

—Se llama sir Roderick no sé cuántos.

—Después tenemos a la *au pair* o lo que sea, y a una hija. ¿Hay algún otro hijo o hija?

—No lo creo, aunque tampoco lo sé a ciencia cierta. A propósito, la muchacha no vive en la casa. Solo había ido allí a pasar el fin de semana. Supongo que no se lleva bien con su madrastra. Tiene un trabajo en Londres y se ha agenciado un novio que, por lo que me han dicho, a la familia no le cae nada bien.

—Parece usted saber muchísimo sobre esa familia.

—Ya sabe cómo son esas cosas, oyes esto y lo otro. Los Lorrimer son grandes conversadores. Siempre están hablando de este o aquel. Escuchas un montón de chismes sobre los vecinos y los amigos comunes. Claro que a veces te armas un lío, como es mi caso. No consigo recordar el nombre de pila de la muchacha. Algo relacionado con una canción. ¿Thora? «Háblame, Thora.» Thora, Thora. Algo así, ¿o era Myra? Myra, «Oh, Myra, mi amor es todo para ti». Algo así. «Soñé que vivía en palacios de mármol.» ¿Norma? ¿No sería Maritana? Norma, Norma Restarick. Eso es, estoy segura —afirmó, para después añadir—: Es la tercera muchacha.

—Creí haberle escuchado decir que era hija única.

—Así es.

—Entonces, ¿qué quiere decir con eso de que es la tercera muchacha?

—Dios mío, ¿no sabe usted lo que es una tercera muchacha? ¿No lee usted *The Times*?

—Leo los nacimientos, las necrológicas y las bodas, además de los artículos que me parecen interesantes.

—No, yo me refería a los anuncios clasificados de la primera página. Solo que ahora no están en la primera, por lo cual estoy pensando en pasarme a otro periódico. Pero se lo mostraré.

Se acercó a una mesa de centro y recogió *The Times*, buscó la página y se la mostró.

—Aquí tiene. Mire: «Tercera muchacha, para cómodo segundo piso, habitación propia, calefacción central, Earl's Court», «Se busca tercera muchacha para compartir piso. Cinco guineas semanales. Habitación propia», «Se busca cuarta muchacha. Regent's Park. Habitación propia». Así es como les gusta vivir ahora a las jóvenes. Es mejor que una residencia de estudiantes o un hostal. Una muchacha alquila un piso amueblado y después comparte el alquiler. Por lo general, la segunda muchacha es una amiga. Luego ponen un anuncio para buscar a una tercera, si no conocen a nadie más. Como puede ver, a menudo consiguen meter a una cuarta. La primera se queda con la mejor habitación, la segunda paga un poco menos, la tercera menos todavía y la meten en un cuartucho. Se ponen de acuerdo entre ellas para decidir qué noche de la semana le toca el piso a cada una, o algo así. Funciona bastante bien.

—¿Dónde vive en Londres la muchacha cuyo nombre podría ser Norma?

—Ya le he dicho que no sé nada más.

—¿Podría averiguarlo?

—Sí, supongo que será bastante sencillo.

—¿Está usted segura de que no se mencionó para nada la posibilidad de una muerte inesperada?

—¿Se refiere usted a una muerte en Londres o en casa de los Restarick?

—Donde sea.

—No lo creo. ¿Quiere que mire qué puedo averiguar?

La excitación hacía brillar los ojos de la señora Oliver. Comenzaba a disfrutar del juego.

—Sería muy amable por su parte.

—Llamaré a los Lorrimer. Es una hora apropiada. —Cogió el teléfono—. Tendré que pensar alguna excusa, inventarme alguna historia. —Miró a Poirot con una expresión de duda.

—Naturalmente. No hace falta decirlo. Usted es una mujer con imaginación, no tendrá ningún problema. Aunque tampoco sea demasiado fantástica. Moderación.

La señora Oliver asintió. Le dijo el número a la operadora.

—¿Tiene usted papel y lápiz, o una libreta, algo donde escribir nombres y direcciones? —le preguntó a Poirot en voz baja.

El detective ya tenía preparada la libreta y le respondió con un ademán afirmativo.

La señora Oliver volvió su atención al teléfono y comenzó a hablar con mucha animación. Poirot escuchó atentamente las palabras de su amiga.

—Hola. ¿Podría hablar con...? Ah, eres tú, Naomi. Soy Ariadne Oliver... Ah, sí, había bastante gente. ¿Te refieres al viejo? No, ya sabes que yo no... ¿Casi ciego? Creía que se marchaba a Londres con esa chica extranjera... Sí, supongo que debe de resultar algo preocupante para ellos, aunque me parece que ella sabe cómo tratarlo. Una de las cosas que quería preguntarte es la dirección de la muchacha... No, me refiero a la hija de los Restarick. Cae por South Ken, ¿no? ¿O era Knightsbridge? Verás, es que le prometí un libro.

Anoté la dirección, pero luego la perdí, como es habitual en mí. Ni siquiera recuerdo el nombre. ¿Es Thora o Norma...? Sí, ya me parecía que era Norma. Espera un momento, tengo que buscar un lápiz. Sí, ya está. 67 de Borodene Mansions... Lo sé, es ese bloque de pisos que parece una colmena... Sí, creo que los pisos son bastante cómodos. Calefacción central y todo lo demás. ¿Quiénes son las dos chicas que viven con ella? ¿Amigas suyas o las conoció a través de un anuncio...? Claudia Reece-Holland, su padre es el diputado, ¿no? ¿Quién es la otra...? No, supongo que no lo sabes... Sí, ella también es muy agradable. ¿A qué se dedican? Todas estas chicas siempre dan la impresión de trabajar como secretarias, ¿verdad...? Ah, la otra joven es decoradora de interiores, ¿no es eso? O trabaja en una galería de arte... No, Naomi, por supuesto, no es que esté interesada en saberlo, solo que una se pregunta qué hacen todas esas chicas en la actualidad... Bueno, a mí me resulta imprescindible saberlo para mis libros, una tiene que mantenerse al día. ¿Fuiste tú la que me habló de un novio...? Sí, ya lo sé, pero te ves tan impotente. Me refiero a que las chicas de hoy hacen lo que les da la gana. ¿De verdad que tiene tan mala pinta? ¿Es de esos melenudos que no se lavan? Ah, es de esos. Chalecos de fantasía, y pelos largos y ondulados hasta los hombros... Sí, resulta difícil saber si son chicos o chicas, ¿verdad? Tienes razón, algunos, cuando son guapos, parecen sacados de un cuadro de Van Dyke... ¿Qué has dicho? ¿Que Andrew Restarick lo detesta? Sí, bueno, suele pasar con los hombres... ¿Mary Restarick? Eso de enfrentarse con la madrastra también es típico. Supongo que dará gracias porque la chica tenga un trabajo en Londres... ¿Qué quieres decir con que la gente murmura...? ¿Cómo? ¿Que no podía descubrir cuál era el problema? ¿Quién lo dijo...? Sí, pero ¿qué fue lo que ocultaron...? Ah, ¿una enfermera que se lo dijo a la gobernanta de los Jenner? ¿Te refieres al marido? Sí, sí, comprendido. Los médicos no lo pudieron descubrir... No, pero la gente es tan mal pensada. Estoy de acuerdo contigo. Todas esas cosas acaban siendo una sarta de mentiras... Ah, gástrico. Absolutamente ridículo. No me digas que la gente dijo que... ¿cómo se llama?, sí, Andrew, intentó... ¿Que lo tuvo muy fácil con todos esos herbicidas en el cobertizo...? Sí, pero ¿por qué? Me refiero a que no es el caso de una esposa a la que se odia desde hace años, es la segunda esposa, mucho más joven que él y muy guapa... Sí, supongo que eso también, pero ¿por qué iba a hacerlo la chica extranjera? Ah, tú crees que quizá fue en venganza por algo que le dijo la señora Restarick. Es una chica muy atractiva. Supongo que quizá Andrew se encaprichó con ella, nada serio desde luego, aunque tal vez Mary se enfadó y entonces se las tuvo con la muchacha...

La señora Oliver vio por el rabillo del ojo que Poirot gesticulaba con auténtica desesperación.

—Un momento, querida —le rogó la escritora a su amiga—. Es el panadero. —Poirot pareció ofendido—. Espera un momento.

Dejó el teléfono, cruzó la sala a paso rápido y se llevó a Poirot a un rincón.

—Sí, ¿qué pasa? —le preguntó sin aliento.

—¡Yo, un panadero! —replicó Poirot agraviado.

—Tenía que inventarme algo. ¿A qué vienen tantas señas? ¿Se da cuenta de que...?

El detective la interrumpió.

—Ya me lo dirá más tarde. Ya es suficiente. Lo que quiero que haga, con su enorme capacidad de improvisación, es que busque alguna excusa creíble para que yo pueda ir a visitar a los Restarick. Quizá podría usted decir que un viejo amigo suyo visitará la zona...

—Déjelo de mi cuenta. Ya me inventaré algo. ¿Debo darles un nombre falso?

—Claro que no. Intentemos que todo sea lo más sencillo posible.

La señora Oliver asintió y volvió corriendo al teléfono.

—¿Naomi? Ya no recuerdo lo que estábamos diciendo. ¿Por qué siempre tienen que venir a interrumpirte cuando estás disfrutando de una agradable charla? Ahora se me ha ido de la cabeza el motivo de la llamada. Ah, sí, la dirección de esa chica, la tal Thora, perdón, quería decir Norma. Te la pregunté y tú me la diste. Ahora que caigo, quería pedirte algo más. Se trata de un amigo mío. Un hombre realmente fascinante. Precisamente estuve hablando de él en la fiesta del otro día. Se llama Hércules Poirot. Se alojará muy cerca de los Restarick y tiene muchísimo interés en ver al viejo sir Roderick. Sabe un montón de cosas sobre él y le profesa una gran admiración por no sé qué invento suyo durante la guerra, o algo científico que hizo. La cuestión es que está ansioso por «ir a verle y presentarle sus respetos», como dice él... ¿Te parece bien? ¿Crees que les podrás llamar para avisarlos de su visita? Sí, es probable que se presente cuando menos se lo esperen. Conoce varias historias de espionaje verdaderamente extraordinarias. Si se lo piden, seguro que les contará alguna... ¿El qué...? Ah, el jardinero... Sí, desde luego. Adiós. —La señora Oliver colgó el auricular y se desplomó en un sillón—. Caramba, estoy agotada. ¿Cómo me ha visto?

—No ha estado mal.

—Me ha parecido que lo mejor sería poner al viejo como excusa. Después podrá ver a los demás, tal como es su intención. Además, siempre es fácil mostrarse vago en lo que se refiere a temas científicos cuando eres mujer, y usted tendrá tiempo para inventarse algo más creíble para cuando llegue allí. ¿Quiere saber lo que me ha dicho?

—Supongo que corren ciertos rumores sobre la salud de la señora Restarick, ¿no es así?

—Eso es. Al parecer, sufrió una extraña enfermedad de tipo gástrico y los médicos iban despistados. La enviaron a un hospital y se recuperó muy bien, pero no supieron dar con la causa. Así que la enviaron de regreso a su casa y volvió a tener el mismo problema. Los médicos no supieron qué decir. Entonces, la gente comenzó a murmurar. Una enfermera irresponsable desató las habladurías. Se lo dijo a su hermana y esta a una vecina, que es asistenta, y esta de inmediato se lo contó a alguien más. La gente comenzó a decir que posiblemente el marido había intentado envenenarla. Lo típico. Aunque en este caso no tiene el menor sentido. Después Naomi y yo nos preguntamos si la *au pair* tendría algo que ver, pero ella se ocupa exclusivamente del viejo, así que no había ningún motivo para que quisiera acabar con la señora Restarick echándole herbicida en el té.

—Me ha parecido oír que usted sugería unos cuantos motivos.

—Bueno, la verdad es que todo es posible.

—Un asesinato deseado —señaló Poirot pensativo—, aunque todavía no cometido.

Capítulo 3

La señora Oliver entró con el coche en el patio interior de Borodene Mansions. Las seis plazas de aparcamiento estaban ocupadas. Mientras dudaba sobre la conveniencia de esperar, uno de los vehículos salió marcha atrás, dejando una plaza que la escritora se apresuró a ocupar.

Descendió del coche, cerró la puerta violentamente y contempló el edificio. Era un bloque de reciente construcción que ocupaba un espacio devastado por una bomba durante la última guerra. Tenía todo el aspecto, pensó, de haber sido arrancado de cuajo de Great West Road y, después de quitarle algún aditamento como carteles luminosos y cosas así, trasladado aquí. Parecía muy funcional y el arquitecto responsable del diseño había despreciado cualquier tipo de ornamentación.

Era una hora del día con mucho movimiento. Personas y coches entraban y salían del patio a medida que se acercaba el final de la jornada de trabajo.

La señora Oliver miró su reloj. Las siete menos diez. Consideró que era la hora adecuada, la hora en que las muchachas que tienen un empleo ya han regresado a sus casas, bien para arreglarse el maquillaje, quitarse los vestidos para ponerse un pantalón ajustadísimo o una falda minúscula y volver a salir, o bien decidirse por hacer vida hogareña y lavarse la ropa interior y las medias. En cualquier caso, era la hora adecuada para intentarlo. El edificio tenía el mismo aspecto por el este y el oeste, con una gran puerta giratoria en el centro. La señora Oliver escogió el lado izquierdo, aunque de inmediato descubrió su error. Todo ese lado correspondía a los números del 100 al 200. Se dirigió al otro lado.

El apartamento 67 estaba en el sexto piso. La señora Oliver llamó al ascensor. La puerta se abrió como una enorme caverna y dejó oír un chasquido amenazador. Entró de un salto en la caverna. Los ascensores modernos le daban mucho miedo.

Las puertas se cerraron con un chasquido metálico. El ascensor empezó a subir. Se detuvo bruscamente. ¡Eso también resultaba preocupante! La señora Oliver se bajó como un conejo asustado.

Miró el cartel en la pared que indicaba los números de los apartamentos y tomó el pasillo de la derecha. Llegó a una puerta marcada con el 67 escrito con números metálicos atornillados en el centro. El 7 se desprendió de la madera y le cayó en un pie.

«Este lugar no me quiere», pensó la escritora con un gesto de dolor, al tiempo que se agachaba para recoger el número y volvía a clavarlo en su sitio.

Tocó el timbre. Quizá habían salido.

Se equivocaba. Abrieron la puerta casi en el acto. Una muchacha alta y elegante apareció en el umbral. Vestía un traje chaqueta oscuro muy bien cortado, con la falda a medio muslo, una camisa de seda blanca y zapatos hechos a medida. Llevaba el pelo corto y peinado hacia atrás, un maquillaje discreto y, por algún motivo, su aspecto la intimidó un poco.

—¡Oh! —exclamó la señora Oliver, preparándose para decir lo correcto—. ¿Está la señorita Restarick en casa?

—No, lo siento. Ha salido. ¿Quiere dejarle algún recado?

La señora Oliver repitió el «Oh» antes de desplegar una actividad inusitada para sacar un paquete bastante mal envuelto.

—Le prometí traerle un libro —explicó—. Uno de los míos que no había leído. Espero no haberme confundido. ¿Tardará en volver?

—No se lo puedo decir. No sé qué compromisos tenía esta noche.

—¡Ah! ¿Es usted la señorita Reece-Holland?

La muchacha le miró un tanto sorprendida.

—Sí, lo soy.

—Conozco a su padre. Soy Ariadne Oliver. Escribo libros —añadió con la torpeza culpable con la que siempre hacía este anuncio.

—¿No quiere usted pasar?

La señora Oliver aceptó la invitación y Claudia Reece-Holland la llevó hasta el salón comedor. Todas las habitaciones del piso estaban empapeladas con un papel que imitaba la madera, lo que daba libertad a los inquilinos para colgar sus cuadros modernos o recurrir a cualquier tipo de decoración. Un mueble integrado servía de librería y aparador, y se veía también un sofá de tres plazas y una mesa plegable. Los inquilinos podían agregar lámparas y adornos. También había algunos detalles personales, como un gigantesco arlequín pegado en una de las paredes y un póster de un mono balanceándose colgado de unas ramas en otra.

—Estoy segura de que Norma se mostrará entusiasmada por tener su libro, señora Oliver. ¿Quiere beber algo? ¿Jerez? ¿Ginebra?

La joven tenía los modales directos pero amables de una buena secretaria. La señora Oliver rehusó la invitación.

—Disfrutan ustedes de una magnífica vista —comentó mirando a través de la ventana. Entrecerró los párpados cuando los rayos del sol poniente le dieron en los ojos.

—Sí, aunque no es divertido cuando el ascensor no funciona.

—No me hubiera pasado nunca por la cabeza que ese ascensor se atreviera a fallar. Es, no sé, tan parecido a un autómata.

—Lo han instalado hace poco, pero eso no quiere decir que funcione bien —replicó Claudia—. Cada dos por tres vienen a ajustarlo y todo eso.

Otra joven entró en el salón comedor. Venía hablando.

—Claudia, ¿tienes idea de dónde he dejado...?

Se detuvo al ver a la señora Oliver.

Claudia se apresuró a hacer las presentaciones.

—Frances Cary, la señora Oliver. La señora Ariadne Oliver.

—Oh, qué emocionante —afirmó Frances.

Era una muchacha alta y delgada, con el pelo negro largo, el rostro maquillado de un color blanco cadavérico y las cejas delineadas hacia arriba y en diagonal. Vestía pantalones de terciopelo negro ajustados y un suéter muy grueso. El contraste con la sobriedad de Claudia no podía ser mayor.

—He traído un libro que le prometí a Norma Restarick —manifestó la señora Oliver.

—Vaya, es una pena que todavía esté en el campo.

—¿No ha regresado?

Se produjo una pausa muy evidente. A la señora Oliver le pareció que las muchachas intercambiaban una mirada.

—Creía que trabajaba aquí, en Londres —dijo la escritora fingiendo una inocente sorpresa.

—Así es —intervino Claudia—. Trabaja en una empresa de decoración de interiores. A veces la envían al campo para mostrar algunos diseños a los clientes. —Sonrió—. Aquí llevamos vidas bastante independientes. Vamos y venimos a nuestro aire y, por lo general, no nos preocupamos de dejar mensajes. Pero le prometo que no me olvidaré de darle su libro cuando regrese.

No había nada más fácil que una sencilla explicación.

—Bien, muchas gracias. —La señora Oliver se levantó.

Claudia acompañó a la visitante hasta la puerta.

—Le diré a mi padre que la he conocido. Es un apasionado lector de novelas policíacas.

La joven cerró la puerta y regresó a la sala. Frances se encontraba junto a la ventana.

—Lo siento —se disculpó—. ¿He metido la pata? Yo solo le he dicho que Norma había salido.

Frances se encogió de hombros.

—¿Dónde se ha metido? ¿Por qué no regresó el lunes? ¿Dónde ha ido?

—No tengo ni la menor idea.

—¿No se habrá quedado en casa de sus padres? Fue a pasar el fin de semana con ellos.

—No. Los llamé.

—Supongo que no tiene importancia. Pero, de todos modos, es muy rara.

—No es más rara que cualquier otra persona. —La afirmación de Claudia no reflejó una excesiva convicción.

—Sí, lo es —replicó Frances—. Algunas veces me produce escalofríos. No es normal.

Se echó a reír.

—¡Norma no es normal! Tú sabes que no lo es, Claudia, aunque no quieras admitirlo. Supongo que es por lealtad a tu jefe.

Capítulo 4

Hércules Poirot paseaba por la calle principal de Long Basing, un calificativo discutible a menos que se aceptara como calle principal la única que había, como era el caso de Long Basing. Este era uno de esos villorrios marcados por la tendencia a crecer longitudinalmente. Contaba con una iglesia impresionante con un campanario muy alto y un tejo antiquísimo que dignificaba el patio del templo. Tenía una notable variedad de tiendas donde se ofrecía un amplio surtido. Había dos establecimientos de antigüedades: uno dedicado sobre todo a adornos de chimeneas y otro que exhibía montañas de mapas y planos, una considerable abundancia de porcelanas, la mayoría desportilladas, unos cuantos armarios de roble taladrados por la carcoma, vitrinas llenas de cristalería y algunas piezas de plata victorianas, todo muy comprimido por la falta de espacio. Había dos cafés, que no valían gran cosa; una cestería encantadora, bien provista de productos de artesanía casera; una estafeta de correos que era a la vez verdulería; una mercería que también era sombrerería y zapatería infantil, además de ofrecer una generosa variedad de artículos para caballero. Había una papelería con venta de periódicos que a su vez vendía tabaco y caramelos. Había una tienda de lanas que era claramente el comercio más *aristocrático* del lugar. Dos mujeres de pelo blanco y expresión severa estaban a cargo de una inmensa cantidad de lanas y todo lo necesario para hacer calceta. También había montañas de patrones de vestidos y jerséis, además de un mostrador dedicado exclusivamente al bordado. Lo que hasta hacía poco era una tienda de comestibles se había reconvertido en, según rezaba el flamante rótulo, un supermercado con pilas de cestos de alambre y productos envasados de todo tipo y variedad, en cajas multicolores. Además había una pequeña tienda con un único escaparate con el nombre «Lillah» escrito en el cristal, donde se exhibían una blusa francesa, marcada como «muy *chic*», una falda azul marino y una chaqueta a rayas rojas. Estas dos prendas se vendían «separadas», según indicaba una tarjeta. Las prendas parecían haber sido arrojadas al azar por una mano displicente.

Poirot lo observó todo con un interés distante. En la misma calle, y contenidas dentro de los límites del villorrio, había varias casas de modestas dimensiones, de estilo anticuado. Algunas conservaban la pureza del estilo arquitectónico georgiano, pero la mayoría presentaban algunas mejoras victorianas, tales como una galería, un mirador o un invernadero. Solo una o dos habían sido objeto de una renovación total y pregonaban el orgullo de ser nuevas. También había unas encantadoras y decrépitas casitas, algunas con pretensiones de ser mucho más viejas de lo que eran en realidad y otras auténticas, donde cualquier adelanto moderno, como las cañerías y cosas por el estilo, estaba cuidadosamente disimulado de las miradas de los curiosos.

Poirot continuó su camino pausadamente, mientras tomaba nota de todo lo que veía. Si su impaciente amiga, la señora Oliver, hubiese estado con él, seguramente le habría reprochado esta inútil pérdida de tiempo, porque la casa que era su destino estaba un cuarto de milla más allá de los límites del pueblo. En ese caso, la respuesta del detective hubiera sido sin duda que estaba empapándose del ambiente local, pues esos detalles eran a veces importantes.

Al final de la parte urbana de la carretera se producía un cambio brusco. A un lado, apartadas del camino, había una hilera de casas nuevas construidas por el Ayuntamiento, cada una con un trozo de césped delante y una nota de alegría aportada por el hecho de que cada una tenía la puerta pintada de un color diferente. Más allá de esta urbanización, los campos y los setos reaparecían salpicados aquí y allá por casas que los agentes inmobiliarios anunciaban como «residencias» con árboles y jardines y un aire más bien de reserva. Algo más adelante, Poirot vio una casa que, en su planta superior, mostraba algo que parecía una cúpula. Sin duda era una construcción añadida no hacía muchos años. Aquella era la meta de su peregrinaje.

Llegó a la entrada de la verja, donde un cartel informaba del nombre de la finca: CROSSHEDGES. Observó el edificio. Se trataba de una casa convencional, levantada quizá a principios de siglo. No tenía ningún atributo especial. La palabra vulgar era posiblemente la que mejor calificaba su aspecto. El jardín resultaba mucho más atractivo que la casa, y era obvio que había sido objeto de muchos cuidados y atenciones en una época, aunque ahora su esplendor se había marchitado un poco. Aun así, el césped se veía bien cortado, abundaban los macizos de flores y algunos grupos de arbustos contribuían al efecto paisajístico. Poirot consideró que se recurría a los servicios de un jardinero.

También juzgó que había un cierto interés personal, al descubrir cerca de una de las esquinas de la casa a una mujer inclinada sobre un macizo de flores. Le pareció que estaba haciendo un ramo de dalias. La cabeza, vista desde lejos, parecía una nube de color oro. Abrió la reja, entró en el jardín y caminó hacia la casa. La mujer volvió la cabeza, para después erguirse y mirarlo con una expresión de curiosidad. Era alta y delgada, con los hombros cuadrados. Permaneció en el lugar, esperando que él fuera el primero en hablar. En la mano sostenía una herramienta de jardinería. Poirot pensó que la mujer estaba intrigada.

—¿Sí?

El belga, exagerando su condición de extranjero, se quitó el sombrero con un gesto elegante al tiempo que hacía una reverencia. La mirada de la mujer se centró, fascinada, en los extravagantes bigotes del detective.

—¿La señora Restarick?

—Sí, soy yo.

—Espero no molestarla, madame.

Una leve sonrisa apareció en el rostro de la señora Restarick.

—En absoluto. ¿Usted es...?

—Me he tomado la libertad de hacerle una visita. Una amiga mía, la señora Ariadne Oliver...

—Ah, desde luego. Sé quién es usted. Monsieur Poiret.

—Monsieur Poirot —la corrigió el belga, acentuando la última sílaba—. Hércules Poirot, a su servicio. Estoy alojado cerca y me he atrevido a presentarme aquí con la esperanza de que se me permita mostrarle mis respetos a sir Roderick Horsefield.

—Sí. Naomi Lorrimer nos avisó de su probable visita.

—Espero no ser inoportuno.

—No, no, de ninguna manera. Ariadne Oliver estuvo aquí el fin de semana pasado. Vino con los Lorrimer. Sus libros son muy entretenidos, ¿verdad? Aunque quizá a usted las novelas policíacas no le resulten entretenidas. Usted es detective, ¿no es así? ¿Un detective auténtico?

—Yo soy a todos los efectos un detective de lo más auténtico.

Poirot advirtió que reprimía una sonrisa. La observó con más atención. Era bien parecida, aunque con un aire un tanto artificial. Se había peinado sus rubios cabellos de tal forma que daban la impresión de rigidez. Se preguntó si, en su interior, la mujer no se sentiría un poco insegura, si acaso no estaba interpretando el papel de una dama inglesa entusiasmada con el jardín. También sintió una cierta curiosidad por sus antecedentes sociales.

—Tiene usted un jardín magnífico.

—¿Le gustan los jardines?

—No del modo que les gusta a los ingleses. Aquí, en Inglaterra, tienen un talento especial para los jardines. Tienen un significado para ustedes que no tienen para nosotros.

—¿Se refiere usted a los franceses?

—Soy belga, madame.

—Ah, sí. Creo que la señora Oliver mencionó que perteneció usted a la policía belga.

—Efectivamente. Soy un viejo sabueso belga. —Se rio cortésmente para después añadir con muchos aspavientos—: Pero me quito el sombrero ante los jardines ingleses. A los latinos les encantan los jardines formales, los jardines del castillo, el palacio de Versalles en miniatura y, por supuesto, no hay que olvidar que ellos inventaron el huerto. Es muy importante el huerto. Aquí en Inglaterra tienen huertos, pero los recibieron de Francia, y no aman los huertos tanto como aman las flores. ¿No es así?

—Sí, creo que tiene usted razón. Por favor, entre. Ha venido para ver a mi tío, ¿verdad?

—He venido, como usted bien dice, a presentar mis respetos a sir Roderick, pero también deseo presentarle mis respetos a usted, madame. Siempre rindo tributo a la belleza cuando me encuentro con ella. —Hizo una reverencia.

La señora Restarick se rio un tanto avergonzada.

—No debe usted dedicarme tantos cumplidos.

Entró en la casa por uno de los ventanales y él la siguió.

—Tuve la oportunidad de conocer a su tío en 1944.

—Es un encanto, aunque ya es un hombre muy mayor. Me temo que está casi sordo del todo.

—Han pasado muchos años desde nuestro encuentro.

Probablemente ya lo habrá olvidado. Fue un asunto de espionaje en el que tuvo que ver el desarrollo científico de un invento. Se lo debemos al ingenio de sir Roderick. Confío en que acepte recibirme.

—Estoy segura de que le encantará. En algunos aspectos lleva una vida bastante aburrida. Me veo obligada a pasar mucho tiempo en Londres, estamos buscando una casa adecuada. —Exhaló un suspiro—. La gente mayor a veces resulta muy difícil.

—Lo sé. Yo también a menudo me comporto como una persona difícil.

La señora Restarick volvió a reír.

—Por favor, monsieur Poirot, no pretenda mostrarse como un viejo.

—Eso es lo que me dicen algunas veces. —Suspiró—. Las muchachas —añadió con tristeza.

—Es muy poco amable por parte de ellas. Eso es probablemente lo que diría alguien como nuestra hija.

—Ah, ¿tiene usted una hija?

—Sí. Mejor dicho, tengo una hijastra.

—Tendré mucho placer en conocerla —manifestó Poirot, siempre tan cortés.

—Lamentablemente no está aquí ahora mismo. Se encuentra en Londres. Trabaja allí.

—En estos tiempos, todas las jóvenes parecen tener un empleo.

—Se supone que todo el mundo tiene que trabajar —comentó la señora Restarick con un tono algo vago—. Incluso cuando se casan las convencen para volver a trabajar en la industria o en la enseñanza.

—¿La han convencido a usted para que vuelva a hacerlo, madame?

—No. Yo me crie en Sudáfrica. Regresé aquí hace muy poco con mi marido. Las cosas todavía me resultan un tanto extrañas.

La señora Restarick echó una ojeada a la habitación con lo que Poirot consideró una falta total de entusiasmo. El mobiliario era de calidad aunque convencional, sin personalidad. Los dos grandes retratos que adornaban las paredes eran el único detalle personal. El primero mostraba a una mujer de labios finos con un vestido de terciopelo gris. En la pared opuesta le servía de contrapunto un hombre de unos treinta y tantos con un aire de energía reprimida.

—¿Su hija se aburre en el campo?

—Sí, a ella le gusta mucho más estar en Londres. No le gusta esto. —Se interrumpió bruscamente y luego añadió, como si le arrancaran las palabras—: Tampoco le gusto yo.

—Imposible —afirmó Poirot con caballerosidad.

—¡En absoluto! Supongo que ocurre bastante a menudo. Es difícil para una muchacha aceptar a una madrastra.

—¿La joven quería mucho a su madre?

—No lo sé, supongo que sí. Es una chica difícil, aunque la mayoría lo son.

Poirot exhaló un suspiro de asentimiento.

—Las madres y los padres tienen mucho menos control sobre sus hijas en estos tiempos. Ya no es como solía ser antaño.

—No, desde luego.

—Muchas veces uno no se atreve a decirlo, madame, pero debo confesar que lamento que demuestren tan poco criterio a la hora de elegir sus..., ¿cómo los llaman ustedes?, amigos masculinos.

—Norma nos causa una gran preocupación precisamente por ese tema. Sin embargo, me parece que no se saca nada quejándose. La gente debe aprender por experiencia propia. Bien, es hora de que lo acompañe a ver a tío Roddy. Tiene sus habitaciones en la planta alta.

La mujer abrió la marcha. Poirot miró por encima del hombro. Una habitación vulgar, sin ninguna personalidad, excepto quizá por los dos retratos. El detective dedujo por el modelo del vestido que los habían pintado hacía bastante. Si la retratada era la primera señora Restarick, Poirot decidió que no le hubiese caído bien.

—Son unos excelentes retratos, madame.

—Sí. Son obra de Lansberger.

Era el nombre de un famoso y carísimo retratista que había estado de moda unos veinte años atrás. Su meticuloso naturalismo ya no gustaba y, desde su muerte, casi no se le mencionaba. De los retratados se decía despectivamente que parecían maniquíes, aunque Poirot estaba seguro de que había mucho más. Tenía la certeza de que detrás de las inofensivas facciones que Lansberger pintaba con tanta gracia se ocultaba una burla despiadada.

Mary Restarick le habló de los cuadros mientras subían las escaleras:

—Los acaban de traer del restaurador. Los han limpiado bien y...

Se detuvo en seco, con una mano en la barandilla.

Algo más arriba, una figura ataviada de una forma bastante estrafalaria acababa de aparecer en el descansillo. Evidentemente, era alguien que no encajaba en la casa.

Sin embargo, la figura en cuestión resultaba harto conocida para Poirot en sus diversas versiones, una figura que se encontraba a menudo en las calles de Londres e incluso en las fiestas. Un representante de la juventud actual. Vestía una chaqueta negra, un chaleco de terciopelo con dibujos de cuentas, pantalones ajustados y una melena rizada color castaño claro que le llegaba más abajo de los hombros. Parecía un personaje bello y exótico, y a primera vista no resultaba fácil establecer su sexo.

—¡David! —exclamó la señora Restarick con un tono cortante—. ¿Qué demonios estás haciendo aquí?

El joven no pareció tener en cuenta aquella actitud hostil.

—¿Te he sorprendido? Perdona.

—¿Qué estás haciendo en esta casa? ¿Has venido con Norma?

—¿Norma? No. Esperaba encontrarla aquí.

—¿Qué quieres decir con eso de encontrarla aquí? Está en Londres.

—Qué va, querida, no está. Por lo menos, no está en el 67 de Borodene Mansions.

—¿Qué es eso de que no está allí?

—Bien, a la vista de que pasado el fin de semana no regresó a Londres, creí que probablemente se habría quedado aquí contigo. He venido a averiguar en qué anda metida.

—Se marchó de aquí el domingo por la noche como siempre —replicó la madrastra. Sin disimular su enojo, preguntó—: ¿Por qué no has tocado el timbre para advertirnos de tu presencia? ¿Cómo te permites rondar por la casa a tu antojo?

—Realmente, querida, pareces creer que he venido a robarte las cucharillas o algo así. Es de lo más natural entrar en una casa en pleno día. ¿Qué tiene de extraño?

—Aquí estamos chapados a la antigua y no nos gusta eso.

—Vaya, vaya. —David suspiró—. Menudo jaleo por una tontería. Bien, querida, a la vista de que no piensas darme la bienvenida y tampoco pareces saber dónde está tu hijastra, supongo que lo más conveniente es que me marche. ¿Debo enseñarte el fondo de los bolsillos antes de irme?

—No seas ridículo, David.

—Vale, vale. —El joven pasó junto a ellos despidiéndose con un gesto, acabó de bajar las escaleras y salió de la casa.

—Horrible criatura —manifestó Mary Restarick con un rencor que pilló por sorpresa a Poirot—. No puedo soportarlo, es superior a mis fuerzas. ¿Cómo es que Inglaterra parece estar llena de gente así en la actualidad?

—Ah, madame, no debe usted inquietarse. Todo se reduce a una cuestión de modas. Siempre ha habido y habrá modas. Aquí en el campo no se ven tantos, pero en Londres uno se los encuentra a cada paso.

—Lamentable —afirmó Mary—. Absolutamente detestable. Afeminado, excéntrico.

—Sin embargo, no muy distinto de cualquier joven pintado por Van Dyke, ¿no le parece, madame? En un marco dorado, con un cuello de encaje, nadie lo calificaría de afeminado o excéntrico.

—Es una desvergüenza por su parte presentarse aquí de esta manera. Andrew se habría puesto furioso. Las hijas pueden llegar a ser muy preocupantes. Además, tenemos el problema de que Andrew conoce muy poco a Norma. Ha estado en el extranjero desde que ella era una niña. La dejó al cuidado de su madre y ahora se encuentra con que ella es prácticamente una extraña. Lo mismo me ocurre a mí. No consigo evitar la sensación de que es una muchacha muy rara. No tienes ninguna autoridad sobre ella. Parecen gustarle los jóvenes de la peor ralea. Está locamente enamorada de David Baker y no se puede hacer absolutamente nada. Andrew le ha prohibido la entrada en esta casa a ese joven y, ya lo ha visto usted, se presenta y se pasea por aquí tan fresco como una lechuga. Creo que lo mejor será no decirle ni una palabra a Andrew. No quiero que se preocupe más de lo que ya está. Creo que Norma sale con ese joven en Londres, y no solo con él. Hay otros que todavía son peores. Esos que no se lavan, se dejan crecer la barba y usan ropas mugrientas.

—Por favor, madame, no debe usted desesperar —manifestó Poirot con un tono alegre—. Las indiscreciones de la juventud acaban por pasar.

—Eso espero. Pero le aseguro que Norma es una muchacha muy difícil. Algunas veces, creo que no está del todo bien de la cabeza. Es tan peculiar. Hay ocasiones en las que ni siquiera parece estar presente. Toda esa tremenda antipatía...

—¿Antipatía?

—Sí. A mí me odia. Me odia de verdad, y no lo entiendo. Supongo que quería muchísimo a su madre, pero después de todo es lógico y normal que su padre volviera a casarse, ¿no le parece?

—¿Cree usted que ella la odia?

—Sé que es así. Tengo pruebas más que suficientes. No sabe usted el alivio que experimenté cuando se marchó a Londres. Yo no quería tener problemas... —Se interrumpió abruptamente, como si acabara de darse cuenta por primera vez de que estaba hablando con un desconocido. Poirot tenía la virtud de atraer las confidencias. Era como si las personas que hablaban con él no se dieran cuenta de con quién estaban hablando. La mujer soltó una risita nerviosa—. Caramba. No sé por qué le estoy contando todo esto a usted. Supongo que todas las familias tienen los mismos problemas. Pobres madrastras, lo que tenemos que aguantar. Ah, ya hemos llegado.

Llamó a la puerta.

—Adelante, adelante —rugió un vozarrón.

—Tienes una visita, tío —anunció la señora Restarick, entrando en la habitación escoltada por Poirot.

Un hombre ya anciano, de hombros anchos, rostro cuadrado, rubicundo y de aspecto irascible, interrumpió su impaciente paseo para acercarse a ellos. Cojeaba levemente. A su espalda, había un escritorio donde una muchacha delgada y de pelo oscuro se ocupaba de clasificar la correspondencia y diversos documentos.

—Este es monsieur Hércules Poirot, tío Roddy.

Poirot se adelantó graciosamente en la acción y la palabra.

—Ah, sir Roderick, han pasado tantos años, tantos desde que tuve el placer de conocerle. Tendríamos que remontarnos hasta la última guerra. Creo que fue en Normandía. Lo recuerdo como si fuera hoy. Estaban el coronel Race, el general Abercromby y el mariscal del aire, sir Edmund Collingsby. ¡Cuántas decisiones tuvimos que tomar! Todos aquellos problemas con la seguridad. Ah, ahora afortunadamente ya no es necesario andar con tanto secreto. Recuerdo que desenmascaramos a aquel agente enemigo que durante tanto tiempo consiguió engañarnos. ¿Lo recuerda? El capitán Henderson.

—El capitán Henderson. Claro que le recuerdo. ¡Condenado traidor! ¡Pero le pillamos!

—Quizá no me recuerde usted. Hércules Poirot.

—Sí, sí, faltaría más. Le recuerdo. Aquellos fueron momentos muy difíciles. Usted era uno de los enlaces franceses, ¿no es así? Había uno o dos, aunque no recuerdo su nombre. Bien, siéntese, por favor. No hay nada mejor que una charla sobre los viejos tiempos.

—Me preocupaba mucho que quizá no me recordara usted. Por cierto, mi colega era monsieur Giraud.

—Eso es, Giraud. Claro que les recuerdo a los dos. Aquellos fueron días de gloria, sí, señor.

La muchacha se levantó para ofrecerle una silla al visitante con toda cortesía.

—Gracias, Sonia, bien hecho —le agradeció sir Roderick—. Permítame presentarle a mi encantadora secretaria. Contar con sus servicios ha representado una notable diferencia. La verdad es que no sé qué haría si no contara con su ayuda.

—*Enchanté, mademoiselle.*

La joven murmuró algo en respuesta al saludo de Poirot. Era una mujer menuda con el pelo negro rizado y ojos azules. Tenía todo el aspecto de ser tímida. Mantenía la mirada gacha con mucho recato, pero sonreía dulce y tímidamente a su jefe. Sir Roderick le dio una palmadita en el hombro.

—La verdad es que no sé qué haría sin ella —repitió.

—Por favor —protestó la muchacha—, no soy tan buena. No soy muy rápida como mecanógrafa.

—Escribes a máquina con una velocidad más que suficiente, querida. Tú eres mi memoria, además de mis ojos, oído y muchas otras cosas.

La joven volvió a sonreírle en respuesta a sus alabanzas.

—Uno recuerda algunas de esas historias que solían circular —comentó Poirot—. No sé si eran exageradas o no. Me viene a la memoria aquella vez en que alguien le robó a usted su coche y... —El detective relató la historia de marras.

Sir Roderick se mostró encantado.

—Ja, ja, desde luego. Sí, aquello fue un poco exagerado. Pero en todo lo demás es verídico. No deja de ser curioso que recuerde esa historia después de tanto tiempo. Sin embargo, le contaré otra que es mucho mejor y más divertida. —Se embarcó en el relato de la nueva historia.

Poirot le escuchó con una expresión de entusiasmo y comentó las excelencias de aquella aventura. Finalmente, miró su reloj y se levantó.

—No quiero robarle a usted más tiempo. Está muy ocupado en asuntos importantes. Pero, estando como estaba por los alrededores, me pareció algo imperdonable no venir a presentarle mis respetos. Han pasado muchos años, aunque compruebo con placer que no ha perdido usted nada de su vigor y que sigue disfrutando de la vida.

—Bueno, no sé, quizá tenga usted razón. En cualquier caso, no debe usted colgarme tantas medallas. Espero que se quede a tomar el té. Estoy seguro de que Mary ya lo tiene preparado. —Miró a su alrededor—. Vaya, se ha ido. Buena chica.

—Sí, desde luego, y muy guapa. Supongo que ha sido una grata compañía para usted desde hace muchos años.

—¡Oh! Ella es la segunda esposa de mi sobrino —le

aclaró el anciano—. No hace mucho que están casados. Le seré sincero: nunca me ha importado demasiado mi sobrino Andrew, no es un tipo estable. Siempre muy inquieto. Simon, el hermano mayor, era mi preferido. No es que tampoco lo conociera mucho. En cuanto a Andrew, la verdad es que se portó muy mal con su primera esposa. Se largó y la dejó en la estacada. Se marchó con una pandilla de truhanes. No tendría que haberse casado con ella, pero se enamoró. Todo el asunto acabó al cabo de un par de años. Menuda tontería. La chica con la que se ha casado ahora no está mal. Hasta donde yo sé, no tiene nada de malo. Simon sí que era un tipo estable, aunque la mar de aburrido. No puedo decir que me alegrara cuando mi hermana se casó con esta familia. Fue un asunto de conveniencia. Había intereses de por medio, pero el dinero no lo es todo. Nosotros acostumbramos a casarnos entre familias de militares. Nunca frecuenté demasiado a los Restarick.

—Creo que tienen una hija. Una amiga mía la conoció la semana pasada.

—Sí. Norma. Una muchacha ridícula. Va por ahí vestida de una manera horrorosa y se ha echado un novio que es más horrible todavía. Bueno, en realidad, ahora son todos iguales. Tipejos melenudos que se llaman a sí mismos con nombres a cuál más ridículo. Es imposible sabérselos todos. Además, hablan en un lenguaje que prácticamente solo entienden ellos. Sin embargo, a nadie le interesa escuchar las críticas de un viejo, así que aquí estamos. Incluso Mary. Siempre creí que era una persona sensata, pero por lo que he podido ver es bastante maniática en algunas cosas, sobre todo en lo que se refiere a su salud. El otro día montó un número y la internaron en un hospital para someterla a observación. ¿Qué le parece una copa? ¿Un whisky? ¿No? ¿Está seguro de que no quiere quedarse a tomar el té?

—Muchas gracias, pero estoy alojado en casa de unos amigos y...

—De acuerdo. He disfrutado muchísimo con esta charla. Siempre es agradable recordar episodios de los viejos tiempos. Sonia, querida, podrías acompañar a monsieur..., perdón, se me ha vuelto a olvidar su nombre... Ah, sí, Poirot. Llévale con Mary, ¿quieres?

—No, no. —Poirot se apresuró a rechazar el ofrecimiento—. De ningún modo osaría molestar más a madame. Puedo encontrar la salida perfectamente. Ha sido un placer hablar con usted, sir Roderick.

El belga salió de la habitación.

—No tengo ni la menor idea de quién es ese tipo —comentó el anciano en cuanto se cerró la puerta.

—¿No sabe usted quién es? —preguntó Sonia sorprendida por el inesperado comentario.

—Si quieres que te diga la verdad, no recuerdo a la mitad de las personas que vienen y me hablan. Desde luego, procuro disimularlo. Uno aprende a salvar la situación. Lo mismo ocurre en las fiestas. Se te acerca un tipo y te dice: «Quizá usted no me recuerde. Nos conocimos en 1939». Me veo obligado a responder: «Claro que le recuerdo», pero no es verdad. Es una lata esto de ser casi ciego y sordo. Nos hicimos amigos de muchos gabachos como él a finales de la guerra. No recuerdo ni a la mitad. Desde luego, estuvo allí. Me conocía y yo conocía a muchos de los que ha mencionado. Toda esa historia sobre el coche que me robaron es absolutamente cierta. Aunque exageraron un poco, por supuesto, no dejó de ser una buena historia en su momento. No creo que se haya dado cuenta de que no lo recordaba. Yo diría que es un tipo listo, aunque un gabacho de pies a cabeza, ¿no crees? Ya me entiendes, todas esas reverencias, saludos y cortesías. Bien, ¿por dónde íbamos?

Sonia cogió una de las cartas y se la entregó. Después

amagó ofrecerle unas gafas que sir Roderick rechazó en el acto.

—No quiero las malditas gafas. Veo mejor que bien.

Entrecerró los párpados en un esfuerzo para ver lo que decía la carta. Luego, ante la inutilidad del esfuerzo, se dio por vencido y le devolvió la carta a la muchacha.

—Quizá ahorraremos tiempo si tú me la lees.

Sonia comenzó a leer con voz clara y suave.

Capítulo 5

I

Hércules Poirot se demoró en el rellano durante unos segundos, con la cabeza inclinada hacia un lado escuchando con atención. En la planta baja reinaba el silencio. Se acercó a la ventana del rellano para mirar al exterior. Mary Restarick había vuelto a sus trabajos de jardinería. El detective asintió satisfecho. Caminó tranquilamente por el pasillo. Una a una, abrió todas las puertas que encontró a su paso. Un baño, un armario de ropa blanca, un dormitorio de invitados con dos camas, un dormitorio individual ocupado, una habitación de mujer con una cama de matrimonio (¿la de Mary Restarick?). La puerta siguiente correspondía a la habitación comunicada con la anterior, y se dijo que debía de pertenecer a Andrew Restarick. Emprendió el regreso para dirigirse al otro pasillo. La primera puerta que abrió correspondía a otro dormitorio individual. Juzgó que no estaba ocupado de momento, pero que sí se utilizaba los fines de semana. Había varios objetos en el tocador. Volvió a escuchar atentamente y después entró en el cuarto. Abrió el armario. Sí, había varias prendas colgadas. Ropas de campo.

Había un escritorio sin nada encima. Abrió los cajones con mucho cuidado para no hacer ruido. Vio diversos objetos y un par de cartas, pero no tenían ninguna importancia y eran de hacía tiempo. Cerró los cajones y abandonó la habitación. Bajó las escaleras y, al salir de la casa, se despidió de la anfitriona. Rechazó amablemente el té que le ofreció la mujer. Le explicó que debía ver a sus amigos antes de ir a la estación para coger el tren que lo llevaría de regreso a la ciudad.

—¿No necesita un taxi? Puedo pedir que envíen uno o, si lo prefiere, yo misma lo llevaré a la estación.

—No, no, madame, es usted demasiado amable.

Poirot regresó al pueblo dando un paseo y se apartó de la calle principal para seguir una callejuela paralela a la iglesia. Cruzó el pequeño puente que unía los dos márgenes de un arroyo. Un poco más allá, un coche estaba aparcado a la sombra de un sauce. El chófer se apeó para abrirle la puerta. Poirot entró en el vehículo, se sentó y, sin perder ni un segundo, se quitó los zapatos de charol con un suspiro de alivio.

—Regresamos a Londres —dijo.

El chófer cerró la puerta, se sentó al volante y puso en marcha el coche. La visión de un joven a un costado de la carretera agitando el puño con el pulgar levantado para pedir que lo llevaran no era un espectáculo desacostumbrado. Poirot observó con indiferencia a aquel personaje, un joven vestido de una forma muy llamativa y el pelo por debajo de los hombros. Justo cuando lo rebasaban, el detective se irguió en el asiento y se dirigió al conductor.

—Por favor, pare y, si le es posible, dé marcha atrás. Hay alguien que pide que lo lleven.

El chófer volvió la cabeza para observarlo con expresión incrédula. Era lo último que hubiese esperado de su pasajero. Sin embargo, Poirot asintió suavemente, así que el hombre obedeció.

El joven llamado David se acercó al coche.

—Creí que no se detendría usted para recogerme —comentó alegremente—. Muchísimas gracias.

Subió al coche, cogió la mochila que llevaba colgada a la espalda y la dejó en el suelo junto a sus pies. Luego, se arregló el largo pelo castaño cobrizo.

—Así que me ha reconocido.

—Digamos que era casi obligado. Viste usted de una manera, ¿cómo decirlo?, un tanto llamativa.

—¿Eso cree? La verdad es que se equivoca. Tan solo soy uno más de un grupo de hermanos.

—De la escuela de Van Dyke. Muy elegantes.

—Nunca lo había pensado de esa forma. Sí, quizá haya algo de verdad en lo que dice.

—Tendría que llevar un sombrero de caballero y un cuello de encaje, si me permite que le aconseje.

—No creo que nos atreviéramos a tanto. —El joven se echó a reír—. Hay que ver cómo se pone la señora Restarick en cuanto me ve aparecer. Es un odio compartido. Tampoco me cae bien Restarick. Hay algo especialmente detestable en los empresarios de éxito, ¿no le parece?

—Depende de cómo se mire. Tengo entendido que ha hecho a la hija objeto de sus atenciones.

—Esa es una bonita frase. «Objeto de sus atenciones.» Supongo que se puede decir así. Pero yo diría que eso es al cincuenta por ciento. Ella también me hace objeto de sus atenciones.

—¿Dónde está ahora mademoiselle?

David se volvió con brusquedad.

—¿Por qué me lo pregunta?

Poirot se encogió de hombros.

—Me gustaría conocerla.

—No creo que sea su tipo. Norma está en Londres.

—Usted le dijo a la madrastra...

—Bueno, tampoco se lo contamos todo a las madrastras.

—¿En qué parte de Londres?

—Trabaja en una empresa de decoración de interiores

en King's Road, en algún lugar de Chelsea. Ahora no recuerdo el nombre. Creo que es Susan Phelps.

—Pero supongo que no vivirá allí. ¿Tiene usted su dirección?

—Sí, es un gran bloque de pisos. En realidad no comprendo su interés.

—Me interesan muchas cosas.

—¿A qué se refiere?

—¿Qué le ha llevado a esa casa? ¿Por qué ha entrado en secreto y ha subido a la planta superior?

—Admito que me colé por la puerta trasera.

—¿Qué buscaba en la planta superior?

—Eso es asunto mío. No quiero parecer descortés, pero ¿no es usted algo fisgón?

—Sí, siento curiosidad. Me gustaría saber dónde se encuentra la joven.

—Comprendo. Los queridos Andrew y Mary, que el demonio se los lleve, lo han contratado, ¿verdad? ¿Están tratando de encontrarla?

—En mi opinión, no creo que estén enterados de su desaparición.

—Alguien tiene que haberlo contratado.

—Es usted extremadamente perceptivo.

—Me preguntaba en qué andaría usted metido. Por eso le he hecho señas. Confiaba en que me recogiera y me explicase cómo están las cosas. Es mi novia. Supongo que estará enterado, ¿no?

—Tengo entendido que esa es la creencia general —manifestó Poirot con cautela—. Si es así, usted tendría que saber dónde se encuentra, ¿no es cierto?, señor... Lo siento, me temo que no sé cómo se llama usted, aparte de su nombre de pila.

—Baker.

—Quizá, señor Baker, ustedes dos han tenido una pelea.

—No, no hemos tenido ninguna pelea. ¿Por qué lo cree?

—¿La señorita Norma Restarick salió de Crosshedges el domingo por la noche o el lunes por la mañana?

—Depende. Hay un autocar que sale a primera hora. Llega a Londres poco después de la diez. Llegaría tarde al trabajo, aunque no demasiado. Por lo general, acostumbra a regresar los domingos por la noche.

—Se marchó el domingo por la noche, pero no llegó a su apartamento de Borodene Mansions.

—Aparentemente no. Es lo que dice Claudia.

—Se refiere usted a la señorita Reece-Holland, ese es su nombre, ¿verdad? ¿Se mostró sorprendida o preocupada?

—Por todos los santos, no. ¿Por qué iba a estarlo? Las chicas no se pasan el día vigilándose unas a otras.

—Sin embargo, usted creyó que ella regresaba a su casa.

—Tampoco fue a trabajar. En la empresa ya están hartos, se lo digo yo.

—¿Está usted preocupado, señor Baker?

—No, no demasiado. Quiero decir..., bueno, que me maten si lo sé. No veo ningún motivo para preocuparme, solo que el tiempo pasa. ¿Qué día es hoy? ¿Jueves?

—¿No discutió con usted?

—No, no discutimos.

—Pero está usted preocupado, señor Baker.

—No es asunto suyo.

—No es asunto mío, aunque tengo entendido que tuvo problemas en casa. No le cae bien la madrastra.

—Con toda razón. Esa mujer es insoportable. Peor que un sargento. Detesta a Norma.

—Ha estado enferma, ¿no es así? Tuvo que ingresar en un hospital.

—¿De quién habla? ¿De Norma?

—No, no estoy hablando de la señorita Restarick. Hablo de la señora Restarick.

—Creo que ingresó en un hospital, pero me parece que sin ningún motivo. Yo diría que está fuerte como un roble.

—¿Dice usted que la señorita Restarick odia a su madrastra?

—Hay ocasiones en las que Norma se comporta de una forma un tanto desequilibrada. Se hunde en la depresión. Tal como le digo, las muchachas siempre odian a sus madrastras.

—¿Eso hace que las madrastras se sientan enfermas? ¿Tanto como para ingresar en un hospital?

—¿Qué diablos está insinuando?

—La jardinería o el uso de pesticidas.

—¿Qué quiere decir con eso del uso de pesticidas? ¿Pretende insinuar que Norma..., que a ella se le ocurrió alguna tontería?

—La gente habla —señaló Poirot—. Las habladurías corren por el vecindario.

—¿Me está diciendo que alguien va por ahí comentando que Norma intentó envenenar a su madrastra? Eso es ridículo. Es lo más absurdo que he escuchado en años.

—Estoy de acuerdo en que es muy poco probable. En realidad, no es eso lo que comenta la gente.

—Lamento haberle interpretado mal. ¿A qué se refería?

—Mi querido muchacho, usted debe comprender que circulan rumores, y que siempre mencionan a la misma persona: al marido.

—¿Cómo? ¿Al pobre Andrew? Resulta difícil de creer.

—Sí, comparto su opinión.

—Entonces, ¿para qué ha ido usted allí? Usted es detective, ¿no?

—Así es.

—¿Entonces?

—Me parece que no nos entendemos —manifestó Poirot—. No he ido a la casa para investigar algún dudoso o posible caso de envenenamiento. Debe usted perdonarme si no puedo responder a su pregunta. Todo este asunto es muy reservado.

—¿Qué diablos significa eso?

—He ido a esa casa para visitar a sir Roderick Horsefield.

—¿Qué? ¿Ha ido a ver al viejo? Me han dicho que chochea.

—Es un hombre que está en posesión de muchos y muy importantes secretos. Con esto no quiero decir que tenga un papel activo ahora mismo, pero sabe muchas cosas. Estuvo vinculado a temas de notable relevancia durante la última guerra. Conoce a diversas personalidades.

—Pero eso fue hace muchos años.

—Sí, sí, su participación concluyó hace tiempo. Sin embargo, hay cosas que podrían ser de mucha utilidad para algunas personas si las conocieran.

—¿Qué clase de cosas?

—Rostros. Quizá algún rostro muy conocido que sir Roderick podría reconocer. Un rostro o un gesto, una manera de hablar o de caminar. La gente recuerda. Las personas mayores no recuerdan lo que sucedió la semana pasada, el mes pasado o un año atrás. Sin embargo, recuerdan con toda claridad algo que sucedió, digamos, hace veinte años. En ese caso, quizá recuerden a alguien que no quiere ser recordado o pueden contar determinados pormenores sobre un hombre, una mujer, o algo en lo que participaron. Sé que todo esto es muy vago. He ido a verle para conseguir información.

—¿Usted ha ido a verle para conseguir información? ¿De ese viejo? Pero si chochea. ¿Se la ha dado?

—Digamos que estoy muy satisfecho.

David lo miró, incrédulo.

—Se me acaba de ocurrir algo. ¿Ha ido usted a ver al viejo o a la muchacha? ¿Quería averiguar qué hace ella en esa casa? Yo también me lo pregunto. ¿Cree usted que ella buscó ese empleo para sacarle información al viejo sobre algún asunto del pasado?

—No creo que sirva para nada discutir estos asuntos. Ella parece muy atenta y dedicada a su trabajo. ¿Es una secretaria?

—Es una combinación de enfermera, secretaria, compañera, *au pair* y chica para todo. Sí, hay un montón de nombres adecuados para lo que hace. El viejo está loco por ella. Supongo que no habrá pasado por alto el detalle.

—Es algo muy natural dadas las circunstancias —comentó Poirot con un tono mojigato.

—Yo puedo decirle el nombre de una persona a la que no le cae nada bien. Nuestra querida Mary.

—¿Supone usted que a ella tampoco le gusta Mary Restarick?

—Ah, ¿así que es eso lo que usted cree? ¿Que Mary Restarick le cae fatal a Sonia? ¿Quizá usted ha llegado al extremo de creer que ella se interesó por averiguar dónde guardaban los pesticidas? Bah, todo este asunto es ridículo. Muy bien. Gracias por el viaje. Creo que me bajaré aquí.

—¿Es aquí donde quiere bajar? Nos faltan siete millas para llegar a Londres.

—Me bajaré aquí. Adiós, monsieur Poirot.

—Adiós.

Poirot se arrellanó en el asiento mientras David cerraba la puerta del coche violentamente.

II

La señora Oliver se paseaba por el cuarto de estar como una fiera enjaulada. Estaba muy inquieta. Hacía una hora que había acabado de corregir una copia de su manuscrito y había hecho un paquete para enviárselo a su editor, que lo esperaba con ansiedad; este no dejaba pasar más de un par de días antes de volver a recordarle que lo enviara cuanto antes.

—Aquí lo tiene —manifestó la señora Oliver, dirigiéndose en voz alta a un editor imaginario—. ¡Aquí lo tiene y espero que le guste! A mí no me gusta. ¡Creo que es malísimo! No creo que usted tenga ni la menor idea sobre si escribo bien o mal. En cualquier caso, no me venga después con historias. Le dije que era malo, pero usted insistió. Dijo: «No, no me creo que sea malo». Espere y verá —añadió la escritora con una expresión vengativa—. Espere y verá.

Abrió la puerta, llamó a Edith, su asistenta, le dio el paquete y le explicó que debía echarlo al correo cuanto antes.

En cuanto se marchó, la señora Oliver volvió a interrogarse, al tiempo que reanudaba el frenético ir y venir por la habitación. «¿Qué haré ahora? Sí, ojalá tuviera los pájaros tropicales y todos aquellos árboles en las paredes en lugar de estos estúpidos cerezos. Era como estar en una selva. Te sentías como un león, un tigre o un leopardo. Pero ¿qué puede una ser en un huerto de cerezos más que un espantapájaros?»

Se detuvo para contemplar el detestable empapelado.

—Tendría que estar trinando como un pájaro —murmuró con un tono lúgubre— y picoteando cerezas. Ojalá fuese ya la temporada de cerezas. Me comería unas cuantas. —Se acercó al teléfono y marcó un número.

—Veré si está en casa, madame —manifestó George en respuesta a su pregunta.

La señora Oliver esperó.

—Hércules Poirot, a su servicio, madame.

—¿Dónde ha estado? Lleva fuera todo el día. Supongo que ha ido a ver a los Restarick. ¿Es así? ¿Ha visto a sir Roderick? ¿Qué ha averiguado?

—Nada.

—Qué aburrido.

—No, no creo que fuera en absoluto aburrido. Es realmente extraordinario que no averiguara nada.

—¿Por qué es extraordinario? No le comprendo.

—Porque significa que no había nada que averiguar, y eso, permítame que se lo diga, no concuerda con los hechos, o de lo contrario está muy bien oculto. Eso, como puede usted ver, sería interesante. Por cierto, la señora Restarick no sabe que la muchacha ha desaparecido.

—¿Quiere usted decir que ella no tiene nada que ver con la desaparición de la joven?

—Eso parece. También me encontré con el joven.

—¿Se refiere a ese tipo tan poco adecuado al que todos detestan?

—Efectivamente. A ese tipo tan poco adecuado.

—¿Usted cree que es poco adecuado?

—¿Desde qué punto de vista?

—Supongo que no adoptará el punto de vista de la muchacha.

—Estoy seguro de que la joven que vino a verme estaría encantada.

—¿Tenía una pinta muy horrible?

—Es un joven muy bello.

—¿Bello? No sé si me gustan los jóvenes bellos.

—A las chicas sí.

—Tiene toda la razón. Les gustan los jóvenes bellos. No me refiero a jóvenes apuestos, elegantes o bien aseados. Me refiero a que les gustan los jóvenes que parecen escapados de una obra de teatro de la Restauración, o bien jóvenes roñosos con pinta de ir a trabajar de basureros.

—Me dio la impresión de que él tampoco sabía dónde podría estar la muchacha.

—¿Quizá no quiso admitirlo?

—Tal vez, pero fue allí. ¿Por qué? Estuvo en la casa. Se tomó el trabajo de entrar sin que nadie advirtiera su presencia. ¿Por qué? ¿Cuál era el motivo? ¿Buscaba a la muchacha? ¿O estaba buscando otra cosa?

—¿Cree que estaba buscando algo?

—Buscaba algo en el dormitorio de la muchacha.

—¿Cómo lo sabe? ¿Lo vio entrar o salir?

—No. Solo le vi bajar las escaleras, pero encontré un bonito resto de barro fresco en la habitación de Norma que únicamente podía haber llegado allí en sus zapatos. Es posible que ella le hubiese pedido que fuera a recoger algo de su habitación. Hay muchas explicaciones válidas. Hay otra muchacha en la casa, y muy bonita por cierto. Quizá fue allí para verse con ella.

—¿Qué piensa hacer ahora?

—Nada.

—Eso es aburridísimo —le reprochó la señora Oliver.

—Voy a recibir, quizá, cierta información de los que he contratado para encontrarla, aunque es posible que no me informen de nada en absoluto.

—¿En serio que no piensa hacer nada?

—No hasta que llegue el momento oportuno.

—Pues yo sí que haré algo.

—Por favor, se lo ruego, vaya usted con mucho cuidado.

—¡Qué tontería! ¿Qué podría pasarme?

—Cuando se trata de un asesinato, puede pasar cualquier cosa. Se lo digo yo: Hércules Poirot.

Capítulo 6

I

El señor Goby se sentó en una silla. Era un hombre menudo y enjuto, tan indescriptible que casi resultaba inexistente.

Miró atentamente una de las patas rematadas con una garra de una mesa antigua y a ella le dirigió sus comentarios. Nunca se dirigía a nadie directamente.

—Me alegro de que me facilitara los nombres, monsieur Poirot. De lo contrario, ya sabe, hubiese perdido mucho tiempo. En cambio, tengo los hechos principales y también algunos chismorreos. Siempre son útiles. Comenzaré por Borodene Mansions, si le parece a usted bien.

Poirot asintió con amabilidad.

—Hay varios porteros —le informó el señor Goby al reloj ubicado en la repisa de la chimenea—. Comencé por ellos, envié a un par de mis muchachos. Sale caro, pero vale la pena. ¡No quería dar la impresión de que estuviéramos investigando a alguien en particular! ¿Debo utilizar las iniciales o los nombres?

—Dentro de estas paredes puede utilizar los nombres.

—Se dice que la señorita Claudia Reece-Holland es una señorita muy agradable. Su padre es diputado. Un hombre ambicioso. Aparece con frecuencia en los periódicos. Ella es hija única. Trabaja como secretaria. Una muchacha seria. Nada de orgías, bebidas o compañías indeseables. Comparte el apartamento con otras dos jóvenes. La número dos trabaja en la galería Wedderburn de Bond Street. Una de esas chicas intelectuales. Frecuenta los grupos de Chelsea. Se mueve bastante preparando exposiciones y muestras de arte.

»La tercera es la suya. No lleva mucho tiempo allí. La opinión general dice que es un poco «corta», que no está bien de la azotea, pero todo eso es algo vago. Uno de los porteros es bastante charlatán. ¡Páguele un par de copas y se sorprendería de las cosas que puede llegar a contarle! Quién bebe, quién se droga, quién tiene problemas con Hacienda y quién guarda el dinero detrás de la cisterna. Por supuesto, no te lo puedes creer todo. En cualquier caso, la cuestión es que hubo una historia sobre un revólver que dispararon una noche.

—¿Dispararon un revólver? ¿Alguien resultó herido?

—Eso tampoco está muy claro. Su historia es que una noche oyó un disparo, salió a ver qué había pasado y allí estaba esa chica, la suya, con un revólver en la mano. Parecía un tanto trastornada. Entonces una de las otras jóvenes señoritas, mejor dicho las dos, aparecieron corriendo. La señorita Cary (la intelectual) preguntó: «Norma, ¿qué demonios has hecho?», y la señorita Reece-Holland dijo con voz tajante: «¡Cállate, Frances! No seas idiota». Le quitó el revólver a la chica y lo guardó en su bolso. Entonces fue cuando vio a ese tipo, Micky, y se acercó a él para decirle como si tal cosa: «Supongo que se habrá asustado, ¿no?», y Micky le contestó que así era, y entonces ella añadió: «No se preocupe. La verdad es que no sabíamos que esta cosa estuviera cargada. Estamos haciendo el imbécil». Después va y agrega: «De todos modos, si alguien le pregunta, dígale que no ha pasado nada». Entonces dijo: «Vamos, Norma», la cogió por el brazo, se la llevó hacia el ascensor y las tres subieron de vuelta a su apartamento. Pero Micky dijo que las cosas no le parecían muy claras, así que salió a echar un vistazo por el patio.

El señor Goby buscó la página de la libreta donde tenía apuntadas las palabras textuales del conserje.

—«Le digo que encontré algo. Encontré unas manchas frescas. Como que me llamo Micky que eran manchas de sangre. Las toqué con el dedo. Le diré lo que yo creo: le pegaron un tiro a alguien, a un tipo que huía. Subí al apartamento y pregunté si podía hablar con la señorita Holland. Le dije: "Creo que le han pegado un tiro a alguien, señorita. Hay manchas de sangre en el patio". "¡Qué tontería!", exclamó ella. "Sin duda se trata de alguna paloma herida", y después va y me dice: "Lamento que se llevara usted un susto. Olvídelo", y entonces me dio un billete de cinco libras. ¡Nada menos que cinco libras! Como es natural, no volví a abrir la boca.

»Entonces, después de otro whisky, me sale con algo más: "Si me lo pregunta, le diré que ella le disparó a ese tipejo que viene a verla. Creo que esos dos tuvieron una pelea y ella hizo todo lo posible por pegarle un tiro. Eso es lo que creo. Pero cuanto menos dices, menos te equivocas, por eso no voy a repetirlo. Si alguien me pregunta lo que sea, le diré que no sé ni media palabra".

El señor Goby hizo una pausa.

—Interesante —comentó Poirot.

—Sí, pero también podría ser una sarta de mentiras. Nadie más parece saber nada al respecto. Hay una historia de que una banda de gamberros entró en el patio una noche y se liaron a navajazos.

—Otra posible fuente de la sangre que había en el patio.

—Quizá la muchacha tuvo una pelea con el novio y amenazó con pegarle un tiro. Micky oyó la amenaza y se armó un lío, sobre todo si coincidió con la detonación de algún tubo de escape.

—Sí. —Poirot exhaló un suspiro—. Es una explicación lógica.

El señor Goby pasó a otra hoja de la libreta y escogió a un nuevo confidente: una estufa eléctrica.

—Joshua Restarick Ltd. Una empresa familiar. Llevan más de cien años trabajando. Muy bien considerada. Muy sólida. Nada espectacular. Fundada por Joshua Restarick en 1850. Empezaron a prosperar después de la Primera Guerra, con grandes inversiones en el extranjero, la mayoría en Sudáfrica, África Occidental y Australia. Simon y Andrew Restarick, el último de la familia. Simon, el hermano mayor, murió hace un año, no tenía hijos. Su esposa había fallecido hace años. Andrew Restarick parece haber sido un tipo bastante inquieto. Nunca apareció mucho por el negocio, aunque todo el mundo dice que tiene talento. Se largó con una mujer, abandonando a su esposa y a una hija de cinco años. Estuvo por Sudáfrica, Kenia y otros lugares. No se divorció. Su esposa murió hace dos años. Estaba inválida. Andrew viajó mucho y en todas partes hizo mucho dinero. Sobre todo con las concesiones mineras. Allí donde metió mano, ganó una fortuna.

»Por lo visto, se decidió a sentar cabeza después del fallecimiento de su hermano. Volvió a casarse y regresó al país dispuesto a asumir las responsabilidades paternas. Por ahora viven con su tío sir Roderick Horsefield, un tío político. Pero es una residencia temporal. La esposa está buscando casa en Londres. No importa el precio. Están forrados.

—Lo sé —manifestó Poirot—. Lo que usted me cuenta es una historia de éxitos. ¡Todo el mundo gana dinero! Todos son de buena familia y muy respetables. Sus relaciones son personas distinguidas. Gozan de un prestigio indiscutible en los círculos empresariales.

»Solo hay un inconveniente. Una muchacha de la que se dice que no está muy entera, una joven relacionada con un muchacho de dudosos antecedentes, que ha tenido problemas con la policía en más de una ocasión. Una muchacha que probablemente intentó envenenar a su madrastra, que sufre de alucinaciones y que incluso podría haber cometido un asesinato. Le digo que nada de todo eso concuerda con la historia de éxitos que me ha traído.

El señor Goby meneó la cabeza con expresión apesadumbrada y comentó con un tono algo vago:

—En todas las familias hay siempre alguien oscuro.

—La actual señora Restarick es una mujer relativamente joven. ¿Supongo que no es la misma que se escapó con Andrew?

—Claro que no. Aquello duró muy poco. Era una pájara de cuidado. Él fue muy tonto al dejarse engatusar. —El señor Goby cerró la libreta y miró a Poirot con una expresión interrogativa—. ¿Hay algo más que pueda hacer por usted?

—Sí. Quiero saber algo más de la difunta señora Restarick. Era inválida. Frecuentaba los sanatorios. ¿De qué tipo? ¿Sanatorios para personas con trastornos nerviosos?

—Ya veo lo que busca, monsieur Poirot.

—¿Hay antecedentes de locura en la familia? ¿En cualquiera de las dos ramas?

—Me encargaré de averiguarlo. —El señor Goby se puso de pie—. Con su permiso, señor, me retiro. Buenas noches.

Poirot permaneció pensativo después de la marcha del investigador. Enarcó las cejas en varias ocasiones. Había una infinidad de preguntas que reclamaban una respuesta.

Al cabo de un rato, llamó a la señora Oliver.

—Se lo dije antes y se lo repito ahora: tenga mucho cuidado. Extreme las precauciones.

—¿Mucho cuidado con qué? —preguntó la señora Oliver.

—Con usted misma. Creo que puede haber peligro, un gran riesgo para cualquiera que vaya a meter la nariz donde no le llaman. El asesinato flota en el aire. No quiero que sea el suyo.

—¿Tiene la información que esperaba?

—Sí, en efecto, me han traído ciertas informaciones. La mayor parte rumores y cotilleos, pero al parecer algo ocurrió en Borodene Mansions.

—¿Qué pasó?

—Había huellas de sangre en el patio.

—¡Vaya! Es como el título de una vieja novela policíaca. *Huellas de sangre*. Aunque ahora a la gente le gustan más títulos como *Ella preguntó por la muerte*.

—Quizá ni siquiera había sangre en el patio. Tal vez solo fue lo que se imaginó un conserje irlandés aficionado a la bebida.

—Posiblemente a alguien se le cayó sin querer una botella de leche y se le derramó. Él no pudo verlo en la oscuridad de la noche. ¿Qué pasó?

Poirot evitó dar una respuesta directa.

—La muchacha creyó que «podía haber cometido un asesinato». ¿Era ese el asesinato al que se refería?

—¿Me está diciendo que ella disparó contra alguien?

—Debemos suponer que disparó contra alguien, pero que, a todos los efectos, no dio en el blanco. Unas cuantas gotas de sangre. Nada más. Ningún cuerpo.

—¡Caramba! —exclamó la señora Oliver—. Todo esto es muy confuso. Sin duda, si alguien consiguió largarse corriendo del patio después de que le dispararan, no parece muy lógico suponer que lo has matado, ¿no le parece?

—*C'est difficile* —respondió Poirot y colgó el teléfono.

II

—Estoy preocupada —afirmó Claudia Reece-Holland.

Se sirvió otra taza de café. Frances Cary abrió la boca en

un enorme bostezo. Las muchachas estaban desayunando en la pequeña cocina del apartamento. Claudia ya estaba vestida y lista para iniciar su jornada de trabajo. Frances seguía con el pijama y la bata. Un mechón de pelo negro le caía sobre un ojo.

—Estoy preocupada por Norma —repitió Claudia.

Frances volvió a bostezar.

—Yo en tu lugar no me preocuparía. Llamará o acabará presentándose en cualquier momento.

—¿Eso crees? Mira, Fran, no puedo dejar de preguntarme si...

—No veo por qué. —Frances se sirvió más café y bebió un sorbo—. Me refiero a que Norma no es asunto nuestro, ¿no te parece? No estamos obligadas a cuidar de ella, controlarla ni nada por el estilo. Solo comparte el apartamento. ¿A qué viene toda esa preocupación maternal? Yo, desde luego, no pienso preocuparme.

—Eso lo tengo claro. Nunca te preocupas por nada. Pero yo no puedo actuar como tú.

—¿Por qué no? ¿Te refieres a que tú eres la inquilina del apartamento?

—Bueno, digamos que estoy en una posición un tanto especial.

Frances repitió uno de sus tremendos bostezos.

—Anoche estuve de juerga hasta muy tarde. En la fiesta de Basil. Supongo que el café acabará por despertarme. ¿Quieres un poco más antes de que me lo acabe? Basil quería que todas probáramos unas pastillas nuevas. Sueños esmeralda. No creo que valga la pena probar todas esas porquerías.

—Llegarás tarde a la galería.

—Qué más da. Nadie se fija ni le importa. Por cierto, anoche vi a David. Iba vestido de maravilla y estaba guapísimo.

—No me digas que tú también le vas detrás. Es un tipo detestable, Fran.

—Sí, eso es lo que tú crees. Eres demasiado convencional.

—En absoluto. Pero reconozco que no me gusta toda esa gente que se las da de bohemia. No hacen gran cosa aparte de tomar drogas, emborracharse o meterse en peleas.

Frances pareció disfrutar con el comentario de Claudia.

—No soy drogadicta, querida. Solo me gusta saber cómo son esas cosas. En cuanto a la gente del grupo, hay unos cuantos que están bien. David no es mal pintor cuando quiere.

—La cuestión es que no quiere muy a menudo, ¿verdad?

—Lo que pasa es que tú siempre estás dispuesta a acuchillarle por la espalda. Te molesta que venga aquí para ver a Norma. Por cierto, ahora que hablamos de cuchillos...

—¿Sí? ¿Qué pasa con los cuchillos?

—Estoy preocupada porque no sé si debo decírtelo o no —manifestó Frances lentamente.

Claudia miró la hora.

—No tengo tiempo. Ya me lo contarás esta noche, si es que quieres contármelo. En cualquier caso, no estoy de humor. Caray, ojalá supiera qué hacer.

—¿Sobre Norma?

—Sí. Me preguntaba si tendríamos que decir a sus padres que no sabemos dónde está.

—Le haríamos un flaco favor. Pobre Norma. ¿Por qué no puede largarse por su cuenta si eso es lo que quiere?

—Norma no es exactamente... —Claudia se interrumpió.

—No, no lo es, ¿verdad? *Non compos mentis*. Es eso lo que quieres decir. ¿Has llamado a ese lugar horrible donde trabaja, Homebirds o algo así? Sí, por supuesto. Recuerdo que llamaste.

—¡¿Dónde estará?! —exclamó Claudia—. ¿David te dijo algo?

—David no parecía saber nada. La verdad, Claudia, es que no entiendo qué importancia puede tener.

—Para mí la tiene porque da la casualidad de que mi jefe es su padre. Tarde o temprano, si le ha ocurrido algo extraño, me preguntarán por qué no les dije que no había regresado a casa.

—Sí, supongo que te echarán una bronca. Pero, que yo sepa, no hay ninguna razón para que Norma nos avise cada vez que se va de casa un par de días, o incluso unas cuantas noches. Me refiero a que no es un huésped de pago. Tú no estás al cuidado de esa chica.

—No, pero el señor Restarick comentó que le había gustado saber que compartía el apartamento con nosotras.

—¿Y tú crees que eso te da derecho a montar este jaleo cada vez que se ausenta sin decirlo? Probablemente estará con algún chico nuevo.

—Está muy enamorada de David. ¿Estás segura de que no está metida en su casa?

—No creo que esté allí. En realidad, David no le hace demasiado caso.

—Eso es lo que quisieras tú —replicó Claudia—. Me parece que quieres ligarte a David como sea.

—De ninguna manera. Estás muy equivocada.

—David está enamorado. De lo contrario, ¿por qué se presentó aquí preguntando por ella?

—Bien que te encargaste de que se fuera en el acto. —Frances se levantó para ir a mirarse en un espejo—. Creo que en realidad vino a verme a mí.

—¡Eres una idiota! Vino aquí a ver si estaba Norma.

—Esa chica no está bien de la cabeza.

—Es lo que yo me digo a veces.

—Te aseguro que no lo está. Oye, Claudia, voy a contarte algo. Tienes que saberlo. El otro día se me rompió un tirante del sujetador y tenía prisa. Ya sé que no te gusta que te cojan tus cosas...

—Por supuesto que no.

—... pero a Norma no le importa, o no se fija. La cuestión es que entré en su cuarto y busqué en los cajones de la cómoda y, verás, encontré algo: una navaja.

—¿Cómo que encontraste una navaja?

—¿Recuerdas que hubo una pelea en el patio? ¿Aquella pandilla de gamberros que se liaron a navajazos? Norma llegó al cabo de unos minutos.

—Sí, sí, lo recuerdo.

—Un reportero me comentó que uno de los chicos resultó apuñalado, pero que consiguió escapar. Verás, el caso es que en el cajón de Norma había una navaja. Tenía una mancha con toda la pinta de ser sangre seca.

—¡Frances, te montas unas historias increíbles!

—Quizá, pero estoy segura de que era sangre. Además, ¿qué demonios hacía una navaja metida en el cajón de la cómoda de Norma? Me gustaría saberlo.

—Supongo que se la encontró en el patio y la recogió.

—¿Para qué? ¿Como recuerdo? Entonces, ¿por qué la escondió y nunca nos dijo ni media palabra?

—¿Qué hiciste con la navaja?

—La dejé en su sitio —respondió Frances con voz pausada—. No sabía qué hacer. Dudaba sobre si contártelo o no. Entonces, ayer volví a mirar en el cajón y había desaparecido, Claudia. Ni rastro.

—¿Crees que envió a David para que la recogiera?

—Es probable que lo hiciera. Te diré algo, Claudia: de ahora en adelante pienso cerrar con llave la puerta de mi dormitorio.

Capítulo 7

La señora Oliver se despertó y de inmediato se sintió dominada por la inquietud al pensar que se enfrentaría a un día sin nada que hacer. Después de enviar a su editor el manuscrito corregido, había acabado el trabajo. Ahora, como en muchas otras ocasiones anteriores, debía entretener su ocio mientras esperaba que reapareciera la urgencia creadora. Recorrió el piso sin un objetivo fijo, recogiendo cosas aquí y allá para volver a dejarlas en su sitio. Abrió los cajones de su escritorio donde se acumulaban las cartas que debían ser contestadas, aunque en esos momentos de complacencia ante el trabajo bien hecho no se veía con ánimos de emprender algo tan pesado y aburrido. Quería hacer algo interesante. Quería..., ¿qué quería?

Recordó la conversación mantenida con Hércules Poirot, la advertencia que le había hecho. ¡Ridículo! Después de todo, ¿por qué no podía participar en un problema que ambos compartían? Poirot podía escoger quedarse sentado en una silla, juntar las puntas de los dedos y poner sus células grises a funcionar mientras permanecía cómodamente instalado entre cuatro paredes. Pero ese no era el procedimiento preferido de Ariadne Oliver. Con decisión, se dijo que ella por lo menos haría algo positivo. Iba a averiguar algo más sobre aquella misteriosa muchacha. ¿Dónde se encontraba Norma Restarick? ¿Qué estaba haciendo? ¿A qué conclusiones sería capaz de llegar ella?

La señora Oliver continuó su ronda por la habitación, cada vez más desconsolada. ¿Qué podía hacer? No era una decisión fácil. ¿Ir a alguna parte y plantear preguntas? ¿Debía ir a Long Basing? Pero Poirot ya había estado allí y había averiguado todo lo que se podía averiguar. Además, ¿qué excusa podía emplear para colarse en la casa de sir Roderick Horsefield?

Analizó las ventajas e inconvenientes de una segunda visita a Borodene Mansions. ¿Quedaba allí algo más por descubrir? Aquí tropezaba otra vez con el tema de la excusa. No sabía qué inventarse, pero, evidentemente, era el único lugar lógico para conseguir más información. ¿Qué hora era? Las diez de la mañana.

Decidió que ya se le ocurriría algo por el camino. Lo que pensó no era demasiado original, desde luego. A la señora Oliver le hubiera gustado evitar presentarse con una justificación tan manida, «pero quizá —se dijo—, lo mejor sería no complicar las cosas, y mantenerse con algo sencillo y creíble». Llegó al majestuoso aunque espartano edificio de Borodene Mansions y se demoró paseando por el patio mientras repasaba los detalles.

Un conserje hablaba con el conductor de un camión de mudanzas. Un lechero se acercó a la señora Oliver, que estaba muy cerca del ascensor de servicio. El hombre hizo tintinear las botellas mientras silbaba alegremente. La señora Oliver continuó mirando distraída el camión.

—El 66 se vacía —le comentó el lechero malinterpretando el interés de la escritora. Pasó un cargamento de botellas del carretón al ascensor—. Claro que ella ya se marchó mucho antes.

El hombre señaló hacia arriba con el pulgar.

—Se tiró por la ventana desde el séptimo piso —añadió—. Hoy hace una semana. A las cinco de la mañana. Una hora curiosa.

A la señora Oliver no le pareció curiosa.

—¿Por qué?

—¿Por qué lo hizo? Nadie lo sabe. Algunos dicen que estaba mal de la azotea.

—¿Era joven?

—No, qué va. Rondaría los cincuenta por lo menos.

Dos hombres renegaban en el camión por culpa de una pesada cómoda. No conseguían subirla a la plataforma y, en el proceso, dos cajones fueron a estrellarse contra el suelo. Un trozo de papel voló por los aires en dirección a la señora Oliver, que lo recogió.

—No lo rompas todo, Charlie —le reprochó el risueño lechero mientras entraba en el ascensor y subía con sus botellas.

Los empleados comenzaron a discutir entre ellos. La señora Oliver intentó devolverles la hoja de papel, pero ninguno de los dos le hizo el menor caso.

La escritora se decidió por fin a entrar en el edificio. Cuando llegó delante de la puerta del apartamento número 67, oyó ruidos en el interior. Llamó y, al cabo de unos instantes, le abrió la puerta una mujer de mediana edad con una fregona que, evidentemente, era la asistenta.

—¡Oh! —exclamó la señora Oliver utilizando su monosílabo favorito—. Buenos días. ¿Hay alguien en la casa?

—No, me temo que no, madame. Han salido todas. Se han ido al trabajo.

—Sí, claro. He venido porque la última vez que estuve aquí me dejé olvidada la agenda. Una lata. Seguro que la encontraré en la sala de estar.

—Yo no he recogido nada que se le parezca, madame, claro que tampoco podía saber que era suyo. ¿Quiere usted pasar? —Se apartó amablemente, dejó a un lado la fregona con la que estaba limpiando el suelo de la cocina y acompañó a la visitante hasta la sala.

—Sí —dijo la señora Oliver, dispuesta a establecer relaciones amistosas con la asistenta—. Sí, allí está el libro que dejé para la señorita Restarick. ¿La señorita Norma ya ha regresado del campo?

—No creo que esté durmiendo aquí durante estos días. Su cama está intacta. Quizá siga en casa de sus padres, que viven en el campo. Sé que fue a pasar con ellos el fin de semana.

—Sí, supongo que seguirá allí. Ese es el libro que le traje. Uno de mis libros.

El hecho de que se tratara de uno de los libros de la señora Oliver no pareció despertar el menor interés en la asistenta.

—Estaba sentada aquí —añadió la escritora, palmeando uno de los sillones—. Al menos eso creo. Luego me acerqué a la ventana y después quizá me senté en el sofá.

Buscó afanosamente debajo del cojín del sillón. La asistenta hizo lo mismo en el sofá.

—No tiene usted idea de lo molesto que es cuando pierdes algo así —afirmó la señora Oliver—. Tienes apuntados todos los compromisos. Estoy segura de que hoy tenía que ir a comer con alguien muy importante, y no recuerdo quién era ni dónde era la comida. Claro que, desde luego, bien podría ser mañana. Si es así, vaya a saber con quién me tocará comer hoy.

—Sin duda es un problema muy grande —señaló la asistenta, haciéndose cargo del problema.

—Estos apartamentos son muy bonitos —comentó la señora Oliver, decidida a que no decayera la charla.

—Demasiado alto para mi gusto.

—Tiene la ventaja de que se disfruta de una buena vista.

—Sí, pero como están orientados al este, en invierno les pega un viento helado. Se cuela como si nada por los marcos metálicos. Algunos vecinos han instalado dobles ventanas. No me gusta que las casas miren al este en invierno. No, yo prefiero un apartamento en la planta baja. Es mucho más cómodo cuando tienes niños. Es más fácil entrar y salir con los cochecitos. A mí que me den un apartamento en la planta baja. Piense lo que pasaría si se produjera un incendio.

—Sí, desde luego, eso sería terrible. Supongo que habrá salidas de emergencia...

—No siempre tienes tiempo de llegar a las salidas de emergencia. Yo le tengo terror al fuego. Desde pequeña. Además, estos apartamentos son muy caros. ¡No se lo creería si le dijera lo que cobran de alquiler! Esa es la razón por la que la señorita Holland tiene a otras dos chicas aquí.

—Sí, creo que las conocí a las dos. La señorita Cary es artista, ¿verdad?

—Trabaja en una galería de arte. Aunque no es que trabaje mucho. Pinta a ratos. Vacas y árboles, cuesta adivinar que lo son. Una muchacha muy desordenada. ¡Tendría que ver su habitación! En cambio, la señorita Holland lo tiene todo hecho un primor. Hace tiempo trabajaba en la Junta Nacional del Carbón, pero ahora es secretaria particular en una firma de la City, en uno de esos edificios nuevos junto a la catedral de St. Paul. Dice que le gusta más. Es la secretaria de un caballero muy rico que acaba de regresar de Sudamérica o algo así. Es el padre de la señorita Norma, y él le pidió a la señorita Holland que la alojara aquí cuando la anterior joven se marchó para casarse y ella mencionó que buscaba a una tercera muchacha. La verdad es que no se podía negar, ¿no le parece? Después de todo, él es su jefe.

—¿Quería negarse?

La mujer hizo una mueca.

—Creo que se hubiera negado de haberlo sabido.

—¿Saber qué? —La pregunta era demasiado directa.

—No me corresponde a mí decirlo. No es asunto mío.

La señora Oliver la miró con cara de inocente y la asistenta mordió el anzuelo.

—No es que no sea una joven agradable. Un poco trastornada, pero a casi todas les pasa lo mismo. Aun así, yo creo que tendría que verla un médico. Hay momentos en los que no parece saber muy bien lo que está haciendo o dónde está. Le entra un no sé qué. Tiene el mismo aspecto que el sobrino de mi marido después de sufrir un ataque. No se lo creerá, pero le dan unos ataques terribles. Aunque ella, que yo sepa, nunca ha tenido ataques. Quizá toma esas cosas, ya me entiende, hay muchas chicas que las toman.

—Creo que hay un joven de por medio que a la familia no le cae nada bien.

—Sí, eso he oído. Ha venido aquí un par de veces, pero yo no lo he visto. Uno de esos chicos modernos, por lo que me han contado. A la señorita Holland no le gusta, aunque ¿qué se puede hacer? Las chicas de hoy hacen lo que quieren.

—Una no puede menos que preocuparse al ver cómo son las muchachas en la actualidad —afirmó la señora Oliver, intentando mostrar una expresión seria y responsable.

—Eso es porque no las educan como es debido. Lo digo y lo repito.

—Creo que tiene usted toda la razón. A mí me da la impresión de que una muchacha como Norma Restarick estaría mucho mejor en su casa que viviendo aquí sola en Londres y ganándose la vida en una empresa de decoración.

—A ella no le gusta su casa.

—¿En serio?

—Tiene una madrastra. A las muchachas no les gustan las madrastras. Por lo que he oído, la madrastra hace todo lo que puede. Intenta que siente la cabeza, espanta a los jóvenes indeseables y cosas así. Sabe que si una chica se lía con un tipo de esos, después vendrán el llanto y el crujir de dientes. Algunas veces —la asistenta adoptó un tono solemne— doy gracias por no tener ninguna hija.

—¿Tiene usted hijos?

—Tenemos dos varones. A uno le van muy bien los estudios y el otro trabaja en una imprenta donde lo aprecian mucho. Son muy buenos chicos. Claro que los chicos también tienen sus problemas. Pero yo creo que las muchachas te causan más preocupaciones. Una siente la necesidad de que tienes que hacer algo.

—Sí, eso es lo que se siente —manifestó la señora Oliver, pensativa. Se dio cuenta de que la mujer deseaba volver a ocuparse de su trabajo. Añadió—: Es una pena haber perdido la agenda, pero qué le vamos a hacer. Bien, muchas gracias por todo y lamento haberla distraído de su trabajo.

—Estoy segura de que la encontrará —afirmó la asistenta.

La señora Oliver se marchó del apartamento y pensó en el próximo paso. No se le ocurrió ninguno, aunque sí algunas ideas para el día siguiente.

En cuanto llegó a su casa, cogió una libreta y anotó diversas cosas debajo del encabezamiento: «Hechos averiguados», como si fueran muy importantes. En su conjunto, los hechos no eran gran cosa, pero la señora Oliver, haciendo honor al título, trató de sacarles el mayor provecho posible. Probablemente, el haber averiguado que Claudia Reece-Holland trabajaba a las órdenes del padre de Norma era lo más valioso. No tenía conocimiento previo de esa relación laboral y dudaba mucho de que Poirot la supiera. Pensó en llamarle y comunicárselo, pero después decidió no decirle nada debido al plan del día siguiente. En esos momentos, no se sentía como una escritora de novelas policíacas sino como un sabueso entusiasmado con la posibilidad de cobrarse la pieza. Estaba sobre el rastro y mañana por la mañana..., bueno, mañana ya se vería.

La señora Oliver, fiel a su plan, se levantó temprano, desayunó un par de tazas de té y un huevo, y se lanzó a la calle. Una vez más llegó a las inmediaciones de Borodene

Mansions. Se preguntó si ya no se habría convertido en una figura conocida, así que esta vez no entró en el patio, sino que se apostó en un lugar desde donde veía las dos entradas. Observó a las personas que salían y se alejaban a paso rápido bajo la lluvia camino del trabajo. La mayoría eran muchachas y todas parecían cortadas por el mismo patrón. La señora Oliver se dijo que los seres humanos eran algo extraordinario vistos así, saliendo decididos de esos monumentales edificios que parecían hormigueros. Llegó a la conclusión de que nunca nadie se preocupaba de tener consideración por los hormigueros. Parecían tan inútiles que uno los hundía con la punta del zapato. Todas aquellas pequeñas cosas corriendo con trocitos de hierba entre las mandíbulas, empeñadas en sus tareas, preocupadas, ansiosas, moviéndose de aquí para allá para no ir a ninguna parte, aunque posiblemente tan bien organizadas como los seres humanos. Sin ir más lejos, el hombre que acababa de pasar junto a ella, murmurando para sí mismo. «Me pregunto qué será lo que le preocupa», pensó la señora Oliver. Reemprendió el paseo por el mismo trozo de acera hasta que de pronto se detuvo.

Claudia Reece-Holland acababa de salir del edificio con su típico andar desenvuelto. Como la vez anterior, iba de punta en blanco. La señora Oliver se giró un poco para evitar que la reconociera. Dejó que la muchacha se adelantara y después la siguió. Claudia llegó a la esquina, dobló a la derecha y caminó hasta la parada del autobús, donde se unió a la cola. La escritora sintió una leve inquietud. ¿Qué pasaría si Claudia se giraba y la descubría? Lo único que se le ocurrió fue sacar un pañuelo y simular que se sonaba la nariz. Pero la joven parecía completamente absorta en sus pensamientos. No se fijó en ninguna de las demás personas que hacían cola. La escritora era la tercera de la fila. Por fin, llegó el autobús y la cola avanzó casi a la carrera. Claudia subió al piso superior. La señora Oliver ocupó un asiento abajo junto a la puerta. Cuando llegó el cobrador, la escritora, sin reparar en gastos, le dio un chelín y seis peniques. Después de todo, no tenía idea de la ruta que seguía el autobús, ni tampoco de cuál era la distancia hasta lo que la asistenta había descrito vagamente como «uno de esos edificios nuevos junto a la catedral de St. Paul». Estaba alerta y preparada cuando la venerable cúpula apareció a la vista. Vigiló con disimulo a todos los que bajaban del piso superior y, finalmente, descendió Claudia con su elegante traje de chaqueta. Bajó del vehículo y la escritora reemprendió la persecución, siempre a una distancia prudencial.

«Qué interesante. ¡Aquí estoy yo siguiendo a alguien en la realidad! Como en mis libros. Además, lo hago muy bien porque ella no se ha dado cuenta», pensó.

No había ninguna duda de que Claudia Reece-Holland se sentía ajena a lo que le rodeaba. «Tiene todo el aspecto de ser una muchacha muy eficiente», volvió a decirse la señora Oliver. «Si me pidieran que adivinara quién podría ser la asesina, una asesina muy capaz, elegiría a alguien como ella.»

Lamentablemente, no habían asesinado a nadie, a menos que la tal Norma tuviera razón en lo de que había cometido un asesinato.

Esta parte de Londres parecía haber sufrido o haberse aprovechado de la presencia de numerosos edificios construidos en los últimos años. Enormes rascacielos, la mayoría de los cuales le parecieron muy siniestros, se elevaban hacia el cielo como si fueran cajas de cerillas cuadradas.

Claudia entró en uno de los edificios. «Ahora sabré exactamente dónde trabaja», se dijo la señora Oliver mientras cruzaba la puerta. Había cuatro ascensores que subían y bajaban con un ritmo frenético. Esto iba a ser más difícil de lo que creía. Sin embargo, eran unos ascensores de gran capacidad y, al subir en el último momento al mismo en el que había entrado Claudia, pudo utilizar de pantalla a unos hombres altos. Claudia dejó el ascensor en el cuarto piso. Avanzó por uno de los pasillos y la señora Oliver, siempre amparada por hombres altos, se fijó en la puerta por donde había desaparecido la muchacha. Era la cuarta puerta antes del final del pasillo y en la placa figuraba el nombre de una empresa: JOSHUA RESTARICK LTD.

Después de llegar hasta allí, la señora Oliver descubrió que no sabía qué más hacer. Había encontrado el local de la empresa del padre de Norma y el lugar en el que trabajaba Claudia. Pero ahora, un tanto afligida, se dijo que francamente no había descubierto gran cosa. ¿Tenía alguna utilidad? Probablemente ninguna.

Recorrió el pasillo un par de veces para ver si entraba alguien más interesante en Restarick Ltd. Entraron dos o tres muchachas, pero ninguna de ellas tenía nada de particular. La señora Oliver se metió otra vez en el ascensor, bajó al vestíbulo y abandonó el edificio un tanto desconsolada por el dilema sobre qué podía hacer a continuación. Dio un paseo por las calles adyacentes, incluso consideró la posibilidad de entrar en la catedral de St. Paul.

«Podría subir a la Galería de los Susurros y susurrar. ¿Qué tal quedaría la galería de los susurros como escenario de un crimen?», se preguntó. «No, demasiado profano. No creo que estuviera bien.» Se encaminó pensativa hacia el teatro Mermaid, pues ofrecía muchas más posibilidades.

Dio media vuelta y caminó en dirección a la zona de edificios nuevos. Entonces, decidió que había llegado el momento de tomar un desayuno más consistente y entró en un café que no estaba demasiado lleno. La señora Oliver echó una ojeada para elegir una mesa y se quedó de piedra. En una mesa cercana a la pared estaba sentada Norma en compañía de un joven con una larga cabellera castaña que le llegaba hasta los hombros, vestido con una chaqueta muy llamativa y un chaleco de terciopelo rojo.

«David», musitó la señora Oliver. «Tiene que ser David.» Norma y el muchacho charlaban con mucha animación.

La escritora consideró su plan de campaña, tomó una decisión, asintió complacida y se dirigió al lavabo de señoras.

La señora Oliver no tenía muy claro si Norma la reconocería o no. No siempre las personas con aspecto de distraídas lo eran en realidad. En ese momento, Norma solo parecía tener ojos para David, pero ¿quién podía asegurarlo?

«Supongo que podré hacer algo para cambiar de aspecto», pensó. Se miró en el pequeño espejo manchado por las moscas, prestando una atención especial a lo que ella consideraba como el punto más importante de la apariencia femenina: el peinado. Nadie lo sabía mejor que ella, porque había cambiado de peinado infinidad de veces y siempre había conseguido despistar a sus amistades. Reflexionó unos instantes y después puso manos a la obra. Se quitó las horquillas para retirar los tirabuzones postizos, los envolvió en un pañuelo y se los guardó en el bolso. Luego se peinó con la raya en medio y sujetó el pelo en un sencillo moño bien ajustado a la nuca. A continuación, se caló las gafas. ¡Ahora parecía otra persona! «Tengo el aspecto de una intelectual», se dijo complacida. Modificó la forma de los labios a base de carmín y salió del lavabo con mucho cuidado porque las gafas solo servían para leer y, en consecuencia, la visión era borrosa. Cruzó el local en dirección a una mesa libre junto a la que ocupaba la pareja. Se sentó detrás de Norma y de cara a David, de forma que la muchacha no pudiera verla a menos que volviera la cabeza. Le pidió a la camarera un café y un bollo, y después trató de pasar lo más desapercibida posible.

Norma y David ni siquiera se fijaron en la escritora. Estaban enfrascados en una acalorada discusión. Sus voces se oían bastante bien.

—Tú eres la única que lo cree —decía David—. Son cosas que te imaginas y no son más que un puñado de tonterías.

—No lo sé. No estoy tan segura. —La voz de Norma tenía una resonancia extraña.

La señora Oliver no la oía con la misma claridad que a David porque estaba de espaldas, pero, aun así, el tono de la joven le provocó una impresión desagradable. Aquí había algo que no iba bien o, mejor dicho, algo que estaba muy mal. Recordó la historia que le había relatado Poirot el primer día. «Ella cree que puede haber cometido un asesinato.» ¿Qué le pasaba a la muchacha? ¿Alucinaciones? ¿Tenía problemas mentales, o lo del asesinato era verdad y ahora sufría las consecuencias del shock?

—Si quieres saber mi opinión —manifestó David—, ¡no es más que un número montado por Mary! Es una mujer muy estúpida, y cree que está enferma y no sé cuántas cosas más.

—Estuvo enferma.

—De acuerdo, estuvo enferma. Cualquier mujer sensata le hubiera pedido al médico que le recetara un medicamento adecuado, en lugar de armar tanto barullo.

—Ella cree que yo lo hice. Mi padre también lo cree.

—Te digo, Norma, que son imaginaciones tuyas.

—Me lo acabas de decir, David, y sé que lo haces para animarme; pero supongamos que yo le diera esa cosa...

—¿Qué quieres decir con «supongamos»? Tú tienes que saber si se lo diste o no. No puedes ser tan idiota, Norma.

—No lo sé.

—No haces más que repetir siempre lo mismo como una cotorra: «No lo sé. No lo sé».

—Tú no lo entiendes. No tienes ni la menor idea de lo que es el odio. La odio desde el primer momento en que la vi.

—Lo sé. Ya me lo dijiste.

—Eso es lo más extraño de todo. Te lo dije, y sin embargo ni siquiera recuerdo habértelo dicho. ¿Lo ves? De vez en cuando le digo a la gente cosas. Les hablo de lo que he hecho, o de lo que voy a hacer, pero después ni siquiera recuerdo habérselo mencionado. Es como si estuviese pensando en esas cosas y, entonces, en algún momento, se las digo a la gente o no. A ti te las dije, ¿no?

—Oye, no hace falta que volvamos otra vez a ese tema.

—Pero te las dije, ¿verdad?

—De acuerdo, de acuerdo. Todo el mundo dice cosas como esas. «La odio y voy a matarla. ¡Creo que la envenenaré!» Pero eso no es más que algo infantil. Ya sabes, como si no fueras una persona mayor. Es algo muy natural. Los niños lo dicen continuamente. «Te odio. ¡Te cortaré la cabeza!» Lo dicen en la escuela, sobre todo cuando hay algún maestro al que detestan.

—¿Tú crees que solo es eso? Además, suena como si yo no fuera una persona adulta.

—En algunos asuntos no lo eres. Si pudieras pensar con sensatez, verías lo ridículo que resulta. ¿La odias? De acuerdo, tienes la solución al alcance de la mano. Márchate de casa y no vivas con tu madrastra.

—¿Por qué no puedo vivir en mi propia casa, con mi padre? —replicó Norma—. No es justo, ni natural. Primero se marchó y abandonó a mi madre, y ahora, cuando acaba de volver para estar conmigo, resulta que está casado con Mary. Claro que la odio y ella me odia. Cuántas veces pensé en matarla y en las formas de hacerlo. Me divertía trazar planes. Pero después, cuando se puso enferma de verdad, fue muy distinto.

—¿No creerás que eres una bruja o algo parecido? —preguntó David con un tono de inquietud—. ¿No se te habrá ocurrido hacer alguna figurilla de cera para después clavarle alfileres?

—No. Eso sería una estupidez. Lo que hice fue real, algo muy real.

—Espera un momento, Norma. ¿Qué quieres decir con eso de que era real?

—La botella estaba allí, en la cómoda. Abrí un cajón y me la encontré.

—¿Qué botella?

—DRAGÓN EL EXTERMINADOR. HERBICIDA SELECTIVO. Eso decía la etiqueta. Un producto en una botella verde que servía para rociar sobre las hierbas. También llevaba las etiquetas de PRECAUCIÓN y VENENO.

—¿Lo compraste tú o estaba por allí?

—No sé dónde lo conseguí, pero estaba allí, en la cómoda, y la botella estaba medio vacía.

—¿Fue entonces cuando recordaste...?

—Sí—respondió Norma con una voz distante, casi soñadora—. Sí, creo que fue entonces cuando lo recordé todo. Tú también lo crees, ¿no es así, David?

—No sé qué hacer contigo, Norma, la verdad es que no lo sé. Creo que te lo estás inventando todo, que te lo repites a ti misma para convencerte de que fue así.

—Pero ella fue al hospital y la ingresaron en observación. Dijeron que estaban intrigados. No consiguieron descubrir la causa, así que la enviaron de nuevo a casa. Volvió a sentirse mal y me asusté. Mi padre comenzó a mirarme de una forma extraña, y después vino el médico y se encerraron en el estudio de papá. Yo salí de casa, me acerqué a la ventana y escuché lo que decían. Discutían sobre la conveniencia de enviarme a algún lugar donde me tendrían encerrada. Un lugar donde me sometieran a un tratamiento o algo así. Creían que estaba loca y sentí mucho miedo, porque no estaba segura de lo que había o no había hecho.

—¿Eso fue cuando te escapaste?

—No. Ocurrió más tarde.

—Cuéntamelo.

—No quiero hablar más de ese asunto.

—En algún momento tendrás que decirles dónde estás.

—¡De ninguna manera! Los odio. A mi padre y a Mary. Ojalá estuvieran muertos. Creo que entonces volvería a ser feliz.

—¡No te ofusques! Escucha, Norma... —se interrumpió como si tuviera vergüenza—, no me entusiasman el matrimonio y todas esas tonterías. Me refiero a que no creo que vaya a casarme hasta dentro de unos cuantos años. Uno no quiere verse atado, pero creo que ahora mismo sería lo más oportuno. Casémonos. Vayamos al registro civil o a un juez. Deberás decir que tienes más de veintiún años. Puedes peinarte de otra forma, ponerte unas gafas para parecer mayor. En cuanto estemos casados, tu padre no podrá hacer absolutamente nada. No podrá enviarte a lo que tú llamas «algún lugar». Se encontrará impotente.

—Le odio.

—Pareces odiar a todo el mundo.

—Solo a mi padre y a Mary.

—Mira, después de todo, es algo muy natural que un hombre vuelva a casarse.

—Recuerda lo que le hizo a mi madre.

—Todo eso ocurrió hace mucho tiempo.

—Sí. Yo era una niña, pero lo recuerdo. Se marchó sin preocuparse de lo que podía pasarnos. Me enviaba regalos por Navidad, pero nunca vino a vernos. Te aseguro que no lo habría reconocido si me lo hubiera encontrado por la calle cuando regresó. En ese momento ya no significaba nada para mí. Creo que también consiguió que encerraran a mi madre. Ella solía marcharse cuando estaba enferma. No sé adónde iba. Tampoco sé cuál era su enfermedad. A veces me pregunto, David, si no tengo algo mal en la cabeza y algún día acabaré haciendo algo muy malo. Como aquello de la navaja.

—¿Qué navaja?

—No tiene importancia. No era más que una navaja.

—¿Se puede saber de qué hablas?

—Creo que tenía manchas de sangre. Estaba escondida en el cajón de la cómoda, debajo de la ropa interior.

—¿Recuerdas haberla escondido allí?

—Creo que sí. Pero no consigo recordar qué hice antes. No recuerdo dónde estuve. Hay una hora entera en blanco. No sé dónde estuve aquella noche, pero sé que salí y que hice algo.

—¡Calla! —le ordenó David en voz baja al ver que la camarera se acercaba a la mesa—. No te pasará nada. Cuidaré de ti. Comamos algo más. —Cogió el menú y se dirigió a la camarera—. Tráiganos dos de alubias estofadas con tostadas.

Capítulo 8

I

Hércules Poirot le dictaba una carta a su secretaria, la señorita Lemon.

«Al tiempo que le agradezco el honor que me dispensa, lamento mucho tener que informarle de que...»

Sonó el teléfono. La señorita Lemon atendió la llamada.

—¿Sí? ¿Quién es? —Tapó el auricular e informó a su jefe—. La señora Oliver.

—Ah, la señora Oliver. —Poirot no tenía ningún interés especial en hablar con la señora Oliver ahora que estaba ocupado en otra cosa, pero se puso al teléfono—. *Allô*, Hércules Poirot al aparato.

—¡Ah, Poirot, me alegro de que esté en casa! ¡La he encontrado!

—¿Qué ha dicho?

—La he encontrado. ¡A la muchacha! Ya sabe, la que dijo que había cometido un asesinato o creía haberlo cometido. No para de hablar del tema. Creo que está un poco ida. Pero eso ahora no tiene importancia. ¿Quiere usted venir y recogerla?

—¿Dónde está usted, *chère madame*?

—En algún lugar entre St. Paul y el teatro Mermaid. Calthorpe Street —le informó la señora Oliver, asomando la cabeza por la puerta de la cabina telefónica—. ¿Cree usted que podrá llegar aquí rápido? Están en un restaurante.

—¿Están?

—Sí, ella y el que supongo que es el novio indeseable. En realidad parece un chico bastante agradable que la quiere mucho. No sé por qué. La gente es tan extraña. No quiero entretenerme más porque debo volver allí. Verá, no los seguí. Entré en un restaurante y me los encontré.

—Ajá. Ha sido usted muy hábil, madame.

—No, la verdad es que no. Fue algo totalmente accidental. Quiero decir que entré en un pequeño café y allí estaba la muchacha, sentada sin más.

—Ah. Entonces digamos que ha sido buena suerte. Eso también es muy importante.

—Ocupé la mesa vecina, pero me senté detrás de ella. En cualquier caso, no creo que hubiese podido reconocerme. Me hice cosas en el pelo. La cuestión es que conversaban como si estuviesen solos en el mundo y, cuando pidieron más alubias estofadas... No soporto las alubias estofadas, siempre me ha parecido raro que la gente las coma.

—Dejemos de lado las alubias estofadas. Continúe. Los ha dejado en el café y ha salido a buscar una cabina, ¿no es así?

—Sí, porque las alubias estofadas me ponen mala. Ahora debo regresar, o quizá me quede vigilando la salida. El caso es que debe llegar aquí cuanto antes.

—¿Cómo se llama el café?

—El Merry Shamrock. Es un lugar bastante lúgubre, mejor dicho sórdido, aunque el café es bastante bueno.

—No diga nada más. Regrese al café. Yo ya llegaré.

—Perfecto —dijo la señora Oliver, y colgó.

II

La señorita Lemon, siempre eficiente, le había precedido y ahora lo esperaba en la calle junto a un taxi. No hizo ninguna pregunta ni demostró la menor curiosidad. Tampoco le dijo a Poirot en qué ocuparía el tiempo durante su ausencia. Siempre sabía qué hacer y siempre tenía razón en lo que hacía.

Poirot llegó a la esquina de Calthorpe Street. Se apeó del vehículo, le pagó al taxista y echó una ojeada al entorno. Vio el Merry Shamrock, pero en la vecindad no vio a nadie que se pareciera a la señora Oliver, por muy bueno que fuera su disfraz. Fue hasta la otra esquina y regresó. Siguió sin ver a la señora Oliver. Por lo tanto, la pareja que les interesaba se había marchado del café y la señora Oliver había reanudado la persecución, o si no...

Para responder al «o si no...» se acercó a la puerta del café. No se veía gran cosa del interior debido al vaho que empañaba los cristales, así que abrió la puerta y entró. Su mirada recorrió el local.

De inmediato vio a la muchacha que se había presentado en su casa a la hora del desayuno. Estaba sentada sola en una mesa contra la pared. Fumaba un cigarrillo y miraba al frente con una expresión muy pensativa. «No —se dijo Poirot—, aquella no era una expresión pensativa. Estaba en otra dimensión.»

Cruzó el local y se sentó en otra silla delante de la muchacha. Ella volvió a la realidad y Poirot se sintió gratificado al comprobar que le había reconocido.

—Volvemos a encontrarnos, mademoiselle —comentó con un tono amable—. Veo que me ha reconocido.

—Sí, así es.

—Siempre es grato ser reconocido por una joven a la que solo se ha visto una vez y durante muy poco tiempo.

Norma continuó mirándole, pero no abrió la boca.

—¿Puedo preguntarle cómo me ha reconocido? ¿Cómo ha sabido quién era? —inquirió Poirot.

—Sus bigotes —respondió la joven en el acto—. No podrían ser de nadie más.

Nada podía ser más grato para Poirot y se acarició los bigotes con el orgullo y la vanidad que solía desplegar en estas ocasiones.

—Sí, es verdad. No hay muchos bigotes como los míos. Son magníficos.

—Sí, supongo que lo son.

—Quizá no sea usted una experta en bigotes, pero permítame decirle, señorita Restarick, porque usted es Norma Restarick, ¿no es así?, que estos son unos bigotes realmente soberbios.

Había recalcado el nombre con toda intención. Al principio se había mostrado tan distante de todo lo que le rodeaba, tan alejada, que él se había preguntado si la joven se daría cuenta. Norma se dio cuenta y lo miró sorprendida.

—¿Cómo sabe mi nombre?

—Muy cierto, porque usted no le dio su nombre a mi criado cuando fue a verme aquella mañana.

—¿Cómo lo ha averiguado? —insistió la joven—. ¿Cómo lo ha sabido? ¿Quién se lo ha dicho?

Poirot vio la alarma, el miedo, en el rostro de Norma.

—Me lo dijo un amigo. Los amigos pueden ser muy útiles.

—¿Quién fue?

—Mademoiselle, si a usted le gusta no revelarme sus pequeños secretos, a mí también me gusta guardar los míos.

—No entiendo cómo ha podido averiguar quién soy.

—Soy Hércules Poirot —afirmó el detective con su habitual grandilocuencia. Después le cedió la iniciativa. Guardó silencio y la miró con una amable sonrisa.

—Yo... —comenzó la muchacha. Se detuvo—. Me...

Volvió a interrumpirse.

—Sé que aquella mañana no avanzamos demasiado —señaló Poirot—. Usted solo me dijo que creía haber cometido un asesinato.

—¡Ah, eso!

—Sí, mademoiselle, eso.

—Pero no lo decía en serio. En ningún momento pretendí que lo fuera. Solo era una broma.

—*Vraiment?* Usted fue a verme a primera hora de la mañana, cuando yo estaba desayunando. Dijo que era urgente. La urgencia era que quizá usted había cometido un asesinato. ¿Eso es lo que usted considera una broma?

Una camarera que desde hacía rato rondaba cerca de la mesa con la mirada puesta en Poirot se acercó bruscamente y le ofreció lo que parecía ser un barco de papel como los que hacen los niños.

—¿Esto es para usted? ¿El señor Porritt? Lo ha dejado una señora.

—Sí. ¿Cómo ha sabido que era yo?

—La señora ha dicho que lo sabría por sus bigotes. Que eran unos bigotes como nunca había visto en mi vida. Una verdad como un templo —añadió impresionada.

—Muchísimas gracias.

Poirot cogió el barco, desplegó el papel y leyó las palabras escritas a lápiz: «Él acaba de marcharse. Ella se queda, así que se la dejo a usted y yo le sigo». Estaba firmado: «Ariadne».

—Muy bien. —Poirot dobló el papel y se lo guardó en un bolsillo—. ¿De qué estábamos hablando? Creo que de su sentido del humor, señorita Restarick.

—¿Solo sabe mi nombre o lo sabe todo de mí?

—Sé unas cuantas cosas. Usted es la señorita Norma Restarick, su dirección en Londres es 67 de Borodene Mansions. La dirección de su casa es Crosshedges, Long Basing. Usted vive allí con su padre, su madrastra, un tío abuelo y una *au pair*. Como ve, estoy muy bien informado.

—Me ha estado siguiendo.

—No, no, en absoluto. Le doy mi palabra.

—Pero usted no es policía, ¿verdad? Usted no dijo que lo fuera.

—No, no soy policía.

Las sospechas y el desafío se derrumbaron.

—No sé qué hacer —suspiró ella.

—No le estoy pidiendo que me contrate, porque ya me dijo que soy demasiado viejo. Quizá tenga usted razón. Pero dado que sé quién es usted y algunas cosas más, no hay ningún motivo para que no podamos discutir de una forma amistosa los problemas que la afligen. No olvide que los viejos, aunque se nos considere incapaces para la acción, tenemos una considerable experiencia acumulada que siempre es muy útil.

Norma continuó mirándolo con una expresión de duda, con la misma fijeza que tanto le había inquietado la vez anterior. Pero en cierto sentido estaba atrapada y, en esos momentos, al menos así le pareció a Poirot, deseaba poder hablar de sus cosas. El detective siempre había sido un buen oyente.

—Creen que estoy loca —le soltó Norma—, y yo también creo lo mismo. Loca de remate.

—Eso es muy interesante —opinó Poirot alegremente—. Hay una infinidad de nombres para estas cosas. Nombres muy rimbombantes. Nombres que los psiquiatras, los psicólogos y otros expertos sueltan tan frescos. Pero, cuando usted dice loca, eso describe perfectamente a lo que en apariencia pueden ser personas comunes y corrientes. *Eh bien*, de acuerdo, usted está loca, parece loca o cree que está loca y, posiblemente, quizá está loca. Pero eso no significa que su condición sea grave. Es algo que afecta a muchísimas personas y que se cura fácilmente con el tratamiento adecuado. Se produce porque las personas sufren de agotamiento mental, tienen demasiadas preocupaciones, estudian demasiado para los exámenes, piensan demasiado en sus emociones, están absorbidas por la religión, o les angustia no tenerla, o tienen buenas razones para odiar a sus padres. Desde luego, también puede ser algo tan sencillo como un romance desgraciado.

—Tengo una madrastra. La odio, y creo que también odio a mi padre. Eso ya es bastante, ¿no le parece?

—Lo más común es odiar a uno o al otro. Supongo que quería usted mucho a su madre. ¿Está divorciada o murió?

—Murió. Falleció hará dos o tres años.

—¿Usted la quería mucho?

—Sí, creo que sí. Quiero decir que sí. Era inválida, y la mayor parte del tiempo estaba internada.

—¿Qué me dice de su padre?

—Mi padre se había marchado al extranjero mucho tiempo antes. Se fue a Sudáfrica cuando yo tenía cinco o seis años. Creo que le pidió el divorcio a mi madre, pero ella se lo negó. La cuestión es que en Sudáfrica se dedicó a la prospección minera o algo parecido. Me escribía por Navidad y me enviaba un regalo, o se las arreglaba para que alguien viniera a verme. Eso era todo. Con el paso de los años, dejó de parecerme un ser real. Regresó el año pasado porque tenía que ocuparse de los asuntos de mi tío y de la empresa. Cuando volvió, se trajo con él a su nueva esposa.

—¿Usted se molestó?

—Sí.

—Pero su madre ya había fallecido. No tiene nada de particular que un hombre vuelva a casarse, sobre todo si él y su primera esposa llevaban años separados. ¿La nueva esposa era la misma mujer con la que había querido casarse antes, cuando le pidió el divorcio a su madre?

—No, esta es muy joven, muy guapa y se comporta como si fuese la dueña de mi padre.

Norma hizo una breve pausa y, después, añadió con un tono un tanto infantil:

—Cuando regresó a casa, creí que esta vez me querría y estaría más pendiente de mí, pero ella no le deja. Acabó por echarme de casa.

—No creo que eso tenga demasiada importancia a su edad. Es algo bueno. Ahora usted ya no necesita a nadie que la cuide. Puede valerse por sí misma, disfrutar de la vida, escoger a sus amigos.

—¡Nadie lo diría en vista de cómo me tratan en casa! Me refiero a eso de escoger a mis amistades.

—En la actualidad, la mayoría de las jóvenes tienen que aguantar las críticas paternas a sus amigos.

—Todo era tan distinto... Mi padre no se parece en nada a la persona que recuerdo cuando tenía cinco años. Siempre jugaba conmigo y era muy alegre. Ahora no lo es. Está siempre preocupado, se muestra brusco y... parece otra persona.

—Han pasado casi quince años. Las personas cambian.

—¿Pero hasta tal extremo?

—¿Ha cambiado de aspecto?

—No, eso no. Si mira usted el cuadro que tiene en casa, pintado cuando era mucho más joven, verá que es el mismo. Pero no es así como lo recuerdo.

—Le diré una cosa —manifestó Poirot con voz amable—. Las personas nunca son como uno las recuerda. A medida que pasan los años, las vamos transformando más y más de acuerdo con nuestros deseos y de cómo creemos que los recordamos. Si uno quiere recordarlos amables, alegres y apuestos, siempre acabamos por exagerar los detalles.

—¿Usted cree? ¿Lo cree de veras? —Meditó unos segundos y después preguntó abruptamente—: ¿Por qué cree usted que quiero matar?

La pregunta había surgido de una forma del todo natural. Reclamaba una respuesta. Poirot consideró que por fin habían llegado a un punto crucial.

—Esa es una pregunta muy interesante —manifestó el detective—, y puede haber una razón también muy interesante. La persona que mejor podría responderla es un médico. Uno experto en la materia.

La muchacha reaccionó en el acto.

—No iré a ver a ningún doctor. Ellos quieren enviarme a un médico para conseguir que me encierren en alguno de esos lugares donde tienen a los locos. Si lo consiguen, no me dejarán salir nunca más. Ni se le ocurra pensar que haré nada parecido. —La joven amagó con levantarse.

—¡No soy yo quien puede enviarla a un médico! —la tranquilizó Poirot—. No tiene por qué alarmarse. Es una decisión que solo usted puede tomar. Puede ir a un médico y contarle las cosas que me ha contado a mí, puede preguntarle las causas y él quizá pueda explicárselas.

—Eso mismo me dijo David. Eso es lo que dice que debo hacer, pero no creo que él lo comprenda. Tendría que decirle al médico que intenté hacer cosas.

—¿Por qué cree que las ha hecho?

—Porque no siempre recuerdo las cosas que hago o dónde estuve. Hay horas que están en blanco y no consigo recordar nada de nada. En una ocasión estaba en un pasillo, delante de una puerta, su puerta. Tenía algo en la mano, no sé de dónde lo había sacado. Ella venía caminando hacia mí, pero cuando se acercó, vi que su rostro había cambiado. No era el de ella. Se había transformado en otra persona.

—Quizá lo que recuerda es una pesadilla. En los sueños es frecuente que las personas se transformen en otras.

—No fue una pesadilla. Recogí un revólver. Lo encontré allí, junto a mis pies.

—¿En el pasillo?

—No, en el patio. Ella vino y me lo quitó.

—¿Quién se lo quitó?

—Claudia. Me llevó de vuelta al apartamento y me hizo beber algo amargo.

—¿Dónde estaba su madrastra?

—Ella también estaba. Un momento, no, no estaba. Se encontraba en Crosshedges o en el hospital. Allí es donde descubrieron que habían intentado envenenarla y que había sido yo la autora.

—No tiene por qué haber sido usted. Pudo ser algún otro.

—¿Quién?

—Quizá su marido.

—¿Mi padre? ¿Por qué demonios iba a querer mi padre envenenar a Mary? La quiere. Está loco por ella.

—Hay otras personas en la casa.

—¿El viejo tío Roderick? ¡Tonterías!

—No sabemos si sufre de algún trastorno mental. Tal vez cree que es su deber envenenar a una mujer a la que se imagina como una bella espía o algo así.

—Eso sería muy interesante —afirmó Norma, a quien la idea le resultó tan divertida que, por un instante, se olvidó de sus preocupaciones y se comportó de una forma natural—. El tío Roderick trató mucho con espías durante la última guerra. ¿Quién más hay en la casa? Está Sonia. Supongo que ella podría ser una bella espía, pero no encaja con la imagen que tengo de los agentes secretos.

—En eso tiene toda la razón, y tampoco resulta claro que pueda tener algún motivo para envenenar a su madrastra. Supongo que habrá sirvientes y jardineros.

—No, solo trabajan por horas. No lo creo, al menos a primera vista no parecen personas que tengan ningún motivo.

—Quizá fue ella misma quien lo hizo.

—¿Se refiere a que intentó suicidarse?

—Es una posibilidad.

—No me imagino a Mary intentando suicidarse. Es demasiado sensata. Además, ¿qué motivo podría tener?

—Supongamos que es de las que meterían la cabeza en el horno de gas o se tenderían muy compuestas en la cama e ingerirían una sobredosis de barbitúricos. ¿No lo cree posible?

—La causa podría haber sido más sencilla. Pude haber sido yo la autora del intento, simplemente —afirmó la muchacha con un tono angustiado.

—Ajá, eso me interesa. Da toda la impresión de que usted prefiere que sea así. Le atrae la idea de que fuera su mano la que echó la dosis letal. Sí, le entusiasma la idea.

—¿Cómo se atreve a decir algo así?

—Porque creo que es verdad. ¿Por qué le excita la posibilidad de ser la autora de un intento de asesinato?

—No es verdad.

—Me he limitado a plantearme algunas preguntas, sin más.

La muchacha recogió el bolso. Le temblaban las manos.

—No pienso quedarme aquí y tolerar que me diga esas cosas horribles. —Llamó a la camarera para que le trajera la cuenta. Esta anotó el importe de la consumición en una hoja de papel y la dejó junto al plato de Norma.

—Permítame —dijo Poirot.

Cogió rápidamente el papel y se dispuso a sacar la cartera. La joven le arrebató la cuenta.

—No dejaré que me invite.

—Como usted quiera.

Ya había visto lo que le interesaba. La cuenta era de dos personas. Al parecer, el emperifollado David no tenía ninguna objeción a que una muchacha enamorada pagara sus consumiciones.

—Veo que no le importa pagar el desayuno de su amigo.

—¿Cómo sabe que estaba acompañada?

—Ya se lo he dicho. Sé muchas cosas.

Norma dejó el importe sobre la mesa y se levantó.

—Me marcho. Y le prohíbo que me siga.

—Dudo que sea capaz de seguirla. Debe usted recordar mi avanzada edad. Si a usted se le ocurriera echar a correr, me sería imposible mantenerla al alcance de mi vista.

—Se lo repito, no intente seguirme —manifestó la muchacha mientras se alejaba.

—Permítame al menos que le abra la puerta. —Poirot abrió la puerta con un gesto galante—. *Au revoir, mademoiselle.*

Norma lo miró con desconfianza y se alejó a paso rápido. Volvió la cabeza un par de veces para ver si la seguía. Poirot permaneció junto a la puerta, pero no hizo ningún intento de salir a la calle. Cuando la muchacha se perdió de vista, volvió a entrar en el café.

«¿Qué demonios significa todo esto?», se preguntó.

La camarera se acercó con una evidente expresión de disgusto. Poirot volvió a ocupar su silla y aplacó a la mujer pidiéndole una taza de café. «Aquí pasa algo muy curioso. Sí, algo muy curioso.»

La camarera le sirvió una taza llena de un líquido de un color indefinido. El detective bebió un trago y fue incapaz de disimular su repugnancia.

Se preguntó dónde estaría la señora Oliver en esos momentos.

Capítulo 9

La señora Oliver viajaba en un autobús. Le faltaba el aliento, pero se sentía entusiasmada por el celo de la persecución. La persona a la que llamaba «el Faisán» marchaba a buen paso. Ariadne Oliver no era una buena andadora. Cuando recorrieron el Embankment, mantuvo una distancia de unos treinta pasos. En Charing Cross, perseguido y perseguidora bajaron las escaleras del metro. Se apearon en Sloane Square y salieron a la calle. La escritora se unió a su objetivo en la cola del autobús. Subieron al vehículo y, cuando el sujeto se bajó en World's End, ella hizo lo mismo. El Faisán abrió la marcha por un desconcertante laberinto de callejuelas entre King's Road y el río. Entró en lo que aparentemente era un depósito de materiales para la construcción. La señora Oliver esperó oculta al amparo de un portal. Vio salir a su presa, que se metió por un callejón. La mujer le dio unos segundos de ventaja y siguió tras él, pero este había desaparecido. Echó una ojeada a su alrededor. Toda la zona mostraba un aspecto decrépito. Avanzó un poco más por la callejuela. Había unas cuantas que comenzaban ahí y otras que no tenían salida. Había perdido por completo el sentido de la orientación cuando llegó otra vez delante del depósito, y se llevó un susto de muerte cuando una voz habló a sus espaldas con mucha corrección: «Espero no haberla fatigado en exceso con mi paso rápido».

Se volvió, alarmada. De pronto, aquello que le había resultado casi divertido, una persecución comenzada con un espíritu alegre y despreocupado, dejó de serlo. Lo que sentía ahora era miedo. Sí, estaba asustada. En el aire flotaba la amenaza. La voz era agradable, cortés, pero detrás se ocultaba una cólera que le hizo recordar todas aquellas noticias que se leían en los periódicos. Mujeres mayores atacadas por pandillas de gamberros. Jóvenes despiadados y crueles, animados por el odio y el deseo de hacer daño. Este era el joven al que había seguido. Había advertido que lo seguía. La había conducido hasta el callejón para tenderle una trampa. Como era habitual en Londres, un momento antes había gente por todas partes y, al instante siguiente, no había nadie a la vista. Sin duda, había gente en la calle siguiente, en las casas cercanas, pero se enfrentaba a una figura dominante con crueles y fuertes manos. Tuvo la impresión de que, en ese momento, el joven pensaba utilizarlas. El Faisán. El orgulloso Faisán, vestido con sus elegantes y ajustados pantalones de terciopelo, le hablaba con una voz divertida e irónica que disimulaba la cólera. La señora Oliver recuperó el aliento. Entonces, se le ocurrió una excusa que quizá le evitaría mayores disgustos. Se sentó en un cubo de basura que había junto a la pared.

—Dios mío, menudo susto. No tenía ni la menor idea de dónde estaba. Espero que no esté usted enfadado conmigo.

—¿Así que me estaba siguiendo?

—Sí, efectivamente. Supongo que se habrá sentido usted molesto. Verá, creía que era una excelente oportunidad. Estoy segura de que estará usted muy enfadado, pero no tiene por qué estarlo. No había mala intención. —La señora Oliver se acomodó mejor en el improvisado asiento—. Escribo novelas policíacas y esta mañana estaba muy preocupada. En realidad, he entrado en aquel local para tomar una taza de café y poner en orden mis ideas. Estoy en un punto de mi novela en el que persigo a alguien. Me refiero a mi personaje, que está siguiendo a alguien, y me he dicho: «La verdad es que sé muy poco sobre persecuciones». Quiero decir que siempre estoy utilizando la misma frase y he leído infinidad de libros en los que alguien persigue a otro, y me pregunté si sería tan fácil como lo describen algunos libros, o tan difícil como lo narran otros. Así que me dije: «Solo tienes una manera de averiguarlo. Inténtalo, porque hasta que lo pruebes, no podrás saber cómo es en realidad». Me refiero a lo que se siente al perder el rastro. La cuestión es que lo he visto sentado en el café y me he dicho, espero que no se ofenda, que usted era el candidato ideal para un seguimiento.

El joven continuaba mirándola con aquellos extraños y fríos ojos azules, pero a la señora Oliver le pareció que ya no existía la misma tensión.

—¿Por qué era el candidato ideal?

—Digamos que me ha llamado usted la atención —le explicó la autora—. Lleva usted unas prendas muy atractivas, casi a la moda de la Regencia, y me he dicho que bien podría aprovechar la ventaja de que sería fácil de distinguir entre la multitud. Por lo tanto, cuando usted ha salido del café, le he seguido. Reconozco que no ha resultado tan sencillo como creía. —Miró al joven—. Dígame, ¿se ha dado cuenta desde el principio de que le seguía?

—No, no me ha dado cuenta hasta al cabo de un rato.

—Comprendo —manifestó la señora Oliver, pensativa—. Claro que a mí no se me distingue con la misma facilidad. Quiero decir que en la calle hay muchísimas mujeres mayores. No destaco demasiado, ¿verdad?

—¿Se publican los libros que escribe? ¿Es posible que yo haya leído alguno?

—No lo sé. Quizá sí. Llevo escritos cuarenta y tres. Me llamo Oliver.

—¿Ariadne Oliver?

—Ah, conoce mi nombre. Me complace, aunque yo diría que mis libros no deben de gustarle demasiado. Le parecerán anticuados, no resultan lo bastante violentos.

—¿Usted no me conocía de antes?

La señora Oliver meneó la cabeza con mucha energía.

—No, en absoluto.

—¿Qué me dice de la muchacha que estaba conmigo?

—¿Se refiere a la que ha compartido las alubias estofadas con usted en el café? No, no lo creo. Desde luego, solo le he visto la nuca. A mí me ha parecido... bueno, en la actualidad todas las chicas se parecen mucho las unas a las otras, ¿no le parece?

—Ella la conoce —afirmó el muchacho de sopetón—. Mencionó que la había conocido no hace mucho. Creo que fue la semana pasada.

—¿Dónde? ¿En una fiesta? Supongo que me la presentarían. ¿Cómo se llama? Quizá la recuerde si me dice el nombre.

A la señora Oliver le pareció que el joven vacilaba, pero al final decidió decírselo y lo observó atentamente mientras se lo decía.

—Se llama Norma Restarick.

—¿Norma Restarick? Sí, por supuesto, me la presentaron en una fiesta en el campo. En un lugar llamado... espere un momento... ¿Long Norton? No recuerdo el nombre de la casa. Fui allí con unos amigos. No creo que la hubiera reconocido, aunque sí creo que hizo un comentario sobre mis libros. Incluso le prometí regalarle uno. Es muy curioso que, al tomar la decisión, acabara escogiendo a una persona que estaba sentada con otra que más o menos conozco. Muy extraño, sin duda. No creo que pudiera escribir algo así en mi libro. Parecería una coincidencia demasiado forzada, ¿no cree usted?

La señora Oliver se puso de pie.

—Madre de Dios, ¿en qué estaba sentada? Un cubo de

basura. ¡Vaya! Tampoco se puede decir que sea gran cosa como cubo de basura. —Olisqueó el aire como un sabueso—. ¿Qué lugar es este?

David la miraba con atención. La autora sintió de pronto que se había equivocado totalmente en sus anteriores conclusiones. «Ha sido muy absurdo por mi parte creer que este joven es peligroso, que podría hacerme algún daño», se dijo. Ahora David le sonreía de una forma encantadora. Movió la cabeza y los rizos castaños le acariciaron los hombros. ¡Algunos de esos muchachos eran unas criaturas fantásticas!

—Lo menos que puedo hacer —manifestó David— es enseñarle dónde ha venido a parar al seguirme. Venga, subamos la escalera. —Le señaló una escalera ruinosa que subía a lo que parecía ser un desván.

—¿Subir esas escaleras? —A la señora Oliver no le pareció algo demasiado sensato. Quizá él estaba intentando convencerla con su encanto para sacarla de la calle y, después, atacarla sin riesgos de que lo viera nadie. «Te has metido en un lío, Ariadne, y ahora tendrás que seguir adelante y averiguar todo lo que puedas.»

—¿Cree que aguantarán mi peso? Parecen bastante destartaladas.

—Es una escalera muy sólida. Subiré primero —se ofreció con mucha galantería— y le enseñaré el camino.

La señora Oliver subió las empinadas escaleras detrás del joven. Eso no le ayudó en lo más mínimo a calmar sus temores. Tenía miedo, no tanto del Faisán, sino del lugar al que la llevaban. En cualquier caso, no tardaría en saberlo. Cuando llegaron arriba de todo, el muchacho abrió una puerta y entraron en una enorme habitación con todo el aspecto de ser un improvisado estudio de pintor. Había un par de caballetes, montones de telas apoyadas contra las paredes y varias colchonetas desparramadas por el suelo. Un penetrante olor a pintura lo invadía todo. Había dos personas en la estancia. Un joven barbudo pintaba en uno de los caballetes. Volvió la cabeza cuando entraron.

—Hola, David. ¿Nos traes compañía?

La señora Oliver juzgó que nunca había visto a nadie tan sucio. El grasiento pelo negro le caía como una bola por detrás de la nuca y los mechones sueltos que caían por encima de la frente se enredaban con una barba hirsuta y descuidada. Las andrajosas prendas de cuero y las botas parecían haber sido rescatadas de la basura. La escritora se fijó en la muchacha que servía de modelo. Estaba sentada en una silla colocada sobre una tarima. Apoyaba el trasero en el filo del asiento, los hombros en el respaldo, y mantenía la cabeza echada hacia atrás para que el pelo cayera en línea recta hacia abajo. La reconoció en el acto. Era la segunda de las tres muchachas que compartían el apartamento de Borodene Mansions, una joven bonita y de expresión lánguida. No recordaba el apellido, pero sí el nombre: Frances.

—Le presento a Peter —dijo David, señalando al pintor—. Es una de nuestras jóvenes promesas artísticas. Ella es Frances, que posa como una mujer que reclama con desesperación que le practiquen un aborto.

—¡Cállate, imbécil! —exclamó Peter.

—Creo que usted y yo nos conocemos —le comentó la señora Oliver a Frances con una expresión alegre que disimulaba perfectamente la certeza—. ¡Estoy segura de que nos presentaron no hace mucho en alguna parte!

—Usted es la señora Oliver, ¿no? —replicó Frances con voz educada y un leve tono de aburrimiento.

—Eso ha dicho —intervino David—. Entonces, ¿es verdad?

—Vaya, ¿dónde nos conocimos? —continuó la señora Oliver sin hacerle caso—. ¿En alguna fiesta? No. Déjeme pensar. Ya lo tengo. Fue en Borodene Mansions.

Frances abandonó el posado artístico y se sentó correctamente. De inmediato, Peter soltó un gemido.

—¡Ahora has estropeado la pose! —se lamentó—. ¿Tienes que moverte tanto? ¿No puedes estarte quieta?

—No, es una postura incomodísima. Me duelen los hombros.

—Quería ver qué tal se me daba seguir a alguien —manifestó la señora Oliver—. Es mucho más difícil de lo que pensaba. ¿Esto es un estudio de pintura? —añadió, echando una ojeada al recinto.

—Este es el aspecto que tiene en la actualidad un desván rehabilitado, y tienes suerte si el suelo no se hunde —respondió Peter con un tono de crítica.

—Tienes todo lo que necesitas —señaló David—. Luz del norte, mucho espacio, un colchón donde dormir, un retrete compartido en la planta baja y lo que ellos llaman cocina. También hay un par de botellas. —Se volvió hacia la señora Oliver y, con la mayor cortesía, añadió—: ¿Podemos ofrecerle una copa?

—No bebo.

—¡La señora no bebe! —exclamó David—. ¡Quién lo diría!

—Es un tanto descortés por su parte, pero tiene toda la razón. Siempre hay alguien que en las fiestas me comenta: «Creía que usted bebía como una cosaca».

La escritora abrió el bolso y tres tirabuzones de pelo gris rodaron por el suelo. David se apresuró a recogerlos.

—Muchas gracias. Esta mañana no he tenido tiempo. No sé si tengo más horquillas. —Buscó en el bolso y después comenzó a sujetarse los tirabuzones postizos.

Peter se echó a reír ante lo ridículo de la escena.

«Qué extraordinario haber llegado a creer que podía estar en peligro —pensó la señora Oliver—. ¿Peligrosas estas personas? Pueden tener una pinta horrorosa, pero en realidad son la mar de amables. Creo que la gente tiene razón cuando afirma que me dejo llevar por un exceso de imaginación.»

Al cabo de un rato, anunció que debía marcharse y David, con la galantería de un cortesano, la ayudó a bajar las escaleras y le indicó la manera de llegar a King's Road por el camino más corto.

—Allí podrá coger el autobús o un taxi si lo prefiere.

—Un taxi. Tengo los pies destrozados. No veo la hora de sentarme. Muchas gracias por ser tan comprensivo con algo que seguramente le habrá parecido muy extraño. Aunque supongo que los detectives no se parecen mucho a mí.

—Diría que no —asintió David con expresión grave—. Coja a la izquierda, después a la derecha y otra vez a la izquierda hasta que vea el río. Doble a la derecha y todo recto.

Una vez más, al cruzar el solitario patio, Ariadne Oliver volvió a experimentar una sensación de inquietud. «No debo dejarme dominar por mi imaginación», se reprochó. Volvió la cabeza para mirar hacia las escaleras y la ventana del estudio. David la vigilaba desde lo alto para comprobar que no equivocaba el camino. «Tres jóvenes muy agradables. Primero a la izquierda, después a la derecha. Solo porque tengan un aspecto peculiar no puedes creer que sean peligrosos. ¿Era otra vez a la derecha o la izquierda? Creo que a la izquierda. Vaya dolor de pies. Me parece que va a llover.» La caminata se le hacía interminable y King's Road un lugar muy lejano. Oyó el ruido de coches en la distancia. Pero ¿dónde demonios estaba el río? Comenzó a sospechar que había errado el camino.

«Tarde o temprano acabaré por llegar a alguna parte. Al río, a Putney, a Wandsworth o a donde sea.» Le preguntó a un hombre cómo llegar a King's Road, pero resultó ser un extranjero que no hablaba inglés.

La señora Oliver dobló en la esquina siguiente y vio a lo

lejos el brillo del río. Aceleró el paso por el angosto callejón, oyó unas pisadas a sus espaldas y comenzó a volverse. Antes de que pudiera completar el movimiento, la golpearon por detrás y el mundo se transformó en la más negra oscuridad.

Capítulo 10

I

—Bébase esto —dijo una voz.

Norma temblaba como una hoja. En sus ojos había una expresión confusa. Se acurrucó un poco en la silla. Repitieron la orden. Esta vez bebió obedientemente y se atragantó.

—Es muy fuerte —protestó con la garganta ardiendo.

—Se sentirá mejor dentro de un minuto. La dejará como nueva. No se mueva y espere.

Las náuseas y el mareo que la confundían desaparecieron. Sus mejillas recuperaron algo de color y disminuyeron los temblores. Por primera vez se interesó por lo que la rodeaba. La había obsesionado una sensación de miedo y horror, pero ahora las cosas parecían volver a la normalidad. Era una habitación de tamaño mediano y el mobiliario le resultaba desconocido. Un escritorio, un diván, un sillón y una silla corriente, un estetoscopio en una mesa auxiliar y una máquina que, si no recordaba mal, tenía algo que ver con los ojos. Luego, su atención pasó de lo general a lo particular: al hombre que le había ordenado beber.

La muchacha vio a un individuo de unos treinta y tantos años, pelo rojizo y un rostro escasamente agraciado pero atractivo, uno de esos rostros que la gente considera interesante. El hombre asintió como si quisiera tranquilizarla.

—¿Más serena y centrada?

—Creo que sí. ¿Qué ha pasado?

—¿No lo recuerda?

—El tráfico. Vi que se me echaba encima. Me atropelló.

—No, no la atropelló. —El hombre meneó la cabeza—. Yo me ocupé de evitarlo.

—¿Usted?

—Estaba usted en medio de la calzada, un coche se acercaba y yo conseguí apartarla justo a tiempo. ¿En qué estaba pensando como para no ver que se había metido entre los coches?

—No lo recuerdo. Supongo que estaría pensando en algo, que caminaría distraída...

—Un Jaguar se acercaba bastante rápido y había un autobús circulando por el otro lado. El coche no intentaría atropellarla, ¿verdad?

—No, no, claro, seguro que no pretendía atropellarme.

—He estado pensando en ello, y me pregunto si pudo haber sido otra cosa.

—¿A qué se refiere?

—Puede que una acción intencionada.

—¿Qué quiere decir con intencionada?

—En realidad, me preguntaba si pretendía usted que la mataran. ¿Lo pretendía? —añadió el hombre de modo despreocupado.

—No, por supuesto que no.

—Es una forma bastante tonta de buscar la muerte, si esa era la intención. Venga, sin duda debe usted recordar algo.

Norma comenzó a temblar una vez más.

—Creía que era una manera de acabar con todo.

—Así que intentaba matarse. ¿Cuál es el problema? A mí me lo puede contar. ¿Un novio? Eso es algo que puede hacerte sentir muy mal. Además, siempre tienes la esperanza de que si te matas, el otro se sentirá culpable, aunque eso es algo en lo que no se puede confiar. Probablemente, el único comentario que se le ocurriría al novio sería: «Siempre me pareció un tanto desequilibrada. Quizá sea lo mejor para todos que se suicidara». Le vendrá muy bien recordarlo la próxima vez que sienta la necesidad de lanzarse delante de un Jaguar. No olvide que incluso los Jaguar tienen su corazoncito. ¿Cuál era el problema? ¿La ha abandonado su novio?

—No, no —respondió Norma—. Todo lo contrario. —Hizo una pausa para después espetarle al desconocido—: Quería casarse conmigo.

—Esa no es razón para arrojarse bajo las ruedas de un Jaguar.

—Sí que lo es. Lo hice porque... —Volvió a interrumpirse.

—Insisto en que lo mejor sería que me lo contara.

—¿Cómo he llegado aquí? —replicó Norma.

—La he traído en un taxi. No parecía estar herida. Solo unos leves rasguños y algún morado. En cambio, parecía estar sufriendo las consecuencias de un shock. Le pregunté su dirección, pero me miró como si no supiera de qué le hablaba. Comenzó a reunirse una multitud a su alrededor, por eso llamé a un taxi y la traje aquí.

—¿Esto es una consulta?

—Esta es la consulta de un médico y yo el doctor. Me llamo Stillingfleet.

—¡No quiero ver a un médico! ¡No quiero hablar con un doctor! No quiero.

—Venga, cálmese. Lleva diez minutos hablando con un doctor. Además, ¿qué problema tiene con los médicos?

—Les tengo miedo. Tengo miedo de que digan...

—Tranquilícese, mi querida señorita, esta no es una consulta profesional. Considéreme como un desconocido que, incapaz de no meterse en asuntos ajenos, la ha salvado de un accidente mortal o, lo más probable, de que se rompiera un brazo, una pierna, la cabeza o cualquier otra cosa la mar de desagradable, que la podría haber dejado inválida para el resto de sus días. También hay otras desventajas. Si nos atenemos a la ley, la podrían juzgar por atentar contra su propia vida. Aún más si se tratara de un intento de suicidio. No me negará que he sido sincero con usted. Ahora podría devolverme la atención y explicarme francamente por qué demonios tiene usted miedo de los médicos. ¿Qué le han hecho?

—Nada. No me han hecho nada. Pero tengo miedo de que puedan...

—¿Puedan qué?

—Encerrarme.

El doctor Stillingfleet enarcó las cejas.

—Bueno, bueno, parece usted tener algunas ideas muy curiosas sobre los médicos. ¿Por qué motivo iba yo a querer encerrarla? ¿Le apetece una taza de té o prefiere un tranquilizante? Esas son las cosas que están de moda entre las jóvenes de su edad. Ha estado consumiéndolas, ¿no es así?

Norma meneó la cabeza.

—No, no es verdad.

—No la creo. En cualquier caso, ¿a qué vienen esa alarma y ese desánimo? Usted no está loca, ¿o sí? Yo diría que no. A los médicos no les entusiasma encerrar a la gente. Todas las instituciones psiquiátricas están tan llenas que no cabe un alfiler. Es difícil encontrar cama para un paciente más. De hecho, lo que vienen haciendo últimamente es dejar salir al máximo posible. La desesperación llega a tal extremo que están echando a gente que de ningún modo debería estar fuera. En este país todo está atestado de gente: las calles, las clínicas, los espectáculos. Pero no nos desviemos del tema. ¿Cuáles son sus preferencias? ¿Algo de mi botiquín o la anticuada y muy inglesa taza de té?

—Me gustaría tomar una taza de té.

—¿Indio o chino? Esa es la pregunta correcta, ¿no? Aunque me parece que no tenemos chino en la casa.

—Prefiero el indio.

—Bien. —Fue hasta la puerta, la abrió y asomó la cabeza—. ¡Annie! —gritó—. Una tetera para dos. —Volvió a sentarse—. Ahora vamos a aclarar algo, señorita... Por cierto, ¿cómo se llama?

—Norma Res... —Se interrumpió.

—¿Sí?

—Norma West.

—Bueno, señorita West, vamos a dejar las cosas bien claras. Usted no es mi paciente, usted no ha venido a consultarme profesionalmente. Usted es la víctima de un accidente, es así como lo denominaremos, y supongo que era lo que quería que pareciera, lo que habría sido bastante injusto para el tipo que conducía el Jaguar.

—Primero pensé en tirarme desde lo más alto de un puente.

—¿Ah, sí? Perdone, pero no lo habría tenido fácil. Las personas que construyen puentes son cada día más precavidas. Me refiero a que primero hay que escalar un parapeto, y no resulta sencillo porque siempre hay alguien que te lo impide. Bueno, continúo con mi disertación. La he traído a mi casa en un estado de shock lo bastante grave como para que no pudiera darme su dirección. ¿Dónde vive?

—No tengo dirección. No vivo en ninguna parte.

—Interesante —opinó el médico—. Es lo que la policía llama: «sin domicilio fijo». ¿Qué hace usted? ¿Pasa las noches sentada en el banco de una plaza?

La muchacha le observó con desconfianza.

—Podría haber informado del accidente a la policía, pero no estoy obligado a hacerlo. Preferí dar por hecho que, abstraída en sus pensamientos, cruzó la calle sin mirar primero a la izquierda.

—Usted no se parece en nada a lo que yo considero un médico —señaló Norma.

—¿Lo dice en serio? Verá, lo cierto es que poco a poco estoy más desilusionado con mi profesión en este país. De hecho, decidí cerrar el consultorio y, dentro de dos semanas, me marcho a Australia. Por lo tanto, no tiene nada que temer de mí. Puede contarme que ve elefantes rosas saliendo de las paredes, que los árboles extienden las ramas a su paso con la intención de estrangularla, que el diablo asoma los cuernos por los ojos de las personas o cualquier otra encantadora fantasía, pero no haré absolutamente nada al respecto. Para mí está usted tan cuerda como cualquier otra persona, si me permite que se lo diga.

—No comparto su opinión.

—Bueno, quizá tenga usted razón —señaló el doctor Stillingfleet amablemente—. Vamos a escuchar sus razones.

—Hago cosas y después no las recuerdo. Hablo con otras personas de cosas que he hecho, pero no recuerdo habérselas contado.

—Eso solo indica que tiene usted mala memoria.

—Usted no lo comprende. Todas son cosas perversas.

—¿Manías religiosas? Eso sí que sería interesante.

—No es nada religioso. Es pura y sencillamente odio.

Llamaron y entró una señora mayor con la bandeja del té. La dejó sobre el escritorio y se marchó.

—¿Azúcar? —preguntó el médico.

—Sí, por favor.

—Algo muy sensato. El azúcar es muy bueno cuando se sufre un shock. —Sirvió dos tazas de té y le acercó una junto con el azucarero—. ¿De qué estábamos hablando? Ah, sí, de odio.

—¿Es posible que se pueda llegar a odiar tanto a una persona como para desear matarla?

—Claro que sí —afirmó Stillingfleet con la misma expresión amable—. Es perfectamente posible. En realidad, es muy natural. Pero incluso cuando se quiere hacerlo, no siempre se llega al extremo de ponerlo en práctica. El ser humano está equipado con un sistema de contención natural que funciona en el momento oportuno.

—Usted lo explica como si fuera lo más normal del mundo. —En la voz de la muchacha se reflejaba una leve irritación.

—Es bastante natural. A los niños les pasa cada día. Tienen una rabieta, se encaran con la madre o el padre y dicen: «Eres malo. Te odio. Ojalá estuvieras muerto». Las madres, que por lo general son personas sensatas, no les prestan atención. Cuando crecemos, seguimos odiando a las personas, pero nunca llegamos al extremo de tomarnos la molestia de matarlas. Si lo hacemos, lo que ocurre es que acabamos en la cárcel. Eso si de verdad nos liamos en algo tan dificultoso y desagradable. Por cierto, ¿no estará tomándome el pelo? —comentó.

—Por supuesto que no. —Norma se irguió, enfadada—. ¿Me creería capaz de decir cosas tan horribles si no fueran ciertas?

—Hay personas que lo hacen. Cuentan las cosas más horribles de sí mismas y disfrutan haciéndolo. —Cogió la taza vacía de la joven y la dejó en la bandeja—. Yo creo que es hora de que me lo cuente todo. Quiénes son las personas a las que odia, por qué las odia y qué le gustaría hacerles.

—El amor se puede convertir en odio.

—Suena como una canción melodramática. Pero recuerde que, a la inversa, el odio se puede convertir en amor. Funciona de las dos maneras. Ha dicho usted que no se trata de un novio. Era su compañero y la engañó. ¿Es eso?

—No, no tiene nada que ver. Se trata de mi madrastra.

—La historia de la cruel madrastra. Pero eso es una tontería. A su edad, puede marcharse cuando quiera y no tener que soportarla. ¿Qué ha hecho de malo su madrastra aparte de casarse con su padre? ¿También le odia, o le quiere tanto que no acepta compartirlo?

—No entiende usted nada. En absoluto. Hubo una época en la que le quería muchísimo. Para mí era un ser maravilloso.

—Un momento —la interrumpió el médico—, escúcheme. Voy a sugerirle algo. ¿Ve usted la puerta?

Norma volvió la cabeza y miró la puerta intrigada.

—Es una puerta vulgar y corriente. No está cerrada con llave. Se abre y se cierra como todas las demás. Vaya y compruébelo. Ha visto entrar y salir a mi ama de llaves. Ningún truco. Venga. Levántese. Haga lo que le digo.

Norma abandonó la silla, y, con paso vacilante, fue hasta la puerta y la abrió. Luego, volvió la cabeza para mirar al médico con una expresión interrogativa.

—Muy bien. ¿Qué ve? Un pasillo absolutamente normal al que le hace falta una mano de pintura, pero no se la daré porque me marcho a Australia. Ahora vaya hasta la puerta principal y ábrala. Otra puerta sin trampa ni cartón. Salga y acérquese al bordillo. Eso le demostrará que está en su perfecto derecho a marcharse y que nadie intenta retenerla de ningún modo. Después, cuando esté convencida de que puede marcharse de esta casa cuando desee, vuelva aquí, siéntese en aquella cómoda silla y hábleme de usted. Luego, le daré mi valioso consejo. Tampoco tiene por qué aceptarlo —la tranquilizó—. La mayoría de la gente no suele hacer caso de los consejos, aunque quizá usted sí. ¿De acuerdo?

Norma avanzó por un pasillo que, como le había dicho el médico, era absolutamente normal. Abrió la puerta principal, cerrada con un simple pestillo, bajó los cuatro escalones de la entrada y permaneció en la acera de una calle de casas decorosas pero completamente vulgares, sin apercibirse de que Stillingfleet la vigilaba desde la ventana de la consulta. Después de reflexionar durante un par de minutos, irguió la cabeza con aire más decidido, volvió a subir los escalones, entró en la casa y regresó a la consulta.

—¿Todo en orden? —preguntó el médico—. ¿Ha comprobado que no me guardo nada en la manga? ¿Que todo está claro como la luz del día?

La muchacha asintió.

—Muy bien. Siéntese aquí. Póngase cómoda. ¿Fuma?

—Bueno...

—Solo toma pastillas. No importa, es asunto suyo.

—Por supuesto que no tomo pastillas.

—No me creo lo de «por supuesto», pero uno debe aceptar lo que dice el paciente. De acuerdo. Ahora hábleme de usted.

—No sé qué quiere que le cuente. En realidad, hay muy poco que contar. ¿No quiere que me tienda en el diván?

—Ah, ¿se refiere a usted a los recuerdos de sus sueños y a todas esas cosas? No, no me interesan. Lo que quiero es conocer su historia. Dónde nació, si vivió en el campo o en la ciudad, si tiene hermanos o hermanas, o si es hija única. ¿Sufrió mucho cuando murió su madre?

—Por supuesto —replicó Norma indignada.

—Le gusta mucho decir «por supuesto», señorita West. Por cierto, West no es su nombre verdadero, ¿no es así? Bueno, no importa, tampoco necesito saberlo. Puede llamarse como quiera. Volvamos a lo de antes. ¿Qué ocurrió después de la muerte de su madre?

—Mi madre estaba inválida y los últimos años de su vida los pasó en diversas clínicas. Yo me alojaba en casa de una tía, una señora mayor que tenía su casa en Devonshire. En realidad, no era una tía, sino una prima hermana de mi madre. Entonces, hará unos seis meses, mi padre regresó a casa. Fue maravilloso. —El rostro de la joven se iluminó. Norma no se dio cuenta de la rápida y atenta mirada que le dirigió el médico—. Apenas si le recordaba. Se había marchado de casa cuando yo tenía unos cinco años. Lo cierto es que no creí que volvería a verlo. Mamá casi nunca hablaba de él. Creo que, al principio, ella confiaba en que papá abandonaría a la otra mujer y volvería con nosotras.

—¿La otra mujer?

—Sí, se marchó con otra mujer. Según mamá, una mujer de la peor calaña. Mamá la ponía por los suelos y también a papá, pero yo a veces me decía que papá no podía ser tan malo, que la culpa de todo lo tenía aquella mujer.

—¿Se casaron?

—No. Mamá juró que nunca le concedería el divorcio. Ella era muy creyente. No aceptaba el divorcio.

—¿Continuaron viviendo juntos? ¿Cómo se llamaba la mujer, o eso también es un secreto?

—No recuerdo el nombre. —Norma meneó la cabeza—. Me parece que no vivieron mucho tiempo juntos, aunque tampoco lo sé con seguridad. Se marcharon a Sudáfrica, pero creo que tuvieron una discusión y no tardaron en separarse, porque entonces fue cuando mamá comentó la posibilidad de que papá regresara. Sin embargo, no regresó, ni siquiera nos escribió. Tampoco me escribió a mí. Pero me enviaba regalos por Navidad. Nunca se olvidaba de los regalos.

—¿La quería mucho?

—No lo sé. ¿Cómo podía saberlo? Nunca nadie hablaba de papá. Solo el tío Simon, su hermano. Tenía una empresa en la City y estaba muy enfadado con papá por haberlo tirado todo por la borda. Decía que siempre había sido así, incapaz de sentar cabeza, pero que no era mala persona, sino débil de carácter. Yo no veía demasiado al tío Simon. Casi siempre estaba con las amigas de mamá. La mayoría eran aburridísimas. Toda mi vida ha sido muy aburrida.

»Me pareció algo tan maravilloso cuando recibí la noticia de que papá regresaba a casa... Intenté recordarle mejor. Las cosas que había dicho, los juegos que habíamos jugado. Recuerdo que siempre me hacía reír. Busqué las viejas fotos de mi padre, pero no encontré ni una sola en casa. Al parecer, las habían tirado todas. Supongo que mi madre se había encargado de hacerlas desaparecer.

—O sea que todavía le guardaba rencor.

—Creo que todavía le guardaba rencor a Louise.

—¿Louise?

Stillingfleet vio como la muchacha se ponía tensa.

—No lo recuerdo. Ya se lo he dicho antes, no recuerdo ningún nombre.

—No importa. Hablaba usted de la mujer que se fugó con su padre, ¿no es así?

—Sí. Mamá comentó que bebía demasiado, que tomaba drogas y que acabaría mal.

—¿Sabe usted si acabó mal?

—No sé absolutamente nada. —Norma comenzó a agitarse—. ¡No veo a qué vienen todas estas preguntas! ¡No sé nada sobre esa mujer! ¡Nunca más la oí mencionar! Es usted quien me la ha hecho recordar. Se lo repito, no sé nada de nada.

—Vale, vale —dijo el médico—. No se agite tanto. No tiene que preocuparse de historias pasadas. Hablemos del futuro. ¿Qué piensa hacer?

Norma exhaló un fuerte suspiro.

—No lo sé. No tengo adonde ir. Creo, y lo digo de verdad, que lo mejor sería acabar con todo esto de una vez para siempre, solo que... —Se interrumpió.

—Solo que no tiene el valor para intentarlo una segunda vez, ¿me equivoco? Sin embargo, le aseguro que sería una enorme tontería por su parte. Muy bien, no tiene adonde ir, nadie en quien confiar. ¿Tiene dinero?

—Sí, tengo una cuenta, y papá me ingresa una cantidad todos los meses, pero es probable que me estén buscando y no quiero que me encuentren.

—No la encontrarán. Puedo buscarle un alojamiento. Un lugar llamado Kenway Court. No se imagine que es un sitio de lujo. Es una residencia para personas convalecientes que necesitan descanso. No hay médicos ni divanes y tampoco estará encerrada. Se lo prometo. Podrá marcharse en el momento que quiera. Le servirán el desayuno en la cama, puede quedarse acostada todo el día si le apetece. Aproveche para descansar, y un día de estos iré a verla e intentaremos resolver algunos problemas. ¿Qué me dice? ¿Acepta?

Norma miró al joven médico con una expresión insondable. Luego asintió lentamente.

II

El doctor Stillingfleet hizo una llamada a última hora de aquel mismo día.

—Un secuestro realizado brillantemente —informó—. La tengo en Kenway Court. Vino como un corderito. Todavía no puedo decirle gran cosa. La muchacha está de drogas hasta las cejas. Yo diría que ha estado tomando corazones púrpuras, sueños felices y también un poco de LSD. Lleva tiempo enganchada. Ella dice que no, pero no confío ni un pelo en lo que dice. —Escuchó a su interlocutor durante unos segundos—. ¡A mí no me lo pregunte! En ese punto hay que ir con pies de plomo. Se pone como una fiera a la menor insinuación. Sí, tiene miedo, o al menos hace ver que tiene miedo.

»Todavía no lo sé, no se lo puedo decir. Recuerde que las personas que toman drogas son bastante difíciles. No puedes creer siempre todo lo que te cuentan. No podemos presionarla y, personalmente, prefiero ganarme su confianza.

»A primera vista diría que tiene una fijación paterna.

No creo que quisiera mucho a su madre, quien, por lo que he podido deducir, debía de ser una mujer bastante intratable, de esas que se las dan de mártir. El padre era una persona alegre, y supongo que terminó harto de una vida matrimonial muy aburrida. ¿Tiene noticias de una tal Louise? El nombre parece asustarla. Es la persona a la que más odia. Fue la mujer que se llevó a su padre cuando ella tenía cinco años. Los niños no comprenden gran cosa a esa edad, pero enseguida sienten animosidad hacia las personas que consideran responsables. No volvió a ver a su padre hasta hace unos meses. Creo que ella siempre alimentó la fantasía de ser la compañera de su padre y la niña de sus ojos. Al parecer, se llevó una notable desilusión. El padre se presentó con una esposa, una mujer joven y atractiva. No se llama Louise, ¿verdad? De acuerdo, solo era una pregunta. Únicamente estaba dándole un cuadro general.

—¿Cómo ha dicho? —preguntó el interlocutor, con un tono enérgico—. Repítamelo.

—He dicho que le estaba dando un cuadro general.

Hubo una pausa.

—Por cierto, hay un detalle que le interesará —comentó el médico—. La muchacha intentó suicidarse, aunque fue algo bastante torpe. ¿Le sorprende?

»Ah, no le sorprende. No, no se tomó un frasco de barbitúricos ni metió la cabeza en el horno. Comenzó a cruzar la calle sin más justo cuando se acercaba un Jaguar a una velocidad superior a la adecuada. Conseguí salvarla por los pelos. Sí, yo diría que fue un impulso auténtico. Ella misma lo reconoció. Utilizó la frase clásica: "Quería acabar con todo esto de una vez para siempre".

Escuchó los comentarios de su interlocutor:

—No lo sé. En esta etapa no puedo estar seguro. El cuadro es bastante claro. Una muchacha nerviosa, neurótica y que tiene un desorden mental debido al consumo de drogas de toda clase. No, no puedo darle un nombre en concreto. Hay docenas de pastillas de todo tipo que producen efectos siempre un poco diferentes. Puede haber confusión, pérdida de memoria, agresividad, asombro o alelamiento. Aquí lo difícil es distinguir entre las reacciones reales y las provocadas por las drogas. Tenemos dos opciones. Por un lado, puede ser una muchacha que interpreta un papel, que se representa a sí misma como nerviosa, neurótica y con tendencias suicidas, cosa que podría ser, o que se tratara de una sarta de mentiras. No niego que podría estar inventándose esta historia por alguna razón que desconocemos y pretender que nos llevemos una falsa impresión. Si es así, lo hace con mucha maestría, aunque de vez en cuando hay algún pequeño detalle que no encaja en la imagen que da. ¿Es una artista muy lista que interpreta un papel o es una estúpida que quiere suicidarse de verdad? Podría ser cualquiera de las dos cosas. ¿Usted qué dice? Ah, el Jaguar. Sí, circulaba a mucha velocidad. ¿Usted cree que no fue un intento de suicidio? ¿Que el conductor del Jaguar quería atropellarla?

El médico hizo una pausa más o menos larga y consideró esta última posibilidad.

—No sé qué decirle —manifestó lentamente—. Podría ser, sí podría ser, pero no lo había considerado de ese modo. El problema es que cualquier interpretación es posible. Sea como sea, no tardaré en averiguar mucho más. La tengo en una posición en la que más o menos confía en mí, siempre que no intente acelerar las cosas. En un par de días acabaré por ganarme su confianza y me contará más. Y si no es una actuación, me contará hasta la última palabra; es más, me obligará a escucharla quiera o no quiera. Por ahora, tiene miedo.

»Por supuesto. Si todo es una farsa, tendremos que averiguar el motivo. De momento está en Kenway Court y creo que se quedará allí. De todos modos, le sugiero que envíe a alguien a vigilar la casa durante un par días. Si se le ocurre marcharse, no estaría mal que alguien la siguiera.

Capítulo 11

I

Andrew Restarick estaba extendiendo un cheque y en su rostro se reflejaba una leve mueca de disgusto mientras lo hacía.

El despacho era amplio y el mobiliario de buena calidad, pero del mismo estilo que compartían otros centenares de despachos de empresarios. Andrew Restarick se lo había encontrado todo hecho al suceder al difunto Simon y no se había preocupado de hacer ningún cambio, más allá de mandar retirar un par de cuadros y reemplazarlos por un retrato suyo y una acuarela del monte Table que había traído de su casa.

El empresario era un hombre de mediana edad que comenzaba a ganar peso, pero que, curiosamente, había cambiado muy poco con respecto al hombre quince años más joven que aparecía en el retrato. La misma barbilla prominente, los labios bien apretados y las cejas enarcadas en un gesto levemente burlón. No tenía nada destacable, un hombre del montón que, en estos momentos, no se sentía demasiado feliz. Se abrió la puerta del despacho y entró la secretaria.

—Un tal monsieur Hércules Poirot está aquí. Insiste en que tiene una cita con usted, pero no aparece en mi agenda.

—¿Monsieur Hércules Poirot? —El nombre le resultaba conocido, pese a que no conseguía ubicarlo. Meneó la cabeza—. No sé quién es, aunque creo haber escuchado su nombre en alguna parte. ¿Qué aspecto tiene?

—Es un hombre pequeño, extranjero. Diría que es francés. Tiene unos bigotes enormes.

—¡Por supuesto! Ya lo tengo. Recuerdo que Mary me lo describió. Vino a nuestra casa para visitar al viejo Roddy. Pero ¿qué es esa historia de que tiene una cita conmigo?

—Dice que usted le escribió una carta.

—No lo recuerdo. Quizá sea cosa de Mary. De acuerdo, no importa, hágale pasar. Supongo que lo mejor será averiguar de qué va todo esto.

Claudia Reece-Holland regresó un minuto más tarde en compañía de un hombre menudo, con la cabeza como un huevo, enormes bigotes, zapatos de charol y una expresión de complacencia que se correspondía perfectamente con la descripción que Mary le había hecho a su marido.

—Monsieur Hércules Poirot —anunció la secretaria.

Claudia abandonó el despacho mientras Poirot se acercaba al escritorio. El empresario se levantó.

—¿Monsieur Restarick? Soy Hércules Poirot, a su servicio.

—Encantado. Mi esposa mencionó que fue a visitarnos, o, mejor dicho, que fue a visitar a mi tío. ¿Qué puedo hacer por usted?

—Estoy aquí en respuesta a su carta.

—¿Qué carta? Yo no le he escrito a usted, monsieur Poirot.

El detective le observó atentamente. Luego sacó una carta del bolsillo, le echó una ojeada y la dejó sobre el escritorio.

—Compruébelo usted mismo, monsieur.

Restarick leyó la carta. La habían escrito a máquina en un papel con el membrete de la empresa. Su firma aparecía al final del texto.

Estimado monsieur Poirot:

Le estaría profundamente agradecido si pudiese usted personarse en la dirección indicada más arriba a la mayor brevedad posible. Tengo entendido, por lo que me dice mi esposa y también por lo que me han informado, que es usted un hombre de plena confianza cuando se trata de aceptar un trabajo de mucha discreción.

Cordialmente,

ANDREW RESTARICK

—¿Cuándo ha recibido esta carta? —preguntó el empresario con un tono enérgico.

—Esta mañana. A la vista de que hoy no tenía ningún compromiso pendiente, he decidido venir.

—Este es un asunto muy curioso, monsieur Poirot. Yo no he escrito esta carta.

—¿No la ha escrito?

—No. La firma no se parece en nada. Compruébelo si quiere. —Extendió la mano como si buscara una muestra de su escritura y, en un acto totalmente inconsciente, le acercó el talonario de cheques para que viera la rúbrica—. ¿Lo ve? La firma de esta carta no se parece en nada a la mía.

—Pero esto es extraordinario —afirmó Poirot—. Absolutamente extraordinario. ¿Quién puede haber escrito esta carta?

—Eso mismo me pregunto yo.

—¿No podría tratarse de su esposa?

—No, no. Mary nunca haría algo así. Además, ¿por qué iba a firmar con mi nombre? De ninguna manera. Me lo habría dicho para ponerme en antecedentes.

—Por lo tanto, no tiene usted ni idea sobre el presunto autor de la carta.

—No, ninguna.

—¿Sabe usted, señor Restarick, cuál es el motivo por

el que, según la carta, quería usted contratar mis servicios?

—¿Cómo voy a saberlo?

—Perdón, pero no ha leído usted la carta hasta el final. Verá que al final de la página hay una breve posdata.

Restarick miró al pie de la página y dio la vuelta a la hoja donde aparecía la posdata.

El tema que deseo consultar con usted tiene relación con mi hija Norma.

La actitud de Restarick cambió bruscamente. En su rostro aparecía una expresión ceñuda.

—¡Así que es esto! Pero ¿quién podría...? ¿Quién querría entrometerse en este asunto? ¿Quién está enterado?

—¿No podría ser una forma de convencerlo para que solicitara mi ayuda? ¿Algún amigo bienintencionado? ¿De veras que no se le ocurre quién podría ser el autor?

—No se me ocurre nadie.

—¿Usted no tiene ningún problema con una hija llamada Norma?

—Tengo una hija con ese nombre —respondió Restarick con voz pausada—. Es mi única hija. —El tono cambió ligeramente al pronunciar estas últimas palabras.

—¿Tiene problemas? ¿Se enfrenta a alguna dificultad?

—No que yo sepa —manifestó el empresario con un leve titubeo.

Poirot se inclinó sobre el escritorio.

—No creo que eso sea del todo cierto, señor Restarick. Creo que hay algún problema o dificultad que afecta a su hija.

—¿Por qué lo dice? ¿Ha hablado usted con alguien sobre este tema?

—Solo me guío por el tono de sus palabras, monsieur. Son muchas las personas que en la actualidad tienen problemas con sus hijas. Todas ellas parecen estar dotadas de un talento especial para meterse en toda clase de problemas y dificultades. Es probable que ocurra lo mismo aquí.

Restarick permaneció en silencio durante unos segundos, mientras repiqueteaba con las uñas en la superficie de la mesa.

—Sí, me preocupa Norma —respondió finalmente—. Es una muchacha difícil. Neurótica y con una tendencia a comportamientos histéricos. Desgraciadamente, no la conozco muy bien.

—¿Problemas con algún novio?

—Sí, hasta cierto punto, aunque no es eso lo que más me preocupa. Creo —miró a Poirot como si quisiera valorarlo antes de seguir—que tiene usted fama de ser un hombre discreto.

—No podría haber destacado en mi profesión de no ser así.

—Lo que más me preocupa es encontrar a mi hija.

—¿Perdón?

—El fin de semana lo pasó en nuestra casa en el campo, como hace habitualmente. El domingo por la noche regresó a Londres, con la aparente intención de ir al apartamento que comparte con otras dos muchachas, pero ahora acabo de descubrir que no se presentó. Sin duda, debió ir a alguna otra parte.

—¿O sea que ha desaparecido?

—Dicho así suena muy melodramático, pero es lo que hay. Supongo que habrá una explicación absolutamente natural, y creo que cualquier otro padre en mi lugar se sentiría preocupado. No ha llamado a casa desde el domingo, ni tampoco le comentó nada a ninguna de las otras compañeras de piso.

—¿Ellas también están preocupadas?

—No, no lo creo. Por lo que parece, esas cosas no les llaman la atención. Las jóvenes son muy independientes, mucho más de lo que lo eran cuando me marché de Inglaterra quince años atrás.

—¿Qué me dice del joven que usted no aprueba? ¿Es posible que se marcharan juntos?

—Espero de todo corazón que no sea así. Es posible, pero no lo creo y mi esposa tampoco. Si no recuerdo mal, me dijeron que usted lo vio el día que vino a nuestra casa para ver a mi tío.

—Ah, sí. Creo recordar al joven que menciona. Un joven muy apuesto, aunque yo diría que no es una persona que merezca la aprobación de un padre. Recuerdo que a su esposa tampoco le caía muy bien.

—Mi esposa está convencida de que aquel día entró en la casa con toda la intención de pasar desapercibido.

—¿Quizá sepa que no es bienvenido?

—Lo sabe perfectamente bien —afirmó Restarick con sequedad.

—Entonces ¿no cree usted que es muy lógico suponer que su hija esté en su compañía?

—No sé qué pensar. Al menos al principio no lo sabía.

—¿Llamó usted a la policía?

—No.

—Cuando se trata de una desaparición, lo mejor es acudir a la policía. Son muy discretos y tienen muchos más medios a su disposición que cualquier investigador privado.

—No quiero ir a la policía. Se trata de mi hija, ¿no lo comprende? Mi hija. Si ella ha decidido marcharse por algún tiempo sin decirnos nada, bueno, eso es cosa suya. No hay ningún motivo para suponer que está en peligro. Me quedaré mucho más tranquilo sabiendo dónde está.

—¿Es posible, señor Restarick, y confío en que no sea una suposición baladí, que no sea lo único que le preocupa a usted de su hija?

—¿Por qué cree que hay algo más?

—Porque el mero hecho de que una muchacha desaparezca durante unos días sin comunicar dónde va a sus padres o a las amigas con quienes comparte el piso no es algo fuera de lo normal. Creo que eso, sumado a algo más, es la causa de su preocupación.

—Quizá tenga usted razón. —Miró a Poirot con una expresión de duda—. Resulta muy difícil hablar de estos temas con un desconocido.

—Se equivoca. Es muchísimo más sencillo hablar de estos temas con un extraño en lugar de hacerlo con amigos o conocidos. Supongo que coincidirá conmigo.

—Tal vez, es posible. Entiendo lo que quiere decir. Admito que estoy preocupado por mi hija. Verá, no es del todo como las demás muchachas, y ha ocurrido algo que me ha alarmado mucho, que nos ha preocupado a los dos.

—Su hija quizá esté pasando por alguna etapa difícil propia de su edad, una crisis emocional en la que, con toda sinceridad, las jóvenes son capaces de realizar acciones de las que difícilmente se les puede considerar responsables. Por favor, no me malinterprete si aventuro una suposición. ¿Su hija quizá se resiente de tener una madrastra?

—Eso, lamentablemente, es cierto. Sin embargo, no tiene motivos. No es como si mi primera esposa y yo acabáramos de separarnos. La separación ocurrió hace muchos años. Ya puestos, más vale que hable sin tapujos. Después de todo, tampoco hay nada que ocultar. Mi primera esposa y yo nos separamos. No le mentiré. Había conocido a otra mujer y estaba muy enamorado. Abandoné Inglaterra y me marché a Sudáfrica con ella. Mi esposa no aprobaba el divorcio y yo no se lo pedí. Antes de marcharme, me ocupé de dejarles una renta adecuada a ella y a la niña, quien, por aquel entonces, tenía unos cinco años.

»Hacía tiempo que no me sentía a gusto con la vida que llevaba. Soñaba con viajar. En aquel período de mi vida, odiaba verme atado a una mesa de despacho. Mi hermano me reprochó en diversas ocasiones que no me preocupara más por la empresa familiar cuando vine a trabajar aquí, que no arrimara el hombro. Pero yo no quería esa vida. Me sentía inquieto. Quería disfrutar de una vida de aventuras. Quería conocer el mundo y sus lugares salvajes.

Restarick se interrumpió bruscamente.

—Perdón, no está usted aquí para escuchar la historia de mi vida. Me marché a Sudáfrica y Louise fue conmigo. No fue un éxito, y lo admito. La quería muchísimo, pero no hacíamos otra cosa que pelearnos todo el día. Odiaba vivir en Sudáfrica. Quería regresar a Londres y a París, a lugares más sofisticados. Nos separamos cuando no hacía ni un año que estábamos allí.

»Quizá tendría que haber regresado entonces, someterme a la vida doméstica y rutinaria que tanto me desagradaba. Pero no lo hice. Tampoco sé si mi esposa me hubiera aceptado, aunque supongo que lo habría considerado una obligación. Era una gran mujer en eso de cumplir con sus deberes.

Poirot no pasó por alto el tono de amargura del empresario.

—Supongo que tendría que haber pensado un poco más en Norma. No fue así. La niña estaba con su madre. Tenían resuelta la parte económica. De vez en cuando le escribía una carta y le enviaba regalos, pero nunca se me ocurrió venir a visitarla. Tampoco se me pueden echar todas las culpas. Había adoptado un tipo de vida muy diferente y consideré que sería desconcertante para la niña tener un padre que iba y venía, y que quizá trastornaría su estabilidad mental. En cualquier caso, digamos que actué de buena fe.

Restarick hablaba mucho más rápido, como si agradeciera tener la oportunidad de relatar su historia a un oyente comprensivo. Era una reacción que Poirot ya había notado en otras personas y procuraba estimularla.

—¿Nunca deseó volver a su casa?

El empresario meneó la cabeza con energía.

—No. Estaba disfrutando de una vida que me agradaba, para la que sí había nacido. Dejé Sudáfrica para ir a África Oriental. Me iban muy bien las cosas desde el punto de vista económico. Todo lo que emprendía prosperaba. Diversos proyectos iniciados en sociedad o por mi cuenta marchaban muy bien. Hacía largos viajes por las llanuras salvajes. Soy un hombre que ama los grandes espacios. Esa fue la razón por la que me sentía atrapado cuando me casé. Disfrutaba de mi libertad y no quería volver a una vida convencional.

—Sin embargo, acabó por regresar.

—Sí, regresé —asintió Restarick, exhalando un suspiro—. Supongo que, después de todo, vas haciéndote mayor. Además, otro hombre y yo habíamos hecho un hallazgo importante. Nos aseguramos una concesión que podía dar grandes beneficios. Las negociaciones para constituir la empresa explotadora había que hacerlas en Londres. Mi hermano se hubiera ocupado de todo, pero lamentablemente falleció. Yo todavía era socio de la empresa. Podía regresar y ocuparme de las gestiones. Fue la primera vez que se me ocurrió hacerlo. Me refiero a regresar a la vida urbana.

—Quizá su esposa..., su segunda esposa...

—Sí, creo que tiene usted toda la razón. Llevaba casado con Mary unos dos meses cuando murió mi hermano. Mary ha nacido en Sudáfrica, pero había visitado Inglaterra en diversas ocasiones y le gustaba esta vida. ¡Le entusiasmaba la idea de tener un jardín inglés!

»Reconozco que yo también comencé a pensar en la posibilidad de regresar a Inglaterra, y me pareció que había llegado el momento de hacer algo por Norma. Su madre había muerto dos años antes. Hablé con Mary y ella se mostró muy dispuesta a ofrecerle un hogar a mi hija. Las perspectivas parecían buenas, así que —sonrió— regresé a casa.

Poirot miró el retrato colgado detrás de la cabeza de su interlocutor. Aquí se veía mucho mejor iluminado que en la casa de campo. Mostraba claramente al ocupante del despacho, allí estaban todos los rasgos más sobresalientes: la obstinación de la barbilla, las cejas enarcadas en un gesto burlón, la postura de la cabeza... Sin embargo, el retrato mostraba algo que el hombre sentado en la silla ya no tenía: ¡juventud!

A Poirot se le ocurrió otro pensamiento. ¿Por qué Andrew Restarick había trasladado el retrato desde la casa de campo a su despacho en Londres? Los cuadros de él y su mujer habían sido pintados al mismo tiempo y por un pintor de moda especialista en retratos. Parecía mucho más lógico que los hubieran mantenido juntos, como había sido la intención original. Pero el empresario se había traído el suyo al despacho. ¿Había sido por vanidad, por el deseo de mostrarse como un triunfador, como alguien importante para la comunidad financiera? Sin embargo, era un hombre que había pasado muchos años en territorios salvajes, que proclamaba su afición por los lugares primitivos. ¿O quizá lo había hecho para recordarse a sí mismo que ahora era un hombre de negocios? ¿Necesitaba realmente este refuerzo? Claro que podía ser pura vanidad. «Incluso yo soy capaz de sucumbir a la vanidad en algunos momentos», se dijo Poirot, en un poco habitual ataque de modestia.

El breve silencio, del que ninguno de los hombres pareció darse cuenta, lo rompió Restarick cuando se disculpó con el visitante:

—Debe usted perdonarme, monsieur Poirot. Creo que le he estado aburriendo a conciencia con la historia de mi vida.

—No hay nada que perdonar, señor Restarick. Solo ha hablado de su vida en todo aquello que pueda haber afectado a la vida de su hija. Es evidente que está usted muy preocupado por ella, pero creo que sigue sin decirme la verdadera razón. ¿Dice usted que quiere encontrarla?

—Sí, quiero encontrarla.

—Usted quiere encontrarla, pero ¿quiere que yo la encuentre? Ah, no vacile. La cortesía es muy necesaria en la vida, pero no aquí. Oiga, soy yo quien se lo dice, Hércules Poirot, que si quiere encontrar a su hija acuda a la policía. Disponen de todos los medios y sé por experiencia que son discretos.

—No pienso acudir a la policía, a menos que me encuentre en una situación desesperada.

—¿Prefiere emplear los servicios de un detective privado?

—Efectivamente, pero la cuestión es que no sé nada de detectives privados. No sé quién es de confianza.

—¿Qué sabe usted de mí?

—Sobre usted sé algunas cosas. Sé, por ejemplo, que ocupó un cargo de responsabilidad en el servicio de inteligencia durante la guerra porque mi tío me lo dijo. Es un hecho comprobado.

La expresión levemente irónica de Poirot pasó desapercibida para Restarick. El hecho comprobado, como bien sabía, era una ilusión, aunque el empresario debía de saber lo poco que se podía confiar en sir Roderick en temas de memoria y capacidad visual. El viejo se había tragado la historia de Poirot con la mayor inocencia. Pero el detective no se engañaba. Esto venía a confirmar una vez más la convicción de que no se podía creer nada de lo que pudiera decir cualquiera sin verificarlo primero. «Sospechar de todos», había sido desde hacía muchísimos años uno de sus axiomas favoritos.

—Permítame decirle que toda mi carrera ha sido una sucesión de éxitos. En muchos aspectos de la investigación criminal no tengo rivales.

Restarick no pareció demasiado convencido por estas afirmaciones. Para un inglés, cualquier hombre que se alaba a sí mismo no es digno de mucha confianza.

—¿Qué opina sobre este caso, monsieur Poirot? ¿Cree usted que podrá encontrar a Norma?

—Quizá no tan pronto como la policía, pero puede estar seguro de que la encontraré.

—Si la encuentra, me...

—Si quiere usted que la encuentre, señor Restarick, primero tendrá que explicarme todas las circunstancias.

—Ya se las he dicho. La hora, el lugar en el que tendría que estar. Si quiere, le facilitaré una lista de sus amistades.

Restarick se interrumpió al ver que el detective meneaba la cabeza violentamente.

—No, no. Quiero que me diga la verdad.

—¿Acaso insinúa que le he mentido?

—No he dicho tal cosa, pero sí que no me ha contado toda la verdad. Estoy seguro. ¿De qué tiene miedo? ¿Cuáles son los factores desconocidos? Esos son los hechos que necesito saber para tener éxito. A su hija le disgusta su madrastra. Eso está claro. No tiene nada de particular. Se trata de una reacción muy natural. No debe olvidar que posiblemente lo ha idealizado en secreto durante muchos años. Es algo que sucede cuando se deshace un matrimonio y los hijos sufren un severo trauma emocional. Sí, sé muy bien lo que digo. Usted dice que un niño olvida. Es cierto. Su hija puede haberle olvidado en el sentido de que, cuando lo volvió a ver, probablemente no recordaba su rostro ni su voz. Usted se marchó. Ella, seguramente, se inventó una imagen. Quería que usted regresara. Es obvio que su madre hizo todo lo posible para evitar hablar de usted y, en consecuencia, provocó la reacción adversa. Usted le importaba más que nunca y, como ella no podía hablar de usted con su madre, tuvo una reacción muy natural en los niños: culpar al progenitor que se queda de la ausencia del otro. Es posible que se dijera a sí misma: «Papá me quería. Es a mi madre a la que no quería», y después pasar a una idealización, una especie de relación secreta entre ustedes dos. Lo ocurrido no era culpa de su padre. ¡No estaba dispuesta a aceptarlo!

»Es algo que ocurre a menudo. Sé algo de psicología. Cuando recibe la noticia de que usted regresa, que volverán a estar juntos, recupera todos aquellos recuerdos que durante años ha reprimido. ¡Su padre vuelve a casa! ¡Volverán a ser felices! No piensa en la madrastra hasta que la ve llegar. Entonces siente unos celos tremendos. Es muy natural. Siente celos en parte porque su esposa es una mujer bella, sofisticada, segura de sí misma, algo que hiere a las muchachas que tienen poca confianza en sí mismas. No me extrañaría nada que tuviera complejo de inferioridad. Por lo tanto, cuando ve a su madrastra, la odia, pero es el odio de una adolescente que todavía tiene que crecer.

—Bueno... —Restarick vaciló—. Eso es más o menos lo que dijo el médico cuando le fuimos a ver.

—Aja, ¿así que consultó a un médico? Sin duda tenía usted algún motivo para ir a consultar a un médico.

—Nada concreto.

—No, no puede usted decirle a Hércules Poirot que no era nada concreto. Se trataba de algo serio y será mejor que me lo diga, porque si sé lo que pasa por la mente de la muchacha, antes se solucionarán las cosas.

Restarick permaneció en silencio durante unos segundos. Después tomó una decisión.

—¿Tengo su palabra de que esto será absolutamente confidencial, monsieur Poirot?

—Por supuesto. ¿Cuál era el problema?

—No estoy muy seguro.

—¿Su hija emprendió alguna acción contra su esposa? ¿Algo más que un comportamiento puramente infantil? ¿Hizo algo más grave? ¿Quizá la atacó físicamente?

—No, no fue un ataque físico, sino que..., pero no se pudo probar.

—No, no. Por supuesto.

—Mi esposa no se sintió muy bien... —Restarick se interrumpió.

—Ah, comprendo. ¿Cuál fue la naturaleza de su enfermedad? ¿Digestiva? ¿Algo parecido a una gastroenteritis?

—Es usted muy rápido en sus deducciones, monsieur Poirot, muy rápido. Las quejas de mi esposa me llamaron la atención porque siempre había gozado de una salud excelente. Finalmente, el médico decidió ingresarla en observación.

—¿Cuál fue el resultado?

—Creo que no quedaron del todo satisfechos con los resultados de las pruebas. Al cabo de unos días, le dieron el alta y regresó a casa. Pero entonces se repitió el problema. Comenzamos a controlar sus comidas porque parecía estar sufriendo una intoxicación intestinal para la que no había una explicación clara. Decidieron analizar la comida. Después de diversas comprobaciones, descubrieron restos de una sustancia en algunos de sus platos. En cada caso se trataba de un alimento que solo ella había comido.

—Seamos claros. Alguien le estaba administrando arsénico. ¿Me equivoco?

—No se equivoca. Se trataba de dosis muy pequeñas que a la larga tendrían un efecto acumulativo.

—¿Sospechó usted de su hija?

—No.

—Yo creo que sí. ¿Quién si no podía ser? Usted sospechó de su hija.

Restarick exhaló un sonoro suspiro.

—Le seré sincero, sí.

II

Cuando Poirot llegó a su casa, George lo esperaba.

—Le ha llamado una tal Edith, señor.

—¿Edith? —Poirot frunció el entrecejo.

—Creo, señor, que está al servicio de la señora Oliver. Me pidió que le informara de que la señora Oliver está en el hospital de St. Giles.

—¿Qué le ha pasado?

—Tengo entendido que le dieron un golpe en la cabeza. —George se calló la última parte del mensaje, que había sido: «... y dígale que todo fue culpa suya».

Poirot chasqueó la lengua.

—Se lo advertí. Anoche me sentí muy inquieto cuando la llamé y nadie atendió la llamada. *Les femmes!*

Capítulo 12

—¡Busquemos un faisán! —exclamó la señora Oliver cuando nadie lo esperaba. Formuló el comentario con los ojos cerrados y su voz, aunque débil, reflejaba claramente su indignación.

Las cuatro personas presentes en la habitación la miraron sorprendidos. No satisfecha con la anterior, hizo otra declaración:

—Me atizaron en la cabeza.

Abrió los ojos y, con un considerable esfuerzo, intentó deducir dónde se encontraba.

Lo primero que vio fue un rostro desconocido. Un joven provisto de una libreta y un lápiz dispuesto a consignar todo lo que se dijera.

—Policía —afirmó la señora Oliver sin vacilar.

—¿Cómo ha dicho, señora?

—Digo que usted es policía. ¿Me equivoco?

—No, señora. Soy policía.

—Asalto criminal —añadió la escritora, y cerró los ojos complacida. Cuando los volvió a abrir, distinguió las cosas con mucha más claridad. Estaba en una cama, una de esas camas de hospital que parecían esterilizadas. No había manera de estar cómoda en una de esas camas. Era obvio que no se encontraba en su casa. Llegó a una conclusión sobre el lugar—: Un hospital o una sala de curas.

Una monja de expresión autoritaria estaba junto a la

puerta, y había una enfermera a un costado de la cama. Identificó a la cuarta persona.

—Nadie podría confundir esos bigotes. ¿Qué está haciendo aquí, monsieur Poirot?

El detective se acercó a la cama.

—Le advertí que tuviera cuidado, madame.

—Cualquiera puede equivocarse de camino —respondió la señora Oliver de una forma un tanto oscura—. Me duele la cabeza.

—No le falta razón. Como ha supuesto acertadamente, la han golpeado en la cabeza.

—Sí. Me golpeó el Faisán.

El policía se movió inquieto en la silla.

—Perdón, ¿dice usted que la asaltó un faisán?

—Así es. Hacía rato que notaba una sensación extraña. Ya sabe, en el ambiente. —La señora Oliver intentó mover una mano para describir mejor lo que quería decir y torció el gesto—. Vaya, será mejor que no vuelva a intentarlo.

—Procure no excitar a la paciente —advirtió la monja con un tono severo.

—¿Puede usted decirme dónde se produjo la agresión?

—No tengo ni la menor idea. Me perdí. Acababa de salir de un lugar que pretendía ser un estudio. Un desorden tremendo. Sucio. El otro joven llevaba días sin afeitarse. Una chaqueta de cuero mugrienta.

—¿Es ese el hombre que la atacó?

—No, fue el otro.

—Si pudiera usted decirme...

—Se lo estoy diciendo, ¿no? Lo seguí desde el momento en que salió del café, pero no soy muy buena en eso de seguir a una persona. Me falta práctica. Es mucho más difícil de lo que usted cree. —Miró al policía—. Aunque supongo que ustedes lo saben todo al respecto. Les dan clases, me refiero a que les enseñan a seguir a las personas. Bueno, qué más da, no tiene importancia. Verá —añadió, hablando con una súbita rapidez—, todo es muy sencillo. Tuve que bajarme en World's End y, naturalmente, creí que él se había quedado con los demás o se había ido por otro camino. Pero, en cambio, se acercó por detrás.

—¿Quién se le acercó por detrás?

—El Faisán, y menudo susto. Te sorprendes cuando descubres que las cosas son al revés. Quiero decir que él me estaba siguiendo a mí en lugar de seguirle yo a él, solo que eso ocurrió antes, y yo tenía aquella extraña sensación. Si quiere saber la verdad, tenía miedo. No sé por qué. Él me habló muy cortésmente, pero yo tenía miedo. La cuestión es que ahí estaba y me dijo: «Venga y verá el estudio», así que subí por una escalera bastante ruinosa que se parecía más a una escalerilla, y ahí estaba aquel otro joven, el sucio, que pintaba un cuadro, y había una muchacha que le servía de modelo. Una chica bastante limpia, y bonita, por cierto. Ahí estábamos y todos fueron muy amables, y entonces les dije que tenía que regresar a casa, y ellos me indicaron el camino para llegar a King's Road. Pero no creo que me indicaran el camino correcto. Claro que también es posible que me equivocara. Ya sabe, cuando alguien te dice la segunda a la izquierda y la tercera a la derecha, y acabas haciéndote un lío. Al menos, a mí me pasa eso. La cuestión es que llegué a una zona bastante siniestra muy cerca del río. Ya no tenía miedo. Entonces, cuando estaba desprevenida, me atacó el Faisán.

—Creo que delira —comentó la enfermera.

—No, no deliro. Sé muy bien lo que digo.

La enferma abrió la boca, pero la volvió a cerrar al ver la mirada de la monja.

—Terciopelo, satén y largos cabellos ensortijados.

—¿Un faisán vestido de satén? ¿Un faisán de verdad, madame? ¿Cree usted que vio un faisán cerca del río en Chelsea?

—¿Un faisán de verdad? —repitió la señora Oliver—.

Claro que no. Vaya tontería. ¿Qué podía estar haciendo un faisán de verdad en Chelsea?

Ninguno de los presentes dio muestras de saber la respuesta.

—Se pavonea —explicó la señora Oliver—. Se pavonea como un faisán, por eso le puse ese apodo. Es vanidoso. Está orgulloso de su aspecto, y quizá de muchas cosas más. —Miró a Poirot—. David no sé cuántos. Ya sabe a quién me refiero.

—¿Dice usted que ese joven llamado David fue el autor de la agresión?

—Así es.

—¿Lo vio? —preguntó Poirot.

—No, no le vi. No sé nada concreto. Me pareció oír algo a mi espalda y, en el momento de girar la cabeza, ocurrió. ¡Fue como si me hubiera caído sobre la cabeza una tonelada de ladrillos! Creo que dormiré un rato.

Movió un poco la cabeza, hizo una mueca de dolor y se sumergió en lo que parecía un sueño reparador.

Capítulo 13

Poirot apenas si utilizaba su llave para entrar en el piso. Prefería, al estilo antiguo, tocar el timbre y esperar a que aquel admirable factótum, George, abriera la puerta. Sin embargo, en esta ocasión, después de la visita al hospital, fue la señorita Lemon quien le abrió.

—Tiene usted dos visitantes —dijo la secretaria, modulando la voz en un tono que, sin llegar a ser un susurro, era mucho más bajo de lo habitual—. Uno es el señor Goby y el otro un viejo caballero llamado sir Roderick Horsefield. No sé a cuál de los dos desea usted ver en primer lugar.

—A sir Roderick Horsefield —musitó Poirot. Inclinó la cabeza hacia un lado como un gorrión, mientras consideraba cómo afectaría al conjunto general este último suceso.

En aquel instante, el señor Goby apareció por la puerta del pequeño cuarto donde la secretaria tenía la máquina de escribir.

Poirot se quitó el abrigo. La señorita Lemon lo colgó en el perchero del vestíbulo y el señor Goby, como era su costumbre, se dirigió a la nuca de la secretaria.

—Tomaré una taza de té con George en la cocina. Soy dueño de mi tiempo. Esperaré.

Desapareció por la puerta de la cocina y Poirot se dirigió a la sala donde sir Roderick se paseaba dando muestras de una notable vitalidad.

—Lo encontré, muchacho —manifestó alegremente—. El teléfono es un aparato maravilloso.

—¿Recordó usted mi nombre? Me siento muy honrado.

—Bueno, no exactamente su nombre. Los nombres nunca han sido mi fuerte. Pero nunca olvido una cara —afirmó, orgulloso—. No. Llamé a Scotland Yard.

—¡Vaya! —Poirot parecía un tanto sorprendido, aunque se dijo que era de esperar en alguien como sir Roderick.

—Me preguntaron con quién quería hablar. Les dije que con el gran jefe. Esa es la manera de hacer las cosas en esta vida, muchacho. Nunca acepte a un segundón. No sacará nada bueno. Siempre hay que apuntar a lo más alto. Desde luego, les dije quién era. Que quería hablar con el gran jefe y, al final, lo conseguí. Un tipo muy educado. Le expliqué que necesitaba la dirección de un tipo de la inteligencia aliada que había estado conmigo en cierto lugar de Francia en una fecha determinada. Al principio pareció un poco despistado, así que le dije: «¿Sabe a quién me refiero? Un francés, o un belga». Usted es belga, ¿no? «El nombre de pila es algo así como Aquiles. No, no es Aquiles, pero suena como si lo fuera. Un tipo pequeño, con unos bigotes muy grandes.» Entonces pareció entender de qué iba la historia y comentó que usted sin duda aparecería en la guía de teléfonos. Le contesté que muy bien pero que «no aparece por Aquiles o Hércules (o como dijera que se llamaba) y no recuerdo el apellido». Así que me lo dio. Un tipo muy educado, sí, señor, muy amable.

—Estoy encantado de verle —manifestó Poirot, dedicando un segundo a pensar en lo que le diría después el interlocutor telefónico de sir Roderick. Por fortuna, no debía de tratarse de uno de los más altos cargos, sino de alguien que le conocía y cuyo trabajo consistía en atender amablemente a distinguidos personajes de décadas pasadas.

—La cuestión es que estoy aquí —afirmó el anciano.

—Una vez más, encantado por su visita. Permítame ofrecerle algo de beber. Té, granadina, whisky, *sirop de cassis*.

—¡Dios santo, no! —exclamó sir Roderick, asustado ante la sola mención del *sirop de cassis*—. Tomaré un whisky con soda. No es que me dejen, pero los médicos son tontos, como usted y yo sabemos. Lo único que les interesa es prohibirle a uno todo aquello que le puede proporcionar placer.

Poirot llamó a George. Un par de minutos después, la botella de whisky y el sifón fueron colocados al alcance de la mano de sir Roderick y George se retiró de la sala.

—Bien, ¿qué puedo hacer por usted? —preguntó Poirot.

—Tengo un trabajo para usted, amigo mío.

Parecía más convencido que nunca de la estrecha relación entre él y Poirot en el pasado, algo que el detective consideraba muy útil para ganarse la confianza del sobrino de sir Roderick.

—Documentos —añadió el anciano, bajando la voz—. Perdí unos documentos y necesito encontrarlos. Entonces pensé que, como cada día veo menos y a veces me falla la memoria, lo mejor sería conseguir a un experto. Su visita del otro día me vino como anillo al dedo, quiero decir que justo a tiempo, porque tengo que encontrar esos documentos.

—Parece algo muy interesante. ¿Puedo preguntar en qué consisten esos documentos?

—Supongo que si tiene usted que encontrarlos, necesita preguntarlo. Son unos documentos muy secretos y confidenciales. De máximo secreto, o por lo menos lo fueron, y ahora parece que lo volverán a ser. Un intercambio de cartas. Nada de una importancia especial en su momento, o así los consideraron, pero, claro, la política cambia. Ya sabe cómo es. Un día es blanco y al otro negro. Recuerde lo que pasó cuando estalló la guerra. Ninguno de nosotros sabía a qué atenerse. En la Primera Guerra Mundial éramos amigos de los italianos y en la Segunda éramos enemigos. No sé cuál de las dos fue peor. En la primera los japoneses eran nuestros aliados del alma y en la segunda, bombardearon Pearl Harbor. ¡Nunca sabías dónde estabas! Empezamos de una manera con los rusos y acabamos de otra. Permítame decirle, Poirot, que no hay asunto más difícil que el tema de los aliados. Cambian de un día para otro.

—Decía usted que perdió unos documentos —señaló Poirot para centrar al anciano en el objeto de su visita.

—Sí. Tengo montones de documentos y últimamente les he estado echando una ojeada. Los tenía guardados a buen recaudo en un banco, pero los saqué y comencé a ordenarlos porque me dije que bien podía escribir mis memorias. Todos lo hacen. Tenemos a Montgomery, Alanbrooke y Auchinleck despachándose a gusto, sobre todo diciendo lo que piensan de los otros generales. Incluso tenemos al viejo Moran, un médico respetable, hablando de un importante paciente. ¡No sé lo que vendrá a continuación! Pero así están las cosas, y pensé que valdría la pena contar cuatro cosillas de algunas personas que conozco. ¿Por qué voy a ser menos que los demás? No, señor.

—Estoy seguro de que será una lectura interesante para muchísimas personas.

—Ya lo puede decir. Conozco a muchos de esos que aparecen continuamente en las noticias. Todo el mundo los mira con respeto. No saben que son unos imbéciles redomados, pero yo sí. Dios nos libre. La cantidad de errores que algunos de esos tipos llegaron a cometer. Se quedaría con la boca abierta. Por eso saqué mis documentos y le dije a esa niña que tengo que me ayudara a clasificarlos. Una chica muy guapa y bastante espabilada. No habla muy bien el inglés, pero aparte de eso es muy voluntariosa y aplicada. Tuvimos bastante trabajo porque todo estaba muy desordenado, aunque la cuestión es que los documentos que quería no estaban allí.

—¿No estaban?

—No. Supusimos que los habíamos pasado por alto, pero después de repasarlos del primero hasta el último, creo que alguien se ha llevado una buena cantidad de ellos. Muchos no son importantes. En realidad, los que me interesaban no tenían una relevancia especial. Quiero decir que nadie les atribuía mayor importancia, de lo contrario no me hubieran permitido tenerlos. Sea como sea, el caso es que las cartas no estaban allí.

—Desde luego, pretendo ser discreto, pero ¿podría usted explicarme la naturaleza de las cartas a las que se refiere?

—No sé si puedo, amigo mío. Todo lo que le puedo decir es que se trata de alguien que ahora se llena la boca con lo que hizo y dijo en el pasado. Sin embargo, el tipo falta a la verdad y las cartas demuestran con toda claridad que es un mentiroso. No tengo intención de publicarlas, por supuesto. Lo que haremos es enviarle copias y recordarle qué fue lo que dijo en su día y que lo tenemos todo por escrito. No me sorprendería en absoluto que después cambiara su discurso. ¿Entiende la jugada? Bueno, supongo que no hace falta preguntarlo porque usted debe ser bastante ducho en este tipo de asuntos.

—Tiene toda la razón, sir Roderick. Comprendo perfectamente lo que se propone, pero usted también debe comprender que no me será fácil ayudarle a recuperar algo que no sé qué es y no sé dónde podría estar ahora mismo.

—Vamos por orden. Quiero saber quién las robó, porque eso es lo más importante. Puede haber más secretos en mi pequeña colección y necesito saber quién está por medio.

—¿No tiene usted ninguna idea?

—¿Usted cree que debería tenerla?

—A simple vista, yo diría que la principal posibilidad...

—Lo sé. Usted quiere que le diga que fue la chica. Se equivoca, no creo que sea la muchacha. Ella misma me dijo que no, y la creo. ¿Está claro?

—Sí —asintió Poirot con un leve suspiro—. Está claro.

—Para empezar, ella es demasiado joven. No sabría que estas cartas eran importantes. Son de mucho antes de que ella naciera.

—Tal vez alguien le ordenó que las cogiera.

—Sí, sí, muy cierto. Pero eso también es demasiado obvio.

Poirot volvió a suspirar. Dudaba mucho sobre la conveniencia de insistir, dada la obvia parcialidad de sir Roderick.

—¿Quién más tenía acceso a los documentos?

—Andrew y Mary, por supuesto, aunque dudo que Andrew pueda tener algún interés en este tipo de cosas. En cualquier caso, siempre ha sido un tipo muy decente. No es que lo conozca demasiado. Acostumbraba a venir con su hermano un par de veces durante las vacaciones, y nada más. Claro que abandonó a su esposa y se largó a Sudáfrica con una mujer muy guapa, pero eso le puede pasar a cualquier hombre, sobre todo con una esposa como Grace. Tampoco la traté mucho. Era una de esas mujeres que te miran por encima de la nariz y bastante beata. Sea como sea, resulta difícil imaginarse a un tipo como Andrew metido a espía. En cuanto a Mary, no tengo ninguna sospecha. Por lo que he visto, no piensa en otra cosa que no sean los rosales. Hay un jardinero, pero tiene ochenta y tres años y lleva viviendo en el pueblo desde que nació. También hay un par de asistentas que no paran de hacer ruido con las aspiradoras, pero a ellas tampoco las veo como espías. Por lo tanto, tiene que tratarse de alguien ajeno a la casa. Claro que Mary lleva peluca —añadió el viejo sin venir a cuento—. Quiero decir que puedes pensar que es una espía porque lleva peluca, pero no es ese el caso. Perdió el pelo cuando tenía dieciocho años como consecuencia de unas fiebres. Es mala suerte para una mujer joven. No tenía idea de que usaba peluca, pero un día, mientras estaba en el jardín, se le enganchó en un rosal y se le movió de lugar. Sí, es mala suerte.

—Me pareció notar algo extraño en el peinado cuando la vi —comentó Poirot.

—En cualquier caso, los mejores agentes secretos nunca llevan peluca —le informó sir Roderick—. Los pobres diablos tienen que pasar por el cirujano plástico para que les hagan una cara nueva. Pero la cuestión es que alguien ha estado metiendo mano a mis documentos.

—¿No cree usted en la posibilidad de haberlos traspapelado? Quizá estén en otro cajón o archivados en otra carpeta. ¿Cuándo los vio por última vez?

—Los estuve hojeando hará más o menos un año. Recuerdo las cartas con toda claridad porque me pareció que se podían copiar sin problemas. Pero ahora no están. Alguien se las ha llevado.

—No sospecha de su sobrino Andrew, de su esposa, ni de las asistentas domésticas. ¿Qué me dice de la hija?

—¿Norma? Verá, Norma no está muy bien de la cabeza, quiero decir que podría ser una de esas cleptómanas que se llevan las cosas de los demás sin darse cuenta de lo que hacen, pero no me la imagino rebuscando entre mis papeles.

—Entonces ¿qué cree usted?

—Usted ha estado en la casa. Ya ha visto cómo es. Cualquiera puede entrar y salir a su antojo. No cerramos las puertas con llave. Nunca lo hemos hecho.

—¿No cierra la puerta de su despacho cuando se va a Londres?

—Nunca lo había considerado necesario. Ahora lo hago, por supuesto, pero ¿de qué sirve? Es demasiado tarde. Además, va con una llave vulgar, que abre cualquier puerta. Alguien tuvo que venir del exterior. Así es como ocurren la mayoría de los robos en la actualidad. Alguien entra en pleno día, sube las escaleras, se mete en las habitaciones, vacía el joyero, se marcha tan tranquilo y nadie lo ve ni se preocupa. Probablemente es un *beatnik*, un roquero o como llamen a esos tipos que llevan el pelo largo y las uñas sucias. He visto a más de uno rondando por allí. Tampoco les puedes preguntar: «¿Quién demonios es usted?». Nunca sabes a qué sexo pertenecen, lo que es bastante embarazoso. La casa está llena de esos tipos. Supongo que son amigos de Norma. En los viejos tiempos no les hubiesen permitido la entrada. Pero los echas, y después resulta que son el vizconde Endersleigh o lady Charlotte Marjoribanks. No sabes a qué atenerte. Si alguien es capaz de llegar al fondo de este asunto, ese es usted, Poirot. —Bebió el último trago de whisky y se levantó—. Bien, esto es todo. Ahora le toca a usted. Supongo que acepta el trabajo, ¿verdad?

—Haré todo lo que pueda.

Sonó el timbre.

—Esa es la chica —manifestó sir Roderick—. Puntual como siempre. Maravilloso. No podría ir por Londres sin ella. Ciego como un topo. No podría cruzar la calle.

—¿No usa gafas?

—Las tengo por alguna parte, pero siempre se me caen de la nariz o las pierdo. Además, no me gusta llevar gafas. Nunca había usado gafas. Cuando tenía sesenta y cinco, leía sin gafas y no estaba nada mal.

—Nada dura eternamente —manifestó Poirot.

George hizo pasar a Sonia. Estaba muy guapa. Sus modales un tanto tímidos ayudaban a su encanto. Se acercó con la típica caballerosidad gala.

—*Enchanté, mademoiselle* —la saludó, inclinándose sobre la mano de la muchacha.

—Espero no llegar tarde, sir Roderick —dijo ella sin prestarle demasiada atención al detective—. No habrá tenido usted que esperarme, ¿verdad?

—Puntual como la vida misma, muchacha —respondió el anciano—. Espero que haya disfrutado de un buen té, con pastas y tartas o lo que sea que toman hoy las señoritas. Supongo que habrá cumplido mis órdenes.

—No al pie de la letra. He aprovechado para ir a comprarme un par de zapatos. Mire, son preciosos, ¿verdad? —Adelantó un pie.

Desde luego, eran muy bonitos.

—Bien, es hora de ir a la estación —manifestó sir Roderick—. Quizá me tomen por anticuado, pero soy un firme partidario de los trenes. Salen y llegan a su hora, o por lo menos eso es lo que se espera. En cambio, si viajas en coche, tienes que soportar los atascos y siempre tardas una hora y media más. ¡Coches! ¡Bah!

—¿Le digo a George que llame a un taxi? —preguntó Poirot—. No es ninguna molestia, se lo aseguro.

—Ya tengo un taxi esperando —le informó Sonia.

—Ya lo ve —manifestó sir Roderick—, esta jovencita no descuida detalle. —Le dio una palmadita en el hombro y ella lo miró de una forma que Poirot no pasó por alto.

El belga los acompañó hasta la puerta y los despidió amablemente. Cuando se volvió, el señor Goby había salido de la cocina y se encontraba en el vestíbulo con el aspecto de ser el empleado encargado de leer el contador del gas.

George, que había acompañado a la pareja hasta el ascensor, entró en el piso y miró a su patrón.

—¿Puedo preguntarle qué opina usted de esa joven, George? —En algunos asuntos, la opinión del mayordomo era infalible.

—Si me permite la expresión, señor, diría que el caballero está colado por ella. Se desvive por atenderla.

—Creo que tiene usted razón.

—Por supuesto, no tiene nada de particular, tratándose de caballeros de su edad. Recuerdo a lord Mountbryan. Era un hombre de gran experiencia y avispado como el que más. Pero hay que ver cómo son las cosas. Una joven vino a darle un masaje, y se sorprendería de la recompensa que le dio. Un vestido de noche y un brazalete, un nomeolvides de turquesas y diamantes. No era carísimo, pero costaba lo suyo. Después, una estola que no era de visón, pero sí de armiño ruso, y un bolso de noche. Después, el hermano de la joven, si es que tenía un hermano, cosa que dudo, se metió en líos, deudas o algo así, y lord Mountbryan le dio el dinero para que pusiera las cosas en orden. ¡Ella se mostró muy sorprendida! Todo muy platónico, por supuesto. Los caballeros por lo visto pierden el juicio cuando llegan a cierta edad. Además, les gustan las tímidas, no les van las atrevidas.

—No dudo de su buen juicio, George, pero no me ha respondido a la pregunta. Quería saber su opinión sobre la muchacha.

—Ah, la señorita. Bien, señor, no puedo afirmarlo a ciencia cierta, pero pertenece a un tipo bien definido. Nunca hacen nada concreto que merezca una crítica, pero saben perfectamente bien lo que hacen.

Poirot entró en la sala y el señor Goby lo siguió, obedeciendo al gesto de este. Goby se sentó en una silla de respaldo recto en su pose habitual: las rodillas juntas, las puntas de los pies hacia dentro. Sacó una vieja libreta del bolsillo, la abrió con cuidado y después contempló el sifón con expresión grave.

—Tengo los antecedentes que me pidió que buscara. La familia Restarick. Personas respetables y de buena posición. Ningún escándalo. El padre, James Patrick Restarick, era un lince para los negocios, según la opinión general. La empresa es propiedad de la familia desde hace tres generaciones. El abuelo la fundó, el padre la amplió y Simon Restarick la mantuvo en marcha. Simon tuvo problemas de salud hace dos años y no se recuperó. Falleció hace un año de una trombosis coronaria.

»El hermano menor, Andrew, entró en la empresa al poco de salir de Oxford. Estaba casado con la señorita Grace Baldwin. Una hija, Norma. Abandonó a la esposa y se marchó a Sudáfrica. Le acompañó una tal señorita Birell. No se solicitó el divorcio. La señora Restarick falleció hace dos años y medio. Llevaba tiempo inválida. La señorita Norma Restarick estaba interna en la Meadowfield Girls' School. No hay nada en su contra. —Solo por un segundo, el señor Goby posó la mirada en el rostro de Poirot—. Toda la familia parece muy normal y decente.

—¿Ninguna oveja negra, ningún problema de inestabilidad mental?

—No que se sepa.

—Decepcionante —opinó Poirot.

El señor Goby no se dio por aludido. Carraspeó, se mojó un dedo y pasó una página de la libreta.

—David Baker. Antecedentes poco satisfactorios. Ha estado en libertad vigilada en dos ocasiones. La policía no le pierde de vista. Al parecer, está mezclado en algunos asuntos poco claros. Creen que participó en un importante robo de objetos de arte, aunque no tienen pruebas. Frecuenta los círculos intelectuales. No tiene un trabajo fijo, pero no vive mal. Le gustan las jóvenes con dinero. No le hace ascos a que ellas lo mantengan, ni tampoco a que los padres de las muchachas le paguen. En mi opinión, es un mala pieza, pero lo bastante listo como para que no lo pillen.

El señor Goby volvió a mirar a Poirot.

—¿Le conoce?

—Sí.

—¿Cuáles son sus conclusiones?

—Las mismas que las suyas. Una criatura llamativa —añadió Poirot pensativo.

—Las mujeres lo encuentran atractivo. El problema en la actualidad es que las muchachas no hacen el menor caso a un joven trabajador y honrado. Prefieren a los vividores. Dicen: «El pobre no ha tenido una oportunidad».

—Se pavonea como los faisanes.

—Bueno, es una manera de decirlo —señaló el señor Goby, con una expresión de duda.

—¿Le cree capaz de atacar a alguien con una cachiporra?

El señor Goby reflexionó durante unos segundos y después meneó la cabeza muy lentamente con la mirada puesta en la estufa eléctrica.

—Nadie le ha acusado nunca de nada, así que no rechazo que pudiera hacerlo. Sin embargo, no es su manera de actuar. Es de los que prefieren el trabajo fino. No le va hacerse el duro.

—Sí, es de esos. ¿Cree que se le puede comprar?

—Dejaría a cualquier muchacha en menos que canta un gallo si hubiera bastante dinero de por medio.

Poirot asintió. Acababa de recordar algo. El momento en que Andrew Restarick le había mostrado el talonario para que viera su firma. Poirot no solo había visto la firma, sino también el nombre de la persona beneficiarla del cheque. Lo habían extendido a nombre de David Baker y la cantidad era importante. ¿Sería capaz David Baker de rechazar un cheque?, se preguntó. Por lo que sabía del muchacho, la respuesta era no. El señor Goby era de esa opinión. Los jóvenes indeseables habían sido comprados a lo largo de todas las épocas, y también las jóvenes. Los hijos habían maldecido y las hijas habían llorado, aunque el dinero era el dinero. David le había hablado de matrimonio a

Norma, pero ¿había sido sincero? ¿Estaría realmente enamorado de Norma? Sus palabras habían tenido un tono convincente. No cabía duda de que Norma las creía sinceras. Andrew Restarick, el señor Goby y Poirot mantenían una opinión contraria, y era muy probable que estuvieran en lo cierto.

El señor Goby se aclaró la garganta y reanudó la lectura.

—¿La señorita Claudia Reece-Holland? Limpia como una patena. No hay nada en su contra. Quiero decir nada dudoso. Su padre es miembro del Parlamento. Buena posición económica. Ningún escándalo. No es como otros parlamentarios que todos conocemos. Colegio privado. Hizo un curso de secretariado. Primero trabajó para un médico de Harley Street, después pasó a la Junta del Carbón. Secretaria de dirección. Es secretaria del señor Restarick desde hace dos años. Ningún vínculo especial, solo amigos. Puede escoger si desea tener una cita. No hay nada que demuestre una relación particular entre ella y Restarick. Personalmente, no creo que exista. Alquila un piso desde hace tres años en Borodene Mansions. El alquiler es caro. Lo comparte con otras dos muchachas, que no son necesariamente amigas. Van y vienen. La segunda muchacha, Frances Cary, lleva allí algún tiempo. Ha trabajado en varias galerías de arte y ahora es empleada de la galería Wedderburn, un lugar bastante conocido en Bond Street. Se ocupa de organizar exposiciones en Manchester, Birmingham y, a veces, incluso en Suiza y Portugal. Es una de esas intelectuales que tienen muchos amigos entre la gente del teatro y los pintores.

»No he conseguido gran cosa de Sudáfrica y no creo que reciba mucha más información. Restarick se movía mucho. Kenia, Uganda, Costa de Marfil, Sudamérica durante un tiempo. Sencillamente viajaba. Un tipo inquieto.

Nadie parece conocerlo muy bien. Tenía dinero propio para ir a donde quisiera. También hizo dinero, verdaderas fortunas. Le gustaba ir a sitios remotos. Le caía bien a todo el mundo. Un auténtico trotamundos. Nunca mantenía contacto con nadie. En tres ocasiones informaron de que había muerto. Iba a algún lugar dejado de la mano de Dios y desaparecía, en ocasiones, durante cinco o seis meses, y luego reaparecía en otro lugar, cuando no en otro país.

»El año pasado, cuando murió su hermano, les costó bastante dar con su paradero. Al parecer, la muerte de Simon le impresionó. Quizá se había cansado de viajar o había encontrado a la mujer adecuada, alguien mucho más joven que él, una maestra, según dicen. Una mujer tranquila. La cuestión es que él decidió sentar cabeza y regresar a Inglaterra. Además de ser un hombre muy rico, es el heredero de su hermano.

—Una historia de éxitos y una muchacha desgraciada —comentó Poirot—. Me gustaría saber más sobre la muchacha. Usted me ha facilitado todos los hechos. Las personas que rodean a la joven, que pudieran haber influido en ella, que tal vez sí influyeron en ella. Quería saber algo sobre el padre, la madrastra, el chico del que está enamorada, la gente con la que vive en Londres y con la que trabaja. ¿Está usted seguro de que no está relacionada con ninguna muerte? Es muy importante.

—Nada de nada. Trabajaba para una empresa llamada Homebirds, a punto de quebrar, y no le pagaban mucho. Hace poco la madrastra estuvo ingresada en observación en un hospital. Corren muchos rumores por el pueblo, pero no hay nada concreto.

—La madrastra no murió. Lo que necesito —añadió Poirot con un tono sediento de sangre— es una muerte.

El señor Goby manifestó su pesar sobre ese punto y se levantó.

—¿Desea usted algún otro servicio?

—Por ahora no necesito más información.

—Muy bien, señor. —Mientras guardaba la libreta en el bolsillo, manifestó—: Quizá no sea asunto mío, pero la joven que ha estado aquí hace unos minutos...

—¿Sí? ¿Qué pasa con ella?

—Supongo que no tendrá nada que ver con esto, pero me parece que debo mencionárselo.

—Por favor, adelante. ¿La ha visto usted antes?

—Sí. Hace un par de meses.

—¿Dónde la vio?

—Kew Gardens.

—¿Kew Gardens? —repitió Poirot, un tanto sorprendido.

—No la estaba siguiendo. Seguía a otra persona, a la que se reunió con la joven.

—¿De quién se trataba?

—Supongo que no cometo una falta si se lo menciono a usted, señor. Era uno de los agregados de la embajada herzegovina.

—Eso es interesante. Sí, muy interesante. Kew Gardens. Un lugar muy agradable para una cita. Muy agradable.

—Eso mismo me pareció en aquel momento.

—¿Mantuvieron una conversación?

—No, señor, nadie hubiera dicho que se conocían. La joven llevaba un libro. Se sentó en un banco. Leyó el libro durante unos minutos y, después, lo dejó sobre el banco. Luego, apareció el tipo y también se sentó en el banco. No hablaron, pero la joven se levantó casi en el acto y se marchó. El hombre permaneció sentado un rato más y después también abandonó el lugar. Se llevó el libro que la joven había dejado. Eso es todo, señor.

—Bien, muy interesante.

El señor Goby le dio las buenas noches a la librería y salió de la habitación.

Poirot soltó una exclamación de enfado.

—*Enfin,* esto ya es demasiado. Ahora tenemos un caso de espionaje y contraespionaje. Lo único que quiero es un asesinato bien sencillo. ¡Comienzo a sospechar que el asesinato solo ocurrió en la imaginación de una drogadicta!

Capítulo 14

—*Chère madame.* —Poirot hizo una reverencia y ofreció a la señora Oliver un precioso ramillete arreglado al estilo antiguo.

—¡Monsieur Poirot! Es un detalle muy bonito por su parte y muy propio de usted. Todas mis flores parecen siempre tan desordenadas. —Miró un florero de crisantemos pachuchos y después el primoroso ramo de pimpollos de rosa—. Le agradezco mucho la visita.

—Vengo a ofrecerle mis felicitaciones por su rápida recuperación, madame.

—Sí, gracias. Supongo que ya estoy bien. —La señora Oliver movió la cabeza a un lado y a otro con precaución—. Sin embargo, tengo dolores de cabeza. Unas jaquecas muy fuertes.

—Recuerde, madame, que le advertí en su momento que no hiciera nada peligroso.

—De hecho, me dijo que no asomara la cabeza. Supongo que eso fue precisamente lo que hice. Sentí algo parecido a una presencia maligna. También estaba asustada y me dije a mí misma que me estaba comportando como una tonta, porque ¿qué motivos podía tener para estarlo? Me refiero a que estaba en Londres. En el mismo centro. Gente por todas partes. ¿Cómo podía tener miedo? No se trataba de un bosque solitario ni nada parecido.

Poirot la miró con expresión pensativa. Se preguntó si

era cierto que la señora Oliver había experimentado ese temor nervioso, que había sospechado una presencia maligna, la siniestra sensación de que algo o alguien le deseaba algún mal o si toda había sido una deducción posterior. Conocía muy bien cómo funcionaba el mecanismo. Innumerables clientes se lo habían explicado con las mismas palabras. «Sabía que algo no iba bien. Noté una presencia maligna. Sabía que algo malo estaba a punto de ocurrir.» En realidad, no habían sentido nada parecido. ¿Qué clase de persona era la autora?

La señora Oliver proclamaba ser una persona famosa por sus intuiciones. Se sucedían con una admirable rapidez y la escritora siempre tenía una excusa para justificar que una de sus intuiciones había resultado correcta.

Pero esto era algo que muy a menudo se compartía con los animales. La inquietud de los perros y los gatos ante la proximidad de una tormenta, la sensación de que algo no va bien, aunque no se sabe qué es.

—¿Cuándo fue consciente de esa sensación de temor?

—En el momento mismo de dejar la calle principal. Hasta entonces toda había sido de lo más normal y excitante. La verdad es que estaba disfrutando, aunque me irritaba ver lo difícil que resultaba seguir a alguien. Era como un juego, hasta que de pronto dejó de serlo porque me encontré perdida entre callejones, casas en ruinas y solares para nuevas construcciones. No lo sé, no puedo explicarlo. Pero todo era diferente. Como un sueño. Ya sabe cómo son los sueños. Comienzan con una cosa, una fiesta o lo que sea, y después apareces en una selva o un lugar completamente distinto, y todo resulta muy siniestro.

—¿Una selva? Sí, es interesante que lo describa así. ¿Sintió usted que se encontraba en una selva y que la perseguía un faisán?

—No sé si le tenía miedo. Después de todo, un faisán no es un animal peligroso. Quiero decir que pensé en él como en un faisán porque es una criatura llamativa. Un faisán es un ave muy vistosa, ¿no? Y ese muchacho también lo es.

—¿Tenía usted alguna sospecha de que alguien la seguía antes de que la golpearan?

—No, no tenía ni la más remota idea, pero creo que aquel joven me dio las instrucciones equivocadas con toda intención.

Poirot asintió pensativo.

—Desde luego, tuvo que ser el Faisán quien me golpeara. ¿Quién si no? ¿El joven de las prendas mugrientas? Olía mal, pero no tenía un aspecto siniestro. Tampoco pudo ser aquella lánguida Frances no sé cuántos. Estaba posando sobre una tarima con la larga cabellera negra rozando el suelo. Me recordó a una actriz.

—¿Dice usted que estaba posando?

—Sí, pero no para el Faisán, sino para el otro muchacho. No recuerdo si usted la ha visto o no.

—Todavía no he tenido ese placer, si es que lo es.

—Es una chica bastante bonita, aunque con ese aspecto desaseado que tienen las intelectuales. Demasiado maquillaje. Blanca como un cadáver, con los ojos pintarrajeados y el pelo suelto sobre el rostro. Trabaja en una galería de arte, por lo cual resulta lógico que se reúna con *beatniks* y pose de modelo para sus cuadros. ¡No sé cómo pueden! Supongo que podría ir detrás del Faisán, pero me inclino por el joven sucio. En cualquier caso, no me la imagino golpeándome en la cabeza.

—A mí se me ha ocurrido otra posibilidad, madame. Alguien la vio siguiendo a David y decidió seguirla a usted.

—¿Alguien me vio siguiendo a David y después me siguió a mí?

—Quizá había alguien en el lugar que también vigilaba a las mismas personas que le interesaban a usted.

—Es una idea, desde luego. Me pregunto quiénes podrían ser.

—Ahí está el problema. —Poirot suspiro irritado—. Es difícil, demasiado difícil. Demasiadas personas, demasiadas cosas. No veo nada claro. ¡Solo a una muchacha que dice que quizá cometió un crimen! Es lo único que tengo como punto de partida, e incluso en eso hay dificultades.

—¿Qué quiere decir con dificultades?

—Reflexione —respondió Poirot.

Reflexionar nunca había sido uno de los puntos fuertes de la señora Oliver.

—Usted siempre me confunde —protestó la escritora.

—Hablo de un asesinato, pero ¿qué asesinato?

—Supongo que del asesinato de la madrastra.

—A la madrastra no la asesinaron. Está viva.

—Es usted capaz de volver loco al más pintado.

Poirot se irguió en la silla. Unió las manos por las puntas de los dedos, dispuesto, así lo creyó la señora Oliver, a divertirse.

—Se niega usted a reflexionar, pero si queremos obtener algún resultado, debemos reflexionar.

—No quiero reflexionar. Lo que quiero saber es qué ha estado haciendo usted mientras yo estaba en el hospital. Ha debido de hacer algo. ¿Qué ha hecho?

Poirot no hizo caso de la pregunta.

—Debemos empezar por el principio. Usted me llamó. Yo estaba angustiado. Sí, lo reconozco, estaba angustiado. Me habían dicho algo extremadamente doloroso. Usted, madame, se comportó como la bondad en persona. Me consoló, me dio ánimos. Me obsequió con una deliciosa *tasse de chocolat*. Todavía más. No solo me ofreció ayuda, sino que lo hizo. Me ayudó a buscar a la joven que había ido a mi casa para decir que creía haber cometido un crimen. Debemos preguntarnos, madame,

¿qué hay de ese asesinato? ¿A quién han asesinado? ¿Dónde lo han asesinado? ¿Por qué lo han asesinado?

—Por favor, basta. Ya me duele la cabeza y eso no es nada bueno para mí.

Poirot hizo caso omiso de la súplica.

—¿Tenemos verdaderamente un asesinato? Usted dice la madrastra y yo le respondo que la madrastra no está muerta; por lo tanto, no tenemos un asesinato. Pero tendría que haberlo. Por lo tanto, yo me pregunto ¿quién ha muerto? Alguien viene y me menciona un asesinato. Un crimen que han cometido en algún lugar y de alguna manera. Pero no consigo descubrir de qué asesinato se trata, y lo que está usted a punto de repetir sobre el intento de asesinato de Mary Restarick no satisface la curiosidad de Hércules Poirot.

—No se me ocurre qué más quiere usted —replicó la señora Oliver.

—Quiero un asesinato.

—Suena bastante sanguinario cuando lo dice de esa manera.

—Busco un asesinato y no consigo encontrarlo. Es exasperante, y por eso la invito a reflexionar conmigo.

—Se me acaba de ocurrir una idea magnífica. Supongamos que Andrew Restarick asesinara a su primera esposa antes de marcharse deprisa y corriendo a Sudáfrica. ¿Ha pensado en esa posibilidad?

—¡Por supuesto que no! —exclamó Poirot indignado.

—Pues yo sí. Es muy interesante. Estaba enamorado de otra mujer, quería marcharse con ella, así que asesinó a la primera sin que nadie sospechara nada.

Poirot soltó un bufido.

—Pero su esposa no murió hasta diez o doce años después de que él abandonara el país para marcharse a Sudáfrica, y no es posible que su hija de cinco años tuviera algo que ver con el asesinato.

—Quizá ella le suministró una medicina equivocada, o tal vez Restarick sencillamente dijo que había muerto. Después de todo, no estamos seguros de que esté muerta.

—Yo sí lo estoy. Hice averiguaciones. La primera señora Restarick murió el 14 de abril de 1963.

—¿Cómo puede saber esas cosas?

—Porque contraté a una persona para que investigara los hechos. Le ruego, madame, que no saque conclusiones imposibles tan a la ligera.

—Me pareció que era una idea muy válida —insistió la señora Oliver—. Si esto ocurriera en una de mis novelas es así como lo arreglaría. La niña sería la autora. No voluntariamente, sino que obedece a su padre cuando le dice que le dé a beber un veneno.

—*Nom d'un nom d'un nom!* —exclamó Poirot.

—De acuerdo. Explíquelo usted a su manera.

—No tengo nada que explicar. Busco un asesinato y no lo encuentro.

—No después de que Mary Restarick sufriera una indisposición, fuese al hospital, se recuperara, regresara a su casa y otra vez cayese enferma. Si buscaron, seguramente encontrarían arsénico o alguna otra cosa oculta por Norma en alguna parte.

—Eso es exactamente lo que encontraron.

—Entonces, ¿qué más quiere?

—Quiero que preste atención al uso del lenguaje. La muchacha me dijo a mí lo mismo que le dijo a mi criado, George. En ningún momento dijo: «Intenté matar a alguien» o «Intenté matar a mi madrastra». En cada ocasión habló de un acto que ya se había cometido, algo que ya había ocurrido. Sin la menor duda, en tiempo pasado.

—Renuncio. Usted sencillamente se niega a creer que Norma intentara matar a su madrastra.

—Sí, creo que es perfectamente posible que Norma quizá intentara matar a su madrastra. Creo que es lo que probablemente ocurrió. Encaja desde el punto de vista psicológico, con sus trastornos mentales. Pero no está probado. Cualquiera pudo esconder un preparado con arsénico entre los objetos personales de Norma. Incluso el marido pudo ponerlo allí.

—Usted parece un firme convencido de que los maridos son quienes matan a sus esposas.

—El marido es por lo general el sospechoso más probable, así que él será el primero de la lista. Después tenemos a la muchacha, Norma, alguno de los sirvientes, la joven *au pair* o el viejo sir Roderick. Incluso la propia señora Restarick.

—Tonterías. ¿Por qué?

—Podría tener sus motivos. Quizá un poco traídos por los pelos, pero creíbles.

—Por favor, Poirot, no puede usted sospechar de todos.

—*Mais oui*, eso es precisamente lo que hago. Sospecho de todo el mundo. Primero sospecho, luego busco los motivos.

—¿Qué motivos podría tener esa pobre chica extranjera?

—Depende de lo que esté haciendo en la casa, las razones que la impulsaron a viajar a Inglaterra y a otras muchas cosas más.

—Está usted loco.

—Claro que no debemos olvidar al joven David. Su Faisán.

—Demasiado rebuscado. David no estaba allí. En ningún momento se acercó a la casa.

—Sí que lo hizo. Se paseaba por los pasillos el día que fui allí.

—Pero no estaba escondiendo el veneno en la habitación de Norma.

—¿Cómo lo sabe?

—Porque ella y ese joven deplorable están muy enamorados.

—Eso es lo que parece. Lo admito.

—Usted siempre quiere complicar las cosas —se quejó la señora Oliver.

—En absoluto. Es a mí a quien le ponen las cosas difíciles. Necesito información, hay una única persona que puede dármela y esa persona ha desaparecido.

—Se refiere usted a Norma.

—Sí, me refiero a Norma.

—Pero ella no ha desaparecido. La encontramos usted y yo.

—Desapareció en cuanto salió de aquel café.

—¿Usted la dejó ir? —En la voz de la señora Oliver vibró el reproche.

—Así es.

—¿Usted la dejó ir? ¿Ni siquiera intentó volver a encontrarla? —preguntó la escritora, incrédula.

—No he dicho que no intentara encontrarla.

—Sin resultado hasta el momento, por lo que se ve. Poirot, estoy decepcionada.

—Hay un esquema —manifestó Poirot con voz soñadora—. Sí, hay un esquema. Pero, a la vista de que falta uno de los factores, el esquema no tiene sentido. Eso lo ve, ¿verdad?

—No —respondió la señora Oliver, que experimentaba un dolor de cabeza cada vez más intenso.

Poirot continuó hablando más para sí mismo que para su oyente, si es que se podía decir que la señora Oliver lo escuchaba. Estaba muy indignada con Poirot y pensaba para sus adentros que Norma Restarick había acertado y que el belga era efectivamente demasiado viejo. Las cosas estaban muy claras. Ella había encontrado a la muchacha, lo había llamado para que llegara a tiempo y se había encargado de seguir a la otra mitad de la pareja. Le había dejado a la muchacha a Poirot y... ¿qué había hecho él? ¡Perderla! La verdad es que no había hecho nada útil desde el primer momento. Estaba decepcionada. En cuanto dejara de discursear, se lo volvería a decir.

Poirot delineaba tranquila y metódicamente lo que denominaba «el esquema».

—Todo está interconectado. Sí, está interconectado y por eso resulta difícil. Una cosa está relacionada con la otra y después descubres que se relaciona con algo que parece fuera del esquema. Pero no lo está y, en consecuencia, aumenta el número de personas que forman el círculo de sospechosos. ¿Sospechosos de qué? Una vez más no lo sabemos. Primero tenemos a la muchacha y, a través de un laberinto de esquemas que se confunden, tengo que encontrar las respuestas más difíciles. ¿Es ella la víctima? ¿Está en peligro o es muy astuta? ¿Está creando una imagen de sí misma para sus propios fines? Esto se puede interpretar de las dos maneras. Necesito algo más: una pista concreta. Y sé que está en alguna parte. Sí, estoy seguro de que está en alguna parte.

La señora Oliver estaba buscando en su bolso.

—No sé por qué, pero nunca encuentro las aspirinas cuando más las necesito —se lamentó con expresión irritada.

—Tenemos un primer esquema. El padre, la hija y la madrastra. Sus vidas están interrelacionadas. Tenemos al anciano tío, un tanto senil, que vive con ellos. Después está Sonia, vinculada al tío. Trabaja para él. Es bonita, tiene modales agradables. El viejo está encantado con ella. Digamos que chochea por la joven. Pero ¿cuál es su papel en la casa?

—Aprender inglés, supongo.

—Se reunió con uno de los miembros de la embajada herzegovina en Kew Gardens. Se reunió con él allí, pero no le habló. Ella dejó un libro sobre el banco y él se lo llevó.

—¿De qué está hablando?

—¿Tiene esto algo que ver con el otro esquema? Todavía no lo sabemos. Parece improbable, aunque quizá no lo es. ¿Mary Restarick descubrió involuntariamente algo que podía ser peligroso para la muchacha?

—¿No me diga que todo esto tiene algo que ver con espionaje o algo por el estilo?

—No lo sé. Solo me lo planteo.

—Usted mismo acaba de decir que el viejo sir Roderick está gagá.

—La cuestión no es si está gagá o no. Fue una persona de cierta relevancia durante la guerra. Por sus manos pasó mucha documentación importante. Quizá le escribieron cartas importantes, cartas que estaba en su perfecto derecho a conservar cuando dejaron de serlo.

—Está usted hablando de la guerra y eso fue hace décadas.

—Así es. Pero el pasado no se acaba solo con el paso de los años. Se establecen nuevas alianzas. Se pronuncian discursos que repudian esto, niegan aquello, cuentan mentiras sobre algún otro. Supongamos que existen ciertas cartas o documentos que cambian la imagen pública de cierta personalidad. No afirmo nada, compréndalo. Solo hago suposiciones que quizá, como el pasado, pueden resultar ciertas. Tal vez sea de la mayor importancia que ciertas cartas o documentos sean destruidos, o que pasen a manos de un gobierno extranjero. ¿Quién mejor capacitada para la tarea que una joven encantadora que atiende y ayuda a un anciano personaje a reunir el material para sus memorias? Hoy en día todo el mundo escribe sus memorias. ¡Nadie puede impedir que lo hagan! Suponga que la madrastra tiene su comida sazonada de un modo especial el día que la voluntariosa secretaria y *au pair* se ocupa de cocinar. Y ya puestos, supongamos que es ella quien lo arregla todo para que las sospechas recaigan sobre Norma.

—Tiene usted una mente que solo puedo calificar de tortuosa. Quiero decir que todas esas cosas no han podido ocurrir.

—Eso es. Hay demasiados esquemas. ¿Cuál es el correcto? Norma sale de su casa, se va a Londres. Es, tal como usted me ha explicado, la tercera muchacha que comparte un apartamento con otras dos. Una vez más, tenemos un esquema. Las dos muchachas son unas desconocidas. Pero entonces, ¿de qué me entero? Claudia Reece-Holland es la secretaria particular del padre de Norma Restarick. Aquí tenemos otro vínculo. ¿Es una casualidad? ¿O se trata de otro esquema? Me dice usted que la otra muchacha es una modelo, y amiga del muchacho que usted llama el Faisán y del que Norma está enamorada. Otro vínculo. Más vínculos. ¿Qué pinta David, el Faisán, en todo esto? ¿Está enamorado de Norma? Eso parece. Los padres se oponen, algo que es probable y natural.

—Es curioso que Claudia sea la secretaria de Restarick —opinó la señora Oliver, pensativa—. Yo diría que es muy eficiente en todo lo que hace. Quizá fue ella quien empujó a la mujer por la ventana del séptimo piso.

Poirot se volvió lentamente hacia la escritora.

—¿Qué ha dicho?

—Alguien en el edificio, ni siquiera sé su nombre, que se tiró o empujaron por la ventana del séptimo piso.

—¿Arrojaron a una mujer por la ventana del séptimo piso y usted no me lo había dicho? —preguntó Poirot con severidad.

La señora Oliver lo miró sorprendida.

—No sé a qué se refiere.

—¿A qué me refiero? Le pedí a usted que me hablara de una muerte. A eso me refiero. A una muerte. Usted me dijo que no había ninguna muerte. Usted solo habla de un intento de envenenamiento. Sin embargo, aquí tenemos una muerte. Una muerte en..., ¿cómo se llama el edificio?

—Borodene Mansions.

—Sí, sí. ¿Cuándo ocurrió?

—¿El suicidio o lo que fuera? Creo que una semana antes de mi visita al apartamento.

—¡Perfecto! ¿Cómo se enteró?

—Me lo dijo el lechero.

—El lechero, *bon Dieu!*

—El hombre solo quería charlar un rato. Parecía un poco apenado. Fue durante el día, a primera hora de la mañana.

—¿Cómo se llamaba la mujer?

—No lo sé. Me parece que no lo mencionó.

—¿Joven, de edad mediana, vieja?

—No me dijo la edad exacta. Creo que dijo cincuentona.

—¿Era alguien conocido de las tres muchachas?

—¿Cómo voy a saberlo? Nadie me comentó nada.

—Así y todo, a usted no se le ocurrió decírmelo.

—En realidad, Poirot, no veo que tenga ninguna relación con este asunto. Bueno, quizá la tenga, pero nadie lo mencionó.

—Aquí hay un vínculo. Está la muchacha, Norma. Vive en aquellos pisos, y un día alguien se suicida, eso al menos es la impresión general. O sea que alguien se lanza y cae al vacío desde la ventana de un séptimo piso y se mata. Luego, ¿qué sucede? Al cabo de unos días, Norma, que le ha oído a usted hablar de mí en una fiesta, viene a verme y dice que está asustada porque pudo haber cometido un asesinato. ¿No lo ve? Sí, este tiene que ser el asesinato de marras.

La señora Oliver estuvo a punto de exclamar: «¡Tonterías!», pero no se atrevió.

—Por lo tanto —prosiguió Poirot—, esta es la pieza que todavía no he descubierto. ¡Tiene que encajar en alguna parte! Sí, sí. Todavía no veo cómo, pero tiene que encajar. Debo pensar. Eso es lo que debo hacer. Me iré a casa y pensaré hasta que poco a poco todas las piezas encajen, porque esta es la pieza clave que sirve para dar forma a la figura. Sí. Al fin, descubriré cuál es el camino.

Se levantó, se despidió de la escritora con un «*Adieu, chère madame*» y abandonó la habitación precipitadamente. Por fin, la señora Oliver pudo dar rienda suelta a sus sentimientos.

—¡Tonterías! —manifestó a un público invisible—. ¡Una tontería de pies a cabeza! Me pregunto si cuatro aspirinas no serán demasiadas...

Capítulo 15

Poirot cogió la taza con tisana que le había preparado George y tomó un sorbo, absorto en sus pensamientos. Pensaba siguiendo un método propio. Era la técnica de un hombre que seleccionaba los pensamientos como si se trataran de las piezas de un rompecabezas. A su debido tiempo, se agruparían de una manera que formaría una figura clara y coherente. Por el momento, lo importante era la selección. Tomó otro sorbo, dejó la taza sobre la mesa auxiliar, descansó las manos en los brazos del sillón y dejó que las piezas del rompecabezas aparecieran una a una en su mente. En cuanto las tuviera todas, elegiría. Trozos de cielo, de césped, quizá trozos a rayas como las de un tigre.

Le dolían los pies, calzados con unos puntiagudos zapatos de charol. Ese fue el punto de partida. Caminaba por un camino marcado por su buena amiga, la señora Oliver. Una madrastra. Se vio a sí mismo con una mano apoyada en la verja. Una mujer que se volvía, una mujer que podaba un rosal, que se volvía para mirarle. ¿Había allí algo para él? Nada. Una cabeza dorada, brillante como un campo de trigo, con un peinado que recordaba vagamente al de la señora Oliver. Esbozó una sonrisa. Sin embargo, el peinado de Mary Restarick era mucho más pulcro. Un marco dorado, quizá un poco exagerado para su rostro. Recordó que sir Roderick había mencionado el hecho de que llevaba peluca debido a una enfermedad sufrida en la juventud. Algo muy triste para una mujer. Pero ya en aquel momento había notado algo extraño en el peinado. Demasiado estático, en exceso perfecto. Pensó en la peluca de Mary Restarick, si es que se trataba de una peluca, porque no podía fiarse de la opinión del anciano. Analizó las posibilidades de la peluca por si tenían algún significado. Repasó la conversación que habían mantenido. ¿Habían dicho algo importante? Le pareció que no. Recordó la habitación en la que habían estado. Un espacio al que los nuevos ocupantes de la casa no habían aportado ningún detalle personal. Dos cuadros en las paredes. Uno, el de una mujer con un vestido gris. Labios finos, apretados con firmeza. El pelo castaño canoso. La primera señora Restarick. Parecía mayor que el marido. El retrato del hombre aparecía en la pared opuesta. Dos retratos muy buenos. Lansberger había sido un retratista famoso. Pensó con más detenimiento en el retrato del marido. La primera vez no había tenido ocasión de observarlo demasiado bien, pero después, en la oficina de Restarick...

Andrew Restarick y Claudia Reece-Holland. ¿Había algo allí? ¿Existía alguna relación más allá de la puramente laboral? No necesariamente. Él era un hombre que había regresado a su país después de muchos años de ausencia, que no tenía amigos íntimos ni parientes cercanos, que estaba perplejo y preocupado por la conducta y el carácter de su hija. No tenía nada de particular que consultara a su competente y joven secretaria para encontrar un alojamiento adecuado para la muchacha en Londres. También parecía natural que ella le ofreciera su apartamento a la vista de que buscaba una tercera muchacha. Esta expresión, aprendida de la señora Oliver, aparecía una y otra vez en su mente, como si estuviese dotada de un segundo significado que no acababa de descubrir.

George entró en la habitación y cerró la puerta discretamente.

—Ha venido una joven, señor. Es la misma señorita del otro día.

Las palabras del criado encajaron perfectamente con el pensamiento de Poirot, quien se irguió en el sillón, un tanto sorprendido.

—¿La joven que se presentó a la hora del desayuno?

—No, señor. Me refiero a la señorita que acompañó a sir Roderick Horsefield.

—Ah. Hágala pasar. ¿Dónde está?

—Espera en el despacho de la señorita Lemon, señor.

—Muy bien. Que pase.

Sonia no esperó a que George la anunciara. Entró en la habitación y se encaró con el dueño de la casa.

—Me ha costado trabajo librarme de mis obligaciones, pero he venido a decirle que yo no me llevé los documentos. No robé absolutamente nada. ¿Está claro?

—¿Alguien ha dicho tal cosa? —replicó Poirot—. Por favor, siéntese, mademoiselle.

—No quiero sentarme. Tengo muy poco tiempo. Solo vengo a decirle que es mentira. Soy muy decente y hago lo que me dicen.

—Tomo buena nota de sus palabras. Usted declara que no ha sacado ningún documento, carta, mensaje ni cualquier otra información de la casa de sir Roderick Horsefield. Es así, ¿verdad?

—Sí, por eso estoy aquí. Además, él me cree. Sabe que soy incapaz de hacer nada parecido.

—Muy bien. Ya está. Usted ha hecho una declaración y yo he tomado nota.

—¿Cree usted que encontrará los documentos?

—Tengo otras investigaciones en marcha. Los documentos de sir Roderick tendrán que esperar a que les llegue el turno.

—Está muy preocupado. Hay algo que no le puedo decir a él, pero sí a usted. Pierde cosas. Las guarda y después no recuerda dónde están. Las deja en lugares extraños. Lo sé. Usted sospecha de mí igual que de todos porque soy extranjera. Vengo de otro país y por eso creen que me dedico a robar documentos secretos como en una de sus ridículas novelas de espionaje. Yo no soy así. Soy una intelectual.

—Ah, eso siempre resulta interesante. ¿Hay algo más que quiera decirme?

—¿Por qué habría de decirle algo más?

—Nunca se sabe.

—¿Cuáles son esos otros casos que está investigando?

—No quiero entretenerla. Quizá hoy es su día libre.

—Sí. Tengo un día de fiesta a la semana. Puedo venir a Londres. Visitar el Museo Británico.

—Sí, y también el Victoria and Albert sin duda.

—Así es.

—La National Gallery con todos esos cuadros tan hermosos. Incluso si el día es agradable, puede dar un paseo por Kensington Gardens o hasta Kew Gardens.

La muchacha lo miró, súbitamente alerta.

—¿A qué viene mencionar Kew Gardens?

—Porque tienen unas flores y unos árboles magníficos. ¡Ah, Kew Gardens es una visita obligada! La entrada es muy barata. Un penique o dos. Por tan módico precio disfrutará de la belleza de los árboles tropicales o podrá sentarse en un banco y leer un libro. —Le sonrió con mucha amabilidad y no pasó por alto que la inquietud de la muchacha iba en aumento—. Pero no quiero demorarla más, mademoiselle. Quizá tenga usted un compromiso con sus amigos de cierta embajada.

—¿Por qué lo dice?

—Por nada en especial. Usted misma ha dicho que es extranjera y puede que tenga amigos vinculados a la embajada de su país.

—Alguien le ha estado contando rumores. ¡Alguien me ha acusado! Pues yo le repito que es un viejo chiflado que pierde las cosas. ¡Eso es todo! No sabe nada importante. No tiene ningún documento ni papeles secretos. Nunca los ha tenido.

—Habla usted sin pensar. El tiempo pasa. Hace muchos años era un hombre que conocía secretos muy importantes.

—Intenta usted asustarme.

—No, no, se equivoca. Nunca se me ocurriría ser tan melodramático.

—La señora Restarick. Es la señora Restarick quien le ha estado hablando en mi contra. No le caigo bien.

—No me ha dicho nada.

—A mí no me cae bien. Desconfío de esa clase de mujeres. Creo que tiene secretos.

—¿No me diga?

—Sí. Creo que le oculta algo a su marido. Creo que va a Londres y a otros lugares para reunirse con otros hombres, o por lo menos para encontrarse con un hombre.

—Vaya, eso es muy interesante. ¿Cree usted que se cita con otro hombre?

—Así es. Viaja a Londres muy a menudo y me parece que no siempre se lo dice a su marido. Se inventa alguna excusa. Que va de compras, que se tiene que ocupar de esto o de aquello. Ese tipo de cosas. Él está ocupado en la empresa y no se pregunta el motivo de tantas idas y venidas. La mujer está más tiempo en Londres que en el campo, por mucho que proclame su entusiasmo por la jardinería.

—¿No tiene usted idea de quién puede ser el hombre?

—¿Cómo voy a saberlo? El señor Restarick no es desconfiado. Cree en lo que su esposa le dice. Lo único que parece interesarle es la marcha de sus negocios. Ah, y también le preocupa su hija.

—Sí, está muy preocupado por su hija. ¿Qué sabe usted de la muchacha? ¿La conoce bien?

—No la conozco muy bien. Pero si quiere saber mi opinión, le diré que para mí está loca.

—¿Cree que está loca? ¿Por qué?

—Algunas veces dice cosas extrañas. Cree ver cosas que no están allí.

—¿Ve cosas que no están allí?

—Personas que no están. Algunas veces se muestra muy excitada y otras parece estar viviendo un sueño. Le hablas y no escucha lo que le dices. No responde. Creo que desea ver muertas a algunas personas.

—¿Se refiere a la señora Restarick?

—A ella y a su padre. La mira como si la odiara.

—¿Quizá porque ambos intentan evitar que se case con su joven enamorado?

—Sí, no quieren que se case. Ellos tienen toda la razón, pero Norma está furiosa. Algún día —añadió Sonia, asintiendo alegremente—, acabará matándose. Espero que no cometa semejante tontería, aunque esas son las cosas que se hacen cuando estás muy enamorado. —Se encogió de hombros—. Bien, debo irme.

—Dígame algo más. ¿La señora Restarick usa peluca?

—¿Peluca? ¿Cómo voy a saberlo? —Pensó durante un momento—. Quizá. Es muy útil cuando viajas. Además es elegante. A veces yo también la uso o, mejor dicho, usaba una peluca. Una verde. Bien, me marcho. Adiós.

Capítulo 16

—Hoy tengo mucho que hacer —anunció Poirot en cuanto acabó de desayunar y fue a reunirse con la señorita Lemon—. Debo ocuparme de unas cuantas investigaciones. ¿Lo tiene usted todo preparado, señorita Lemon? Las citas, los contactos...

—Desde luego, está todo aquí —respondió la secretaria, entregándole un portafolios.

Poirot echó una ojeada al contenido y asintió complacido.

—Siempre se puede confiar en usted, señorita Lemon. *C'est fantastique.*

—Realmente, monsieur Poirot, no veo que tenga nada de fantástico. Usted me da las instrucciones y yo lo hago. Algo muy natural.

—Para mí no tiene nada de natural. Muchas veces le doy instrucciones al electricista, al fontanero o a los operarios que vienen a reparar alguna avería. ¿Hacen lo que les digo? Prácticamente nunca.

Salió de la oficina para ir al vestíbulo.

—El abrigo más grueso, George. Creo que hace algo más de fresco. —Volvió a asomar la cabeza en la oficina—. Por cierto, señorita Lemon, ¿qué opina usted de la joven que vino ayer?

La señorita Lemon, interrumpida justo cuando iba a apretar las teclas de la máquina de escribir, respondió escuetamente:

—Extranjera.

—Sí, sí.

—Obviamente extranjera.

—¿Esa es la única opinión que le merece?

—No tengo datos suficientes para juzgarla de ninguna otra manera —contestó la secretaria después de pensar unos segundos. Luego añadió con un tono de duda—: Parecía alterada.

—Sí. Verá usted, sospechan que es una ladrona. No de dinero, sino de documentos pertenecientes a su jefe.

—Vaya, vaya. ¿Documentos importantes?

—Eso parece. Claro que también está la posibilidad de que él los haya perdido.

La señorita Lemon miró a su jefe con la mirada especial que utilizaba cuando le quería decir que se largara de una vez y la dejara dedicarse a su trabajo.

—Siempre he dicho que lo mejor es saber a quién contratas y, en caso de duda, contratar siempre a alguien del país.

Poirot abandonó la casa y cogió un taxi. Su primera visita fue a Borodene Mansions. Se apeó en el patio de entrada y echó un vistazo. Un portero de uniforme silbaba una tonadilla.

—¿Señor? —preguntó al ver que Poirot se acercaba.

—Me preguntaba si usted podría darme algunos detalles sobre un penoso suceso ocurrido aquí hace poco.

—¿Un penoso suceso? No ha ocurrido ninguno que yo sepa.

—Una dama que se arrojó, o digamos que se cayó, de uno de los últimos pisos.

—Ah, aquello. No sé nada sobre eso porque solo llevo trabajando aquí una semana. ¡Eh, Joe!

Otro portero que salía en ese momento se unió al grupo.

—¿Sabes algo de la mujer que se cayó del séptimo piso? Fue hace cosa de un mes, ¿no?

—No tanto —respondió Joe. Era un hombre mayor, de habla pausada—. Un asunto muy desagradable.

—¿Murió en el acto?

—Sí.

—¿Cómo se llamaba? Quizá, compréndalo, podría darse el caso de que fuera una pariente mía —explicó Poirot, que no tenía muchos escrúpulos a la hora de apartarse de la verdad.

—Lamento saberlo, señor. Se llamaba señora Charpentier.

—¿Llevaba mucho como inquilina del piso?

—Déjeme ver. Hará un año o año y medio. No, creo que fueron dos años. Ocupaba el número 76 en el séptimo piso.

—¿Es el último?

—Sí, señor.

Poirot no pidió más descripciones porque se suponía que debía conocer a su pariente. En cambio, preguntó:

—¿Hubo mucho revuelo, se efectuaron muchas preguntas? ¿A qué hora ocurrió?

—Si no recuerdo mal, entre las cinco y las seis de la mañana. Sin previo aviso. Cayó como una piedra del cielo. A pesar de que era tan temprano, enseguida se reunió una muchedumbre que intentaba saltar la verja por aquel lado. Ya sabe usted cómo es la gente.

—Supongo que también acudió la policía.

—Por supuesto, llegaron aquí en cuestión de minutos y, después, la ambulancia y un médico. Lo de costumbre —manifestó el portero con el tono aburrido de quien tiene que soportar a la gente que se tira por la ventana de un séptimo piso un par de veces al mes.

—¿Los ocupantes de los otros apartamentos bajaron al enterarse de lo sucedido?

—No fueron muchos los que bajaron porque con el ruido del tráfico y todo lo demás, la mayoría ni se enteró. Alguien comentó que la mujer gritó mientras caía, aunque tampoco tanto como para provocar un escándalo. Solo las personas que pasaban por aquí lo vieron. Después, cuando se detuvieron y comenzaron a mirar por encima de la verja, fue cuando se formó la multitud. Ya sabe usted lo que pasa con los accidentes.

Poirot le aseguró que lo sabía.

—Vivía sola, ¿verdad?

—Así es.

—¿Tenía amigos entre los otros inquilinos?

—Puede. No lo sé —respondió Joe, encogiéndose de hombros al tiempo que meneaba la cabeza—. Nunca la vi en el restaurante con el resto de nuestros inquilinos. A veces salía a cenar con amigos. No, yo no diría que tuviera demasiadas amistades aquí. Creo que lo mejor —añadió Joe, un tanto inquieto con tanta charla— es que hable usted con el señor McFarlane, el administrador del edificio, si desea saber algo más.

—Sí, muchas gracias. Eso mismo pensaba hacer.

—La oficina está en aquel edificio, señor. En la planta baja. Verá un cartel en la puerta.

Poirot siguió las indicaciones. Sacó del portafolios la carta que le había dado la señorita Lemon y que iba dirigida al señor McFarlane. El administrador resultó ser un hombre de unos cuarenta y cinco años, apuesto y de mirada inteligente. El detective le entregó la carta y el hombre la leyó con atención.

—Ah, sí —dijo—. Comprendo. —Dejó la carta sobre la mesa y miró a Poirot—. Los propietarios me comunican que debo prestarle toda la ayuda posible sobre la trágica muerte de la señora Louise Charpentier. ¿Qué quiere usted saber, monsieur...? —Miró la carta—. ¿Monsieur Poirot?

—Todo esto, desde luego, es absolutamente confidencial —respondió el belga—. Los familiares recibieron el informe oficial de la policía y del juez de primera instancia, pero deseaban saber algo más y, como precisamente yo tenía que viajar a Inglaterra, me pidieron que intentara averiguar algunos hechos más personales, usted ya me entiende. Los informes oficiales no sirven de excesivo consuelo.

—Sí, tiene razón. Comprendo lo que debe de ser para unos parientes afligidos. Le voy a contar todo lo que yo sé.

—¿Cuánto tiempo llevaba aquí y cómo llegó a alquilar el piso?

—Llevaba aquí, puedo buscar la fecha exacta si la necesita, unos dos años. Iba a quedar un piso vacío y supongo que la dama que se marchaba, al ser conocida suya, se lo hizo saber. Me refiero a la señora Wilder. Trabajaba en la BBC. Llevaba tiempo en Londres, aunque quería ir a Canadá. Una señora muy agradable. No creo que conociera muy bien a la difunta. Seguramente le mencionó que dejaba el piso y eso fue todo. A la señora Charpentier le gustó.

—¿Le pareció una buena inquilina?

—Sí, era una buena inquilina —respondió el señor McFarlane después de una brevísima vacilación.

—No le importe decírmelo. Fiestas un tanto escandalosas, ¿no? ¿Un poco, digamos, liberal en sus diversiones?

Al administrador se le olvidó totalmente cualquier discreción.

—De vez en cuando recibía algunas quejas, pero la mayoría eran de personas mayores.

Hércules Poirot hizo un gesto muy explícito.

—Sí, señor. Demasiado aficionada a empinar el codo y muy relacionada con un grupo de juerguistas. De vez en cuando se pasaban un poco de la raya.

—¿Recibía a muchos caballeros?

—Eso ya no es asunto mío.

—No, no, desde luego, pero ya sabe.

—No era una mujer joven.

—A menudo las apariencias engañan. ¿Qué edad le pondría?

—No es fácil decirlo. Cuarenta, cuarenta y cinco. No tenía muy buena salud.

—Eso tengo entendido.

—Bebía demasiado, de eso no hay ninguna duda. Además, sufría grandes depresiones. Bastante hipocondríaca. Visitaba a una infinidad de médicos, pero no se creía ni una palabra de lo que le decían. A las señoras les da por hacerse ideas, sobre todo cuando llegan a esa edad. Creía estar enferma de cáncer. Lo creía a pie juntillas. Su médico se lo negó, pero ella no quiso creerle. En el informe, el médico dijo que tenía una salud normal. Estas cosas son el pan nuestro de cada día. Se van encerrando cada vez más en su idea hasta que un buen día, adiós.

—Es una historia muy triste —manifestó Poirot—. ¿Tenía amigos entre los demás inquilinos?

—No que yo sepa. En este lugar no se hacen muchos amigos. La mayoría son personas que trabajan y pasan todo el día fuera.

—Pensaba en la señorita Claudia Reece-Holland. Me pregunto si llegarían a conocerse.

—¿La señorita Reece-Holland? No, no lo creo. Como mucho se conocerían de vista. Ya sabe, personas que se cruzan en el vestíbulo o comparten el ascensor, ese tipo de cosas. Pero no creo que tuvieran demasiado contacto social. Verá, eran personas de diferentes generaciones. Quiero decir... —El señor McFarlane parecía un poco inquieto y Poirot se preguntó cuál sería el motivo.

—Una de las muchachas que comparten el piso con la señorita Holland conocía a la señora Charpentier, si no me han informado mal. La señorita Norma Restarick.

—¿La conocía? Eso ya no lo sé. Lleva poco tiempo aquí. Apenas si la conozco de vista. Parece una joven bastante asustada. Yo diría que salió del colegio hace muy poco. ¿Puedo hacer algo más por usted, señor?

—No, muchas gracias. Ha sido usted muy amable. Me

preguntaba si podría echar una ojeada al piso. Solo para poder decir... —Poirot hizo una pausa, sin aclarar qué quería poder decir.

—Permítame un momento, a ver si lo podemos arreglar. Ahora lo ocupa el señor Travers. Trabaja en la City y no regresa hasta la noche. Sí, puede subir conmigo si lo desea, señor.

Subieron al séptimo piso. El señor McFarlane metió la llave en la cerradura y eso fue suficiente para que se cayera uno de los números metálicos de la puerta, que a punto estuvo de golpear el zapato de charol de Poirot. El detective apartó el pie a tiempo y se agachó para recoger el objeto. Lo volvió a sujetar en la madera con mucho cuidado.

—Los números están sueltos —comentó.

—Lo siento mucho, señor. Tomaré nota. Se aflojan con los portazos y cuando los frotan para darles brillo. —El administrador abrió la puerta—. Adelante, por favor.

Poirot entró en la sala de estar. Era una habitación impersonal, al menos por ahora. El empapelado marrón de las paredes imitaba la textura de la madera. Los muebles de serie no estaban mal. Había un televisor y el único toque personal lo aportaban unos cuantos libros.

—Todos los pisos se alquilan semiamueblados —le informó el señor McFarlane—. Los inquilinos no necesitan traer nada propio si no lo desean. Nuestra oferta va dirigida especialmente a las personas que van y vienen.

—¿La decoración es la misma en todos los apartamentos?

—No del todo. A la mayoría parece gustarle el empapelado. Es un fondo neutro para los cuadros. La única diferencia está en la pared que mira a la puerta. Los inquilinos pueden escoger el cuadro que más les agrade de una colección que tenemos. En total hay unos diez —añadió el administrador orgulloso—. Uno japonés, muy artístico; otro de un jardín inglés; otro de pájaros de mucho colorido, y otro de un bosque, y también uno de un arlequín, con un efecto abstracto muy interesante, líneas y cubos, de colores impactantes. Todos de artistas muy buenos. Los muebles son todos idénticos y solo se puede elegir entre dos colores. Desde luego, los inquilinos pueden traer los que quieran, pero por lo general no se toman esa molestia.

—Digamos que la mayoría no son personas hogareñas —sugirió Poirot.

—Efectivamente, son aves de paso, o personas muy ocupadas que quieren comodidad y unas buenas instalaciones, pero a quienes les preocupa muy poco la decoración, aunque hemos tenido un par de inquilinos aficionados al bricolaje, algo que no es muy satisfactorio desde nuestro punto de vista. Hemos incluido una cláusula en los contratos por la que se comprometen a dejar las cosas tal como las encontraron, o pagar para que se haga.

Parecían cada vez más alejados del tema de la muerte de la señora Charpentier. Poirot se acercó a la ventana.

—¿Fue desde aquí? —preguntó con delicadeza.

—Sí, esa es la ventana. La de la izquierda. Tiene un balcón.

Poirot se asomó al exterior para mirar a la calle.

—Siete pisos. Un viaje muy largo.

—Sí, la muerte fue instantánea, afortunadamente. Por supuesto, pudo ser un accidente.

El detective meneó la cabeza.

—No puede decirlo en serio, señor McFarlane. Tuvo que ser intencionado.

—Uno siempre tiene la tendencia a sugerir la posibilidad más probable. Después de todo, no era una mujer feliz.

—Muchas gracias por su atención —dijo Poirot—. Ahora estoy en condiciones de satisfacer la curiosidad de sus parientes franceses y darles una imagen muy clara de lo ocurrido.

Pero la imagen que se había formado no era tan clara. Hasta ahora no había encontrado nada que justificara su teoría de que la muerte de Louise Charpentier tenía una relación importante con el caso. Repitió el nombre de pila mentalmente: Louise. ¿Dónde había oído antes ese nombre? Meneó la cabeza. Volvió a darle las gracias al administrador y se marchó.

Capítulo 17

El inspector jefe Neele mostraba una actitud muy seria y oficial. Saludó a Poirot cortésmente y le señaló una silla. En cuanto el joven agente que había acompañado al visitante abandonó el despacho, la actitud de Neele cambió de forma radical.

—¿En qué se ha metido ahora, viejo zorro? —preguntó.

—Creo que ya lo sabe.

—Sí, he podido indagar un poco, pero no creo que vaya usted a conseguir gran cosa en ese agujero.

—¿Por qué lo llama agujero?

—Porque usted es el vivo retrato de un ratonero. Un gato sentado delante de un agujero esperando a que salga el ratón. Si quiere saber mi opinión, le diré que allí no hay ningún ratón. No quiero decir que no vaya usted a descubrir alguna transacción dudosa. Ya sabe cómo son los empresarios. Sin duda habrá algún asuntillo turbio con todas esas concesiones, minas y yacimientos, pero, en conjunto, Joshua Restarick Ltd. goza de una buena reputación. Una empresa familiar, aunque prácticamente ya no lo sea. Simon Restarick no tenía hijos y su hermano Andrew solo tiene una hija. Había una vieja tía por parte de madre. La hija de Andrew vivió con ella cuando acabó el colegio y la madre ya había muerto. La tía falleció hace unos seis meses. Algo chalada, según mis informes. Pertenecía a unas cuantas sociedades esotéricas. Todas muy normales. Simon Restarick era el típico hombre de negocios y su esposa frecuentaba los círculos sociales. Se casaron siendo mayores.

—¿Qué hay de Andrew?

—Al parecer, Andrew sufría fiebre viajera. No hay nada en su contra. Nunca se quedó demasiado tiempo en ninguna parte. Vagabundeó por Sudáfrica, Sudamérica, Kenia y muchos otros lugares. Su hermano le presionó para que regresara, aunque él no quiso ni oír hablar del tema. No le gustaba Londres ni tampoco el negocio, pero aparentemente tenía el don de la familia Restarick para hacer dinero. No le interesaban la caza de elefantes, las plantaciones, la arqueología ni ninguna de esas cosas. Lo suyo eran los yacimientos mineros. Se metió en muchas empresas y todas le salieron bien.

—¿O sea que a su manera era un hombre convencional?

—Sí, creo que esa es su mejor descripción. No sé qué le hizo regresar a Inglaterra después del fallecimiento de su hermano. Tal vez el hecho de haberse casado de nuevo con una mujer mucho más joven y guapa. En estos momentos viven con el viejo sir Roderick Horsefield, cuya hermana se casó con el tío de Andrew Restarick. Pero supongo que es algo temporal. ¿Algo de esto es nuevo para usted o ya lo sabía?

—Conocía la mayor parte. ¿Hay algún antecedente de trastornos mentales en alguna de las ramas de la familia?

—No que yo sepa, aparte de la vieja tía y sus extrañas prácticas religiosas. Eso es bastante común en las mujeres que viven solas.

—Por lo tanto, lo único concreto es que hay mucho dinero de por medio.

—Muchísimo dinero —afirmó el inspector Neele—. Todo conseguido legalmente. Parte de la fortuna de la empresa la aportó Andrew. Las concesiones mineras de Sudáfrica, los yacimientos de minerales...; nuevas explotaciones que, cuando se pongan en marcha, rendirán grandes beneficios.

—¿Quién será el heredero?

—Eso depende de cómo redacte Restarick el testamento. Es asunto suyo, pero yo diría que no hay nadie obvio, excepto su esposa y su hija.

—¿O sea que ambas llegarán a disponer de una fortuna inmensa cuando desaparezca Restarick?

—Así es. Supongo que estará repartida en fideicomisos, fondos de inversión y demás triquiñuelas para evadir impuestos.

—¿No hay ninguna otra mujer que merezca su atención?

—Nada que se sepa. Personalmente, no lo creo. Tiene una esposa muy guapa.

—¿Esta información estaría al alcance de algún joven?

—¿Se refiere a alguien que busque casarse con la hija para hacerse con la fortuna? No hay nada que se lo impida, aunque ella esté bajo tutela judicial. Claro que el padre siempre puede desheredarlos si lo considera oportuno.

Poirot miró la lista mecanografiada que tenía en la mano.

—¿Qué se sabe de la galería Wedderburn?

—Me preguntaba cuándo sacaría el tema. ¿Alguno de sus clientes le ha pedido que se ocupara de alguna falsificación?

—¿Negocian con falsificaciones?

—Nadie negocia con falsificaciones —manifestó el inspector con un tono de reproche—. Sé que hubo un incidente un tanto desagradable. Un millonario de Texas vino aquí a comprar cuadros y pagó sumas fabulosas por algunas obras. Le vendieron un Renoir y un Van Gogh. El Renoir era una pequeña cabeza de mujer y se plantearon algunas dudas sobre su legitimidad. No había ninguna razón para creer que la galería no lo había adquirido de buena fe. El millonario protestó. Llamaron a varios expertos que dieron sus veredictos y, como es habitual en estos casos, todos fueron contradictorios. La galería ofreció devolver el dinero. Sin embargo, el comprador decidió finalmente quedarse con la obra, porque el experto de moda afirmó que era auténtica. Así terminó la historia. Pero, desde entonces, la galería ha perdido parte de la confianza que le dispensaba el público.

Poirot volvió a consultar la lista.

—¿Tenemos algo especial sobre el señor David Baker? ¿Ha averiguado sus antecedentes?

—Es un tipejo. Tiene amigos poco recomendables y en más de una ocasión se ha involucrado en asuntos turbios. Vende pastillas y algunas sustancias más fuertes. Las chicas lo encuentran encantador. Afirman que el pobre ha tenido una vida muy dura y que es un genio incomprendido, que no aprecian su pintura. En mi opinión, no es más que sexo puro y duro.

—¿Qué sabemos del parlamentario Reece-Holland?

—Le va bastante bien en el campo político. Tiene el don de la palabra. Tuvo algo que ver con un par de transacciones un tanto peculiares en la City, pero se escabulló del tema con mucha limpieza. Yo diría que es un tipo escurridizo. Tiene una fortuna considerable y no está muy claro cómo la ha amasado.

—Solo nos queda sir Roderick Horsefield —manifestó Poirot—. ¿Algo fuera de lo corriente por ese lado?

—Un buen tipo, aunque comienza a chochear. Menudo olfato tiene, Poirot, no se deja nada, ¿verdad? Sí, en la Sección Especial tienen muchos problemas. Es por esa manía de las memorias. Nadie sabe cuáles serán las próximas indiscreciones que saldrán a la luz. Todos los antiguos miembros de los servicios especiales se dan de bofetadas por ser los primeros en publicar sus versiones sobre los errores de los demás. Por lo general, no tienen demasiada importancia, aunque ya sabe usted cómo son estas cosas. El gobierno cambia de política y no quiere herir la susceptibilidad de alguien determinado o que se genere una publicidad adversa, así que procura en lo posible que los viejos se callen. Sin embargo, no es tan sencillo. Tendrá usted que ir a hablar con los de la Sección Especial si quiere saber algo más. No creo que sea grave. El problema es que no destruyeron los documentos cuando había que hacerlo. Guardaron hasta el último papel. Insisto en que no hay ningún secreto importante, pero sí tenemos pruebas de que algún país está husmeando en el asunto.

Poirot exhaló un fuerte suspiro.

—¿Qué pasa? ¿Mi ayuda no le sirve? —preguntó el inspector.

—Le agradezco mucho que haya puesto a mi disposición la información oficial, pero me sirve de muy poco. ¿Cuál sería su opinión si alguien le mencionara que una mujer, me refiero a una joven atractiva, usa una peluca?

—Opinaría que no tiene nada de particular —manifestó Neele, y añadió un tanto desabrido—. Mi esposa lleva una peluca cuando viajamos. Es algo muy práctico.

—Le pido perdón.

Mientras se despedían, el inspector preguntó:

—¿Recibió todos los informes sobre el caso de suicidio en Borodene Mansions? Los envié a su casa.

—Sí, muchas gracias. Están todos los hechos comprobados.

—Hace un momento ha dicho usted algo que me lo hizo recordar. Fue una de esas historias tristes. Una mujer alegre, a la que le gustaban los hombres, con una buena renta, sin mayores preocupaciones, pero que bebía demasiado. Se ve que le entró lo que yo llamo el gusanillo de la salud. Se autoconvencen de que tienen cáncer o algo parecido. Visitan al médico y, cuando les dicen que están sanas, se van a sus casas y no se lo creen. Yo creo que el problema es que los hombres ya no las encuentran atractivas. Eso es lo que las deprime. Es algo muy común. Se sienten solas, las pobres. La señora Charpentier solo era una más. No creo que nadie... —Se interrumpió—. Ahora lo recuerdo. Usted me preguntó por Reece-Holland. Es un tipo que, con mucha discreción, se las da de Casanova. La cuestión es que Louise Charpentier fue su amante durante algún tiempo. Eso es todo.

—¿Fue una relación seria?

—No creo que tuviera nada de particular. Se les veía en algunos locales de dudosa reputación. Ya sabe que nosotros vigilamos estas cosas. Pero la prensa nunca publicó nada.

—Comprendo.

—El romance duró más o menos unos seis meses, pero no creo que ella fuera la única, ni tampoco que él lo fuera, o sea que tampoco creo que se pueda sacar nada por ese lado.

—Comparto su opinión —manifestó Poirot, que abandonó el despacho.

«De todos modos, es otro vínculo», se dijo mientras entraba en el ascensor. «Explica la incomodidad del señor McFarlane. Es un vínculo, muy pequeño, entre Emlyn Reece-Holland, miembro del Parlamento, y Louise Charpentier. Probablemente, no significa nada. ¿Qué significado podría tener? El problema es que sé demasiado. Sé un poco de todo y de todos pero no consigo tener un esquema. La mitad de estos hechos son irrelevantes. Quiero un esquema.» Sin poder contenerse, exclamó en voz alta:

—¡Mi reino por un esquema!

—¿Decía, señor? —preguntó el ascensorista, sorprendido.

—Nada, nada —respondió Poirot.

Capítulo 18

Poirot se detuvo en el vestíbulo de la galería Wedderburn para contemplar un cuadro que mostraba a tres vacas de aspecto agresivo y cuerpo alargado delante de un colosal y complicado grupo de molinos. No parecía haber ninguna relación entre los animales y las construcciones, ni con el extraño color púrpura de la pintura.

—Interesante, ¿verdad? —dijo una voz suave y arrulladora.

Un hombre de mediana edad, con una sonrisa que dejaba al descubierto unos dientes blancos y perfectos, había aparecido a su lado.

—Tanta frescura... —añadió el desconocido.

Movía las manos, grandes, regordetas y muy blancas, como si estuviera trazando complicadas filigranas en el aire.

—Una exposición francamente soberbia. Acabó la semana pasada. Ahora expone Claude Raphael. Se inauguró anteayer y está consiguiendo mucho éxito.

—Ah —respondió Poirot, mientras le acompañaban a la sala principal, al otro lado de las cortinas de terciopelo gris.

Al ver los cuadros, hizo algunos comentarios poco comprometedores. El hombre se encargó de atenderle con mucha desenvoltura. Era obvio que consideraba que tenía delante a una persona a la que no se debía espantar. Tenía una considerable experiencia en el arte de la venta. Transmitía al visitante la sensación de que era un personaje bienvenido en la galería y que podía quedarse allí todo el tiempo que deseara sin necesidad de hacer una compra. Aunque en un primer momento el visitante podía creer que los cuadros no valían gran cosa, cuando se marchaba lo hacía convencido de que eran obras realmente extraordinarias. Después de suministrarle al presunto cliente algunas indicaciones sobre la manera correcta de contemplar una obra, cuando el incauto hacía algún comentario del tipo «Creo que aquel no está mal», el señor Boscombe respondía con alguna frase como: «Es muy interesante que esa sea su opinión. Demuestra, si me permite decirlo, una enorme perspicacia. Desde luego, no es la reacción habitual. La mayoría prefiere algo más obvio, como por ejemplo aquel —señalaba algún detalle en la esquina de la pintura—, pero usted se ha dado cuenta inmediatamente de lo que tiene calidad. A mi juicio, claro que es una opinión estrictamente personal, es una de las obras maestras de Rafael».

Poirot y el señor Boscombe contemplaron inclinando las cabezas hacia un lado lo que parecía ser un diamante naranja invertido con dos ojos humanos sujetos por lo que podría considerarse una telaraña. Se estableció una relación amistosa y el tiempo se convirtió en algo infinito. En un momento de la conversación, Poirot preguntó:

—Creo que la señorita Frances Cary trabaja aquí.

—Ah sí, Frances. Una joven muy inteligente. Una experta en arte de primera fila. Acaba de regresar de Portugal, donde ha estado organizando una de nuestras exposiciones. Todo un éxito. Ella también pinta bastante bien, pero no es lo que podríamos llamar creativa, usted ya me entiende. Se le da mejor el aspecto comercial de la pintura. Creo que ella misma lo reconoce.

—Tengo entendido que es una buena patrocinadora de las artes.

—Sí, desde luego. Le interesan *les jeunes*. Estimula el talento. El año pasado me convenció para que organizara una exposición para un pequeño grupo de pintores jóvenes durante la primavera. Tuvo bastante éxito, la prensa se hizo eco de la iniciativa, todo dentro de una escala modesta, desde luego. Sí, ella tiene sus protegidos.

—Verá usted, soy un poco chapado a la antigua. Algunos de esos jóvenes... *vraiment!* —Poirot levantó las manos en un gesto muy expresivo.

—Ah, no debe usted dejarse llevar por las apariencias —manifestó el señor Boscombe con un tono indulgente—. Es solo una moda. Las barbas, las chaquetas de brocado, los pantalones vaqueros y las melenas. Únicamente es una fase pasajera.

—Hay un tal David no sé qué más —dijo Poirot—. No recuerdo su apellido. La señorita Cary parece tener muy buena opinión de su obra.

—¿No querrá decir usted Peter Cardiff? Es su actual protegido. La verdad es que no lo veo tan claro como ella. Para mí no es tan *avant-garde* como dice, sino que es decididamente reaccionario. Aunque nunca se sabe. En ocasiones se producen estas contradicciones. Frances a veces le sirve de modelo.

—David Baker, ese era el nombre que no recordaba.

—No está mal —señaló el señor Boscombe sin entusiasmo—. En mi opinión, le falta originalidad. Forma parte del grupo de artistas que le he mencionado, pero no suscita ninguna impresión especial. Un buen pintor, aunque nada impactante. ¡Derivativo!

Poirot regresó a su casa. La señorita Lemon le presentó varias cartas para su firma y se las llevó debidamente firmadas. George le sirvió una *omelette fines herbes*. Después de comer, mientras Poirot se acomodaba en su sillón de respaldo recto dispuesto a tomarse su café, sonó el teléfono.

—La señora Oliver, señor —le informó George, acercándole el teléfono.

Poirot atendió la llamada a regañadientes. No quería hablar con la señora Oliver. Estaba seguro de que ella insistiría en que hiciera algo que él no quería hacer.

—¿Poirot?

—*C'est moi.*

—¿Qué está haciendo? ¿Qué ha hecho?

—Estoy sentado en mi sillón. Pienso.

—¿Eso es todo?

—Es lo más importante. Si tendré éxito o no, eso ya es otro asunto.

—Debe usted buscar a la muchacha. Es probable que la hayan secuestrado.

—Es lo que parece —respondió Poirot—. Acabo de recibir una carta del padre donde me solicita que vaya a verlo y le informe de mis progresos en el caso.

—Bien, ¿cuáles son sus progresos?

—Por el momento, ninguno.

—Realmente, Poirot, debería usted hacerlo mejor.

—¡Usted también!

—¿Qué quiere decir que yo también?

—No deja usted de meterme prisas.

—¿Por qué no va usted a aquel lugar de Chelsea, ahí donde me golpearon en la cabeza?

—¿Para que a mí me golpeen también?

—Le aseguro que no lo entiendo. Le serví una pista en bandeja cuando encontré a la muchacha en el café. Usted mismo lo dijo.

—Lo sé, lo sé.

—¿Qué me dice de la mujer que se tiró por la ventana? ¿Tampoco ha sacado nada de provecho?

—He hecho algunas averiguaciones.

—¿Bien?

—Nada. La mujer era una de tantas. Son atractivas en

su juventud, tienen aventuras, son apasionadas, tienen más aventuras, comienzan a perder los encantos, son desgraciadas, beben demasiado, creen que tienen cáncer o alguna otra enfermedad mortal y, finalmente, empujadas por la desesperación y la soledad, se tiran por una ventana.

—Usted dijo que su muerte era importante, que tenía un significado.

—Tendría que haberlo tenido.

—¡Vaya! —exclamó la señora Oliver, y como no se le ocurrió nada más que decir, colgó el auricular.

Poirot se reclinó en el sillón hasta donde podía, ya que era de respaldo recto. Le indicó a George con un gesto que se llevara la cafetera y el teléfono, y se dedicó a reflexionar sobre lo que sabía. Para aclarar sus pensamientos, habló en voz alta. En primer lugar, se planteó tres preguntas filosóficas: ¿qué sé?, ¿qué puedo esperar? y ¿qué debo hacer?

No tenía muy claro si las había hecho en el orden correcto o si en realidad eran acertadas, pero las analizó de todos modos.

«Quizá sea demasiado viejo», se dijo sumido en la más profunda depresión. «¿Qué sé yo?»

Decidió que sabía demasiado y aparcó el tema.

¿Qué puedo esperar? Bueno, siempre se podía tener esperanzas. Podía esperar que su extraordinario cerebro, muy superior a cualquier otro, tarde o temprano acabara por encontrar una respuesta a un problema que no terminaba de comprender y que, por lo tanto, le causaba una gran inquietud.

«¿Qué debo hacer?» Aquí sí que no había ninguna duda. Lo que debía hacer era ir a ver al señor Andrew Restarick, quien probablemente estaría desesperado por saber algo de su hija y que, como era natural, culparía a Poirot por no haber dado ya con el paradero de la muchacha. Poirot comprendía la situación, pero le desagradaba presentarse como alguien incapaz de realizar el trabajo encomendado. Lo único que podía hacer era marcar un número de teléfono y preguntar cuáles eran los últimos acontecimientos. Pero antes de llamar, volvió a considerar la pregunta pendiente: ¿qué sé yo?

Sabía que la galería Wedderburn estaba bajo sospecha, aunque de momento se había mantenido dentro de la ley, y que no vacilaría en estafar a millonarios ignorantes vendiéndoles cuadros falsificados o, por lo menos, de dudosa procedencia.

Recordó la figura del señor Boscombe, con sus regordetas manos y sus dientes blancos y brillantes, y decidió que no le caía bien. Era la clase de hombre capaz de meterse en asuntos turbios, aunque sabía protegerse perfectamente. Era un hecho que podía ser útil porque podía tener alguna relación con David Baker. Después, estaba el propio David Baker, el Faisán. ¿Qué sabía del personaje? Le había conocido, habían mantenido una conversación y había sacado sus conclusiones. Era capaz de cualquier cosa por dinero, se casaría con cualquier muchacha rica por su fortuna y no por amor, y quizá se le podía sobornar. Sí, era una persona que se dejaría comprar. Era obvio que Andrew Restarick tenía esa opinión y, sin duda, no se equivocaba.

Pensó en Andrew Restarick, pero más en el retrato colgado en el despacho que en el hombre. Recordó las facciones enérgicas, la barbilla prominente, el aire intrépido, decidido. Luego pensó en la difunta señora Restarick. Las líneas amargas de su boca. Quizá tendría que volver a Crosshedges para observar el cuadro más a fondo, para ver con mayor claridad si en el retrato había una pista que permitiera comprender la personalidad de Norma. Todavía no era el momento de pensar en Norma. ¿Quién quedaba?

Estaba Mary Restarick, de quien Sonia afirmaba que debía de tener un amante por la frecuencia de sus visitas a Londres. Analizó el punto y decidió que Sonia se equivocaba. Lo lógico era suponer que la señora Restarick viajaba a Londres para encontrar una residencia adecuada: pisos de lujo, casas en Mayfair, decoradores, todas las comodidades que se pueden comprar con dinero.

Dinero. Le pareció que todos los temas que había analizado se podían resumir en una palabra: dinero. La importancia del dinero. Había mucho dinero de por medio en este caso. Aunque a primera vista no lo parecía, aquí el dinero era importante. Hasta ahora no había encontrado nada que justificara su convicción de que la trágica muerte de la señora Charpentier tuviera relación con Norma. Ninguna prueba, ningún motivo, aunque le parecía obvio que había un vínculo. La muchacha había declarado que «quizá había cometido un asesinato». Había ocurrido una muerte uno o dos días antes en el edificio donde ella vivía. Sin duda, sería mucha coincidencia que la muerte no estuviera relacionada con todo lo demás. Volvió a pensar en la misteriosa enfermedad que había afectado a Mary Restarick. Algo tan sencillo que entraba dentro de lo clásico. Un caso de envenenamiento donde el envenenador era, tenía que ser, alguien de la casa. ¿Mary Restarick había intentado envenenarse, o lo había hecho el marido o aquella otra muchacha, Sonia? ¿Podía ser Norma la culpable? Era evidente que todo señalaba a Norma como la presunta autora.

«*Tout de même*. Dado que no encuentro nada, entonces toda la lógica se cae por su propio peso», se dijo Poirot.

Exhaló un suspiro, se levantó, le pidió a George que le consiguiera un taxi. Tenía una cita con Andrew Restarick.

Capítulo 19

Claudia Reece-Holland no estaba en la oficina. En su lugar, una mujer de mediana edad recibió a Poirot. Le informó de que el señor Restarick le esperaba y lo hizo pasar a su despacho.

—¿Y bien? —preguntó el empresario en cuanto lo vio aparecer—. ¿Qué sabe usted de mi hija?

Poirot levantó las manos en un gesto de impotencia.

—Por el momento, nada todavía.

—Vamos, hombre, tiene que haber algo, alguna pista. Una muchacha no puede esfumarse así.

—Muchas chicas lo han hecho antes y lo seguirán haciendo.

—¿Tiene usted claro que los gastos no tienen importancia? No puedo continuar así.

Parecía estar al borde de un ataque de nervios. El rostro demacrado y los ojos enrojecidos eran una prueba evidente de las noches de insomnio.

—Comprendo su ansiedad, pero le aseguro que he hecho todo lo humanamente posible para dar con su paradero. Lamentablemente, en estos casos la prisa no sirve para nada.

—Puede haber perdido la memoria o tal vez está enferma.

Poirot estaba seguro de saber el significado de la pausa. Restarick había estado a punto de decir: «Quizá está muerta».

—Créame que comprendo su angustia —manifestó mientras se sentaba—, pero debo decirle una vez más que obtendría mejores resultados si acudiera usted a la policía.

—¡No! —exclamó Restarick con un tono que no admitía réplica.

—Disponen de todos los medios y de personal para que se ocupe de las diferentes líneas de investigación. Por mucho dinero que invierta, no conseguirá los mismos resultados que le puede dar una organización especializada.

—Escuche, no sirve de nada que emplee conmigo ese tono tranquilizador. Norma es mi hija. La única que tengo, es carne de mi carne.

—¿Está usted seguro de que me lo ha contado todo sobre su hija?

—¿Qué más puedo decirle?

—Eso es algo que solo usted puede contestar. Por ejemplo, ¿recuerda usted algún incidente en el pasado?

—¿A qué se refiere? ¿Qué quiere decir?

—Me refiero a algún antecedente claro de desequilibrio mental.

—Usted cree que...

—¿Cómo puedo saberlo?

—¿Y cómo puedo saberlo yo? —replicó Restarick con un tono de amargura—. ¿Qué sé de mi hija? Después de todos estos años. Grace era una mujer resentida. Incapaz de perdonar fácilmente o de olvidar un agravio. Algunas veces creo que no era la persona adecuada para criar a Norma. —Se levantó para dar unos pasos por el despacho y volvió a sentarse—. Desde luego, no tendría que haber abandonado a mi esposa. Lo sé. Dejé que ella cargara con la responsabilidad de criar a la niña. Pero supongo que en aquel momento me inventé un montón de excusas. Grace era una mujer de excelente carácter y quería mucho a Norma. La más indicada para criarla. Pero ¿es verdad? Algunas de las cartas que Grace me escribió parecían animadas por un deseo de venganza. Supongo que es algo natural. Estuve ausente muchos años. Tendría que haber regresado o, por lo menos, venir más a menudo y preocuparme de la niña. Es obvio que se trata de un caso de mala conciencia. Ahora es muy tarde para buscar excusas.

»Creo que cuando volví a ver a Norma me pareció que su actitud era neurótica, indisciplinada. Confiaba en que ella y Mary acabarían por llevarse mejor pasado algún tiempo, pero admito que la muchacha no me dio la impresión de ser equilibrada. Consideré conveniente que se trasladase a trabajar a Londres y que viniera a casa solo los fines de semana, para no forzarla a estar continuamente en compañía de Mary. Supongo que mis buenos propósitos únicamente sirvieron para complicar todavía más las cosas. ¿Dónde está, monsieur Poirot, dónde? ¿Cree posible que haya perdido la memoria? A veces ocurren casos así.

—Es una posibilidad —admitió Poirot—. En su estado, bien podría estar deambulando por alguna parte sin saber quién es o, como usted ha dicho, cabe la posibilidad de un accidente. Pero eso es menos probable. Le aseguro que he preguntado en todos los hospitales y clínicas.

—¿Usted no cree en la posibilidad de que esté muerta?

—Sería mucho más sencilla encontrarla muerta que viva, se lo aseguro. Por favor, cálmese, señor Restarick. Recuerde que ella puede tener amigos que usted desconoce, amigos en cualquier lugar de Inglaterra, amigos a los que conoció mientras vivía con su madre, su tía, o amigos que eran amigos de antiguos compañeros de escuela. Se tarda en investigar todas estas cosas. También hay que tener presente, y debe usted estar preparado, que quizá esté con algún novio.

—¿David Baker? Le juro que si...

—No está con David Baker —manifestó Poirot con sequedad—. Eso fue lo primero que averigüé.

—¿Cómo voy a saber cuáles son sus amigos? —Restarick exhaló un suspiro—. Si la encuentro, cuando la encuentre, prefiero decirlo así, la sacaré de todo esto.

—¿Sacarla de todo esto?

—Me la llevaré de este país. Soy muy desgraciado, monsieur Poirot. Llevo una existencia miserable desde que regresé. Siempre odié la City. El terrible aburrimiento de las oficinas, las reuniones con abogados, las discusiones con los empresarios. A mí siempre me ha gustado un cierto tipo de vida: me gusta viajar, ir de aquí para allá, a los lugares más salvajes e inaccesibles. Esa es mi vida. No tendría que haberla abandonado. Tendría que haber llamado a Norma para que viniera a vivir conmigo y, como le digo, eso es lo que haré cuando la encuentre. Ya me han hecho varias ofertas muy interesantes. Por mí se pueden quedar con toda la empresa a precio de saldo. Cogeré el dinero y regresaré a un país auténtico, un país de verdad.

—¡Aja! ¿Qué cree que dirá su esposa de ese proyecto?

—¿Mary? Está acostumbrada a esa vida. Es allí donde nació.

—Para *les femmes* con mucho dinero —señaló Poirot—, Londres puede resultar muy atractivo.

—Ella estará de acuerdo. —Sonó el teléfono. Restarick atendió la llamada—. ¿Sí? ¿De Manchester? Sí. Si es Claudia Reece-Holland, pásemela. —Esperó un momento—. Hola, Claudia. Sí. Hable un poco más alto, la línea no funciona bien. No la oigo. ¿Han estado de acuerdo? Vaya. No, creo que ha hecho usted muy bien. Muy bien. Regrese con el tren de la noche. Ya discutiremos este asunto mañana por la mañana. —Colgó el auricular—. Una muchacha muy competente.

—¿La señorita Reece-Holland?

—Sí. De una competencia poco habitual. Me descarga de muchas preocupaciones. Le di carta blanca para que se ocupara de ese asunto de Manchester según su mejor criterio. La verdad es que no puedo concentrarme. Lo ha hecho muy bien. En algunos temas es tan competente como un hombre.

Miró a Poirot como si de pronto volviera al presente.

—Perdón, monsieur Poirot, creo que lo he aburrido con otras cuestiones que no venían al caso. ¿Necesita usted más dinero para gastos?

—No, monsieur. Le aseguro que haré todo lo posible por devolverle a su hija sana y salva. He tomado todas las precauciones posibles para su seguridad.

El belga salió del despacho. Cuando bajó a la calle, miró el cielo.

—Una respuesta clara a una pregunta. Eso es todo lo que necesito.

Capítulo 20

Hércules Poirot contempló la fachada de la digna casa georgiana de una calle que, hasta no hacía mucho, había sido una vía tranquila en un antiguo pueblo rural. El progreso avanzaba a pasos agigantados, pero el nuevo supermercado, el Gifte Shoppe, Margery's Boutique, Peg's Café y el nuevo edificio del banco, habían escogido la amplia Croft Road en lugar de la modesta High Street.

El detective observó complacido el reluciente llamador de latón. Tocó el timbre. Una mujer alta, de aspecto distinguido, con el pelo canoso, abrió la puerta casi en el acto.

—¿Monsieur Poirot? Es usted muy puntual. Pase.

—¿La señorita Battersby?

—Efectivamente. —La mujer se hizo a un lado para dejar paso a su visitante, colgó el sombrero de Poirot en el perchero del vestíbulo y acompañó al detective hasta una bonita habitación que daba a un pequeño jardín vallado.

Le señaló una silla y ella se sentó en otra con una actitud expectante. Era obvio que la señorita Battersby no era partidaria de charlas inútiles.

—Tengo entendido que usted era la directora de Meadowfield School.

—Así es. Me retiré hace un año. Dijo usted que deseaba verme para hablar de Norma Restarick, una de mis antiguas alumnas.

—Así es.

—En su carta no me dio usted demasiados detalles. Sé quién es usted, monsieur Poirot. Por lo tanto, le agradecería que me diera una explicación un poco más amplia antes de entrar en materia. ¿Tiene usted interés en contratar a Norma Restarick?

—No es ese mi propósito.

—Comprenderá usted que, a la vista de su profesión, es lógico que desee saber algo más. ¿Trae usted una carta de presentación de alguno de los familiares de Norma?

—Una vez más, debo decir que no. Le explicaré la razón.

—Muchas gracias.

—El señor Andrew Restarick, el padre de Norma Restarick, ha contratado mis servicios.

—Ah. Creo que ha regresado a Inglaterra no hace mucho, después de bastantes años de ausencia.

—Así es.

—Entonces, ¿por qué no trae una carta de presentación?

—No se la he pedido.

La señorita Battersby lo miró con curiosidad.

—Existía la posibilidad de que quisiera acompañarme —añadió Poirot—. No podía permitirlo porque hubiera representado un estorbo a la hora de formular las preguntas que deseo hacerle, ante la posibilidad de que las respuestas pudieran provocarle más dolor y angustia. No hay ninguna razón para hacerle pasar más sufrimientos.

—¿Le ha ocurrido algo a Norma?

—Espero que no. No obstante, es algo que no puedo descartar. ¿Recuerda usted a la joven, señorita Battersby?

—Recuerdo a todas mis alumnas. Tengo una memoria excelente. Además, Meadowfield no es una escuela muy grande. Solo tiene doscientas alumnas.

—¿Por qué renunció usted a la dirección?

—No veo que eso sea asunto suyo, monsieur Poirot.

—No. Solo expreso una curiosidad muy natural.

—Tengo setenta años. ¿No es razón suficiente?

—En su caso, diría que no. Parece usted llena de vigor y energía, perfectamente capacitada para seguir ejerciendo el cargo durante muchos años más.

—Los tiempos cambian, monsieur Poirot, y no siempre se está de acuerdo con los cambios. Responderé a su curiosidad. Descubrí que cada vez tenía menos paciencia con los padres. Las metas que fijan a sus hijas son de corto alcance y francamente estúpidas.

La señorita Battersby, de acuerdo con los informes que obraban en poder de Poirot, era una matemática de cierto renombre.

—Nunca he llevado una vida ociosa —prosiguió la ex-directora—. He llevado una vida donde el trabajo siempre ha sido un placer. Fui tutora de jóvenes que cursaban estudios superiores. Ahora, por favor, ¿tendría la bondad de explicarme su interés por esa muchacha, Norma Restarick?

—Ha causado cierta ansiedad. Digamos que ha desaparecido.

La respuesta pareció no preocuparla en lo más mínimo.

—¿Sí? Cuando dice usted «desaparecido», supongo que se refiere a que se ha marchado de casa sin comunicárselo a sus padres. Creo que la madre está muerta. Por tanto, lo ha hecho sin decírselo a su padre. Eso no tiene nada de particular en estos días, monsieur Poirot. ¿El señor Restarick no ha llamado a la policía?

—No quiere ni oír hablar del tema. Se ha negado en redondo.

—Le aseguro que no tengo ni la menor idea del paradero de la muchacha. No tengo ninguna noticia al respecto. Más aún, no sé nada de ella desde que dejó Meadowfield. Por lo tanto, no sé en qué puedo ayudarle.

—No es precisamente esa la información que busco. Quiero saber qué clase de muchacha es, que usted me dé una descripción. No de su aspecto físico, por supuesto.

Quiero una valoración de su personalidad y de sus méritos.

—Era una alumna absolutamente normal. No destacaba por encima de la media, aunque sus notas eran las adecuadas.

—¿No era del tipo neurótico?

—No, yo diría que no —respondió la señorita Battersby, después de unos segundos de reflexión—, no más de lo que se podía esperar a la vista de sus circunstancias familiares.

—¿Se refiere usted a la madre inválida?

—Sí. Norma pertenecía a un hogar deshecho. El padre, a quien la joven quería con locura, se marchó con otra mujer, lo que provocó un profundo resentimiento en la madre. Probablemente, perjudicó a la hija más de la cuenta al manifestar sus rencores sin ningún tapujo.

—¿Qué opinión le merecía la difunta señora Restarick?

—¿Me está pidiendo mi opinión personal?

—Si no tiene inconveniente.

—No, no hay ningún inconveniente. La situación familiar es muy importante en la vida de una joven, y siempre procuré tenerlas en cuenta y analizarlas a partir de la escasa información de que disponía. La señora Restarick era, a todas luces, una mujer digna y correcta. Pero, en mi opinión personal, una mojigata intolerante, autoritaria y totalmente estúpida.

—¡Vaya! —exclamó Poirot.

—Era, y no creo equivocarme, *une malade imaginaire*. Una de esas personas que exageran el más mínimo malestar. La clase de mujer que va de sanatorio en sanatorio. Un entorno familiar muy desgraciado para cualquier muchacha, y más todavía para alguien que no tiene una personalidad bien definida. Norma no tenía aspiraciones intelectuales, carecía de confianza en sí misma y no era una joven a quien se le pudiera recomendar una carrera. Un trabajo vulgar, seguido de un matrimonio e hijos, era lo más recomendable en su caso.

—¿En algún momento advirtió, y perdone la pregunta, algún síntoma de inestabilidad mental?

—¿Inestabilidad mental? ¡Pamplinas!

—¿Esa es su opinión? ¿Pamplinas? ¿No neurótica?

—Todas las jóvenes, o por lo menos casi todas las muchachas, sobre todo en la adolescencia y en sus primeros encuentros con el mundo, parecen algo neuróticas. Es una joven inmadura y necesita una guía en sus contactos iniciales con el sexo. Es algo bastante común que las chicas se sientan atraídas por jóvenes que no les convienen en absoluto, o que incluso pueden ser peligrosos. Por lo que se ve, ya no quedan padres con el carácter necesario para salvarlas de estos riesgos, así que se ven abocadas a un período desgraciado, que a veces conduce a un mal matrimonio y al inevitable divorcio.

—¿O sea que Norma no presentaba ningún síntoma de desequilibrio mental? —insistió Poirot.

—Era una joven emotiva, pero absolutamente normal. ¡Inestabilidad mental! ¡Pamplinas! Lo más probable es que se haya fugado con algún joven para casarse, y no creo que haya nada más normal.

Capítulo 21

Poirot volvía a estar sentado en su sillón con la mirada puesta en la chimenea. En la mesa auxiliar que tenía a su lado había diversos documentos. Los informes del señor Goby, las copias de los documentos facilitados por su amigo, el inspector jefe Neele, y una serie de páginas sueltas en las que estaban escritos los comentarios, las opiniones y los rumores obtenidos de diversas fuentes.

Por el momento, no necesitaba consultar ninguno de estos documentos. Ya los había leído concienzudamente, y los tenía a mano por si surgía la necesidad de repasar algún punto específico. Ahora lo que pretendía era reunir todo lo que sabía del caso porque estaba convencido de que había un esquema que los vinculaba de una manera coherente. Era lógico suponer que había un esquema. Lo que pretendía ahora era establecer el punto de vista con el que debía enfocar todo el tema. No era dado a los entusiasmos por alguna intuición particular. No era una persona intuitiva, pero tenía presentimientos. Lo importante no eran los presentimientos, sino las causas que los provocaban. Lo interesante era la causa, porque muchas veces la causa no era la que uno creía. A menudo había que descubrirla a través del razonamiento lógico y el conocimiento de los hechos.

¿Cuál era su impresión del caso? ¿Qué clase de caso era? Decidió partir de una panorámica general para después ocuparse de los detalles. ¿Cuáles eran los hechos sobresalientes?

El dinero era uno, aunque no sabía la razón. De una forma u otra, el dinero... También pensó, cada vez con mayor insistencia, en la presencia de la maldad. Conocía la maldad. No era la primera vez que se enfrentaba a ella. Podía reconocerla de inmediato. Aquí, el problema radicaba en que no sabía dónde se escondía. Había adoptado algunas medidas para combatirla. Confiaba en que serían suficientes. Algo estaba ocurriendo, algo estaba en marcha, pero aún no había conseguido su objetivo. Alguien en alguna parte estaba en peligro.

El problema radicaba en que los hechos eran contradictorios. Si la persona que él consideraba en peligro lo estaba de verdad, ¿cuál era la razón? ¿Por qué corría peligro? No había ningún motivo aparente. Pero si la persona que él creía que estaba en peligro no lo estaba, entonces tendría que cambiar todo el enfoque. Cada vez más, se sentía inclinado a darle la vuelta al caso y estudiarlo desde un punto de vista diametralmente opuesto.

Aparcó este aspecto del problema y pasó a las personas implicadas. ¿Formaban parte de un esquema? ¿Cuáles eran los papeles que interpretaba cada uno de ellos?

En primer lugar: Andrew Restarick. Había acumulado una información considerable sobre el empresario. Un cuadro general antes y después de su vida en el extranjero. Un hombre inquieto, que nunca permanecía en un lugar ni en un trabajo demasiado tiempo, pero que sabía ganarse el aprecio de los demás. Nunca había sido una persona dada a engaños y trapicheos. ¿Quizá no era una personalidad fuerte? ¿Era débil en algunas cuestiones?

Poirot frunció el entrecejo, insatisfecho. La imagen no encajaba con el Andrew Restarick que conocía. No podía ser débil con aquella barbilla prominente, la mirada firme, el aire decidido. Aparentemente, era un empresario de éxito, competente en su trabajo y que había logrado hacer buenos negocios en Sudáfrica y Sudamérica. Había aumentado su fortuna. Había regresado a casa como un triunfador. ¿Cómo podía ser una personalidad débil? Quizá lo era únicamente en lo que se refería a las mujeres. Había cometido un error en su primer matrimonio. ¿Se había casado con la mujer equivocada? ¿Obligado quizá por la familia? ¿Después había conocido a otra mujer? ¿Solo a una? ¿O había conocido a varias? Esto era algo difícil de averiguar después de tantos años. Desde luego, no había sido un marido dado a las continuas infidelidades. Había tenido un hogar normal y, por lo que se sabía, había sido un buen padre. Pero entonces había conocido a una mujer de quien se había enamorado hasta el extremo de abandonar a su familia y marcharse del país. Había sido un romance auténtico.

¿A este amor se habían sumado otras circunstancias? El desagrado por el trabajo de oficina, el aburrimiento de la rutina de la City. Lo consideró posible. Encajaba en el esquema. Por otra parte, parecía un personaje solitario. Le caía bien a todo el mundo, aunque al parecer no tenía amigos íntimos. Claro que resultaba difícil tenerlos cuando se estaba en constante movimiento. Un negocio aquí, una aventura allá, hasta que aparecía la inquietud de la marcha. ¡Un nómada! ¡Un trotamundos!

Seguía sin encajar en el retrato que se había hecho del hombre. ¿Un retrato? La palabra le recordó el cuadro colgado en el despacho de Restarick. Era el retrato del mismo hombre con quince años menos. ¿Cuáles eran las diferencias que esos quince años habían dejado en el empresario? Curiosamente, muy pocas. Algunas canas en las sienes, los hombros algo más cargados, pero el carácter reflejado en las líneas de su rostro eran casi el mismo. Un rostro decidido. Un hombre que tenía claro lo que deseaba y sabía cómo conseguirlo. Alguien dispuesto a correr riesgos. Un hombre que podía llegar a ser despiadado.

¿Por qué Restarick había traído el cuadro a Londres? Formaba una pareja con el retrato de su esposa. Desde el punto de vista artístico, los habían pintado para que estuvieran juntos. ¿Un psicólogo opinaría que, en su subconsciente, Restarick intentaba separarse de cualquier vínculo con su difunta esposa? ¿Era posible que todavía estuviera escapando de ella a pesar de que estaba muerta? Un punto interesante.

Al parecer, los cuadros habían estado guardados en un depósito con otros objetos y muebles de la familia. Mary Restarick había escogido sin duda algunos elementos personales para el mobiliario de Crosshedges con el permiso de sir Roderick. Se preguntó si la nueva esposa habría estado de acuerdo en colgar aquellos retratos. Lo más lógico hubiera sido que metiese el retrato de la primera esposa en el desván para que durmiera el sueño de los justos. Aunque cabía la posibilidad de que en Crosshedges no existiera un desván donde guardar los objetos no deseados. Al parecer, sir Roderick había accedido a que trajeran a su casa unos cuantos objetos mientras la pareja buscaba una residencia adecuada en Londres. Por lo tanto, no podía tener demasiada importancia y lo más sencillo era colgar los dos retratos. Además, Mary Restarick parecía una mujer sensata, poco dada a los celos.

«*Tout de même, les femmes* son capaces de tener celos y, a veces, la que menos te piensas», se dijo Poirot.

Centró sus pensamientos en Mary Restarick. Era extraño pero casi no había pensado en esa mujer. Solo la había visto una vez y no le había causado ninguna impresión especial. Quizá el aire de ser una persona práctica y también de una cierta artificialidad. «Aquí, amigo mío, te estás dejando llevar por el hecho de que usa una peluca», se reprochó.

En realidad resultaba absurdo saber tan poco de una mujer, de alguien que era práctica, sensata, escasamente celosa, que podía enfadarse como cualquier otra y que usaba peluca. Se había enfadado cuando descubrió al Faisán paseándose tan fresco por la casa sin que nadie lo invitara. Sí, su enfado había sido bien visible. ¿Cuál había sido la reacción del joven? Le había resultado divertido. Sin embargo, la mujer se había enojado muchísimo. Bueno, era algo natural. David no era precisamente la clase de hombre que una madre desearía para su hija.

Poirot meneó la cabeza en un gesto de irritación. Mary Restarick no era la madre de Norma. No le tocaba a ella pasar por las angustias y el miedo de ver a una hija dispuesta a embarcarse en un matrimonio desastroso o embarazada del hijo ilegítimo de un padre detestable. ¿Cuáles eran los sentimientos de Mary hacia Norma? Sin duda, Norma era un verdadero lastre y, para colmo, había escogido a un joven que sería un motivo de constante preocupación para Andrew Restarick. Pero ¿qué más? ¿Qué pensaba y sentía de alguien que había intentado envenenarla?

Su respuesta a la situación parecía la más lógica. Había buscado el modo de que Norma se marchara de la casa para alejar el peligro, y después cooperaría con su marido para evitar cualquier escándalo. Norma iba a pasar los fines de semana con ellos para mantener las apariencias, pero hacía su vida en Londres. Incluso cuando los Restarick se trasladaran a la ciudad, no invitarían a Norma a ir a vivir con ellos. En la actualidad, la mayoría de las jóvenes ya no vivían con sus padres. Por lo tanto, el problema estaba resuelto.

Salvo que el problema de saber quién había intentado envenenar a Mary Restarick seguía sin estar resuelto. El propio Restarick creía que su hija era la autora. Aun así, Poirot no lo veía claro.

Ahora le tocó el turno a Sonia. ¿Qué hacía en aquella casa? ¿Por qué había ido allí? Tenía a sir Roderick comiendo de la palma de su mano. ¿Quizá no deseaba regresar a su país? Tal vez lo que buscaba era exclusivamente un matrimonio. Los viejos como sir Roderick se casaban con jóvenes bonitas un día sí y el otro también. Desde un punto de vista material, Sonia podía salir muy beneficiada. Una buena posición social y una viudedad sin apuros económicos. ¿O no eran estos sus objetivos? ¿Había ido a Kew Gardens con las cartas de sir Roderick disimuladas entre las páginas de un libro?

¿Mary Restarick había sospechado de la muchacha, de sus actividades, de sus lealtades, de dónde iba los días libres y con quién se veía? ¿Le había administrado Sonia las pequeñas dosis acumulativas de veneno cuyos síntomas se podían confundir a primera vista con una gastroenteritis?

Dio por acabado el tema de los habitantes de Crosshedges y se trasladó a Londres, como había hecho Norma, para comenzar a reflexionar sobre las tres muchachas que compartían el piso.

Claudia Reece-Holland, Frances Cary y Norma Restarick. Claudia, hija de un conocido parlamentario, con un buen pasado, educada, guapa y una secretaria de primera. Frances, hija de un procurador, aficionada al arte, estudiante de teatro durante una temporada. En la actualidad, trabajaba en una galería donde le pagaban un buen sueldo. Frecuentaba los círculos bohemios. Era amiga de David Baker, aunque no había pruebas de que fuera algo más. ¿Estaba enamorada del joven? Baker era un tipo que caía mal a los padres y que provocaba la desconfianza de la policía. Era un misterio por qué las muchachas de buena familia lo encontraban tan atractivo. ¿Qué sabía de David?

Un muchacho apuesto y de modales desenfadados que había conocido en Crosshedges, donde había ido por encargo de Norma, o quizá por su cuenta. El segundo encuentro había sido cuando lo recogió en la carretera. Un joven con personalidad y que parecía saber muy bien lo que hacía. Sin embargo, había algo en él que predisponía a la desconfianza. Poirot cogió uno de los papeles y lo releyó. Pésimos antecedentes, aunque nada demasiado grave. El comportamiento típico de los gamberros. Rotura de mobiliario urbano, fraudes de poca monta en los garajes... Todo aquello era el pan nuestro de cada día. No entraba en lo que Poirot consideraba maldad. Había sido un pintor que prometía, pero lo había dejado correr. No era una persona con suficiente constancia para el trabajo. Era un tipo vanidoso, un faisán enamorado de su aspecto. ¿Era algo más?

Cogió otra hoja donde aparecía un resumen de la conversación mantenida entre Norma y David en el café, según la versión facilitada por la señora Oliver. ¿Hasta qué punto era fiable? Meneó la cabeza dubitativamente. Era imposible saber dónde había entrado en juego la imaginación de la escritora. ¿David amaba de verdad a Norma, quería casarse con ella? En cambio, no había ninguna duda del amor que le profesaba la joven. Él le había propuesto matrimonio. ¿Norma tenía dinero propio? Era hija de un hombre rico, pero no era lo mismo. Poirot soltó una exclamación. Había olvidado pedir una copia del testamento de la difunta señora Restarick. Buscó entre los papeles. Afortunadamente, el señor Goby no había pasado por alto el detalle y había consignado lo más importante. La señora Restarick había gozado de una posición holgada gracias a una pensión que le había pasado su marido. Además, había dispuesto de un pequeño capital propio que le rentaba unas mil libras al año. Se lo había dejado todo a su hija. Poirot decidió que no era una cantidad suficiente para justificar un matrimonio. Era probable que, como hija única, heredara el dinero del padre, pero siempre estaba el riesgo de que le dejara muy poco si no le gustaba el yerno elegido.

Por lo tanto, cabía suponer que David la quería a la vista de su disposición a casarse. Poirot volvió a menear la cabeza. Era la quinta vez que lo hacía. Todas estas cosas no cuadraban, no formaban un esquema satisfactorio. Recordó el cheque extendido por Restarick a nombre de David. Al parecer, pretendía comprar al muchacho, y este estaba dispuesto a dejarse comprar. ¡Algo más que no encajaba! El cheque estaba a nombre de David y era por una cantidad realmente escandalosa. Más que suficiente para tentar a un joven con poco dinero y menos escrúpulos. Sin embargo, el día antes no había vacilado en proponerle matrimonio. Claro que aquello podía haber sido una jugada más de la partida, algo destinado a aumentar la oferta. Poirot recordó la expresión de Restarick. Debía de querer mucho a su hija para estar dispuesto a pagar semejante suma, y también debía de asustarle mucho la posibilidad de que acabara casándose con David contra viento y marea.

Entonces pensó en la relación entre Claudia y Andrew Restarick. ¿Fue fruto exclusivamente del azar que ella se convirtiera en su secretaria? Tres muchachas en un piso. Claudia era la inquilina original y lo había compartido primero con una amiga, una persona conocida, y después con otra joven: la tercera muchacha. Sí, siempre volvía al mismo punto. La tercera muchacha y aquí estaba otra vez. ¿Dónde le habían llevado todas estas reflexiones? A Norma Restarick.

Una muchacha que había venido a consultarle mientras desayunaba. A la que había vuelto a encontrar en un café donde ella comía alubias estofadas con su joven enamorado. Al parecer, siempre coincidían en horarios de comida. ¿Qué opinaba de ella? ¿Qué pensaban los demás? Restarick la quería. Demostraba una gran ansiedad y también temía que pudiera pasarle algo. No solo sospechaba, sino que aparentemente estaba muy seguro de que la joven había intentado envenenar a su madrastra. Había consultado a un médico. Poirot pensó que sería interesante hablar con aquel médico, aunque dudaba que sacara nada en limpio. Los doctores eran muy reacios a compartir información médica con cualquiera que no fuese alguien debidamente acreditado, como por ejemplo los padres. Pero podía imaginarse lo que el médico había dicho. Se habría mostrado cauto, como suelen serlo. Después de muchos circunloquios y palabras rimbombantes, habría insinuado o sugerido algún problema mental, sin insistir demasiado. Lo más probable habría sido que el médico estuviera seguro de lo que había ocurrido. Pero también sabía mucho sobre muchachas histéricas y que muchas de las reacciones que tenían no eran consecuencia de problemas mentales, sino de temperamento, celos y pasiones. Quizá no se tratara de un psiquiatra ni de un neurólogo. Probablemente sería el médico de cabecera, que no se arriesgaría a formular acusaciones que no podía probar, pero que sí habría sugerido algunas precauciones elementales. Un trabajo en Londres y, después, un tratamiento a cargo de un especialista.

¿Qué pensaban los demás de Norma Restarick? ¿Claudia Reece-Holland? No lo sabía. Prácticamente no sabía nada de Claudia. Era capaz de guardar un secreto. No diría nada que no quisiera decir. Tampoco había mostrado ningún interés por sacarla del piso, algo que podría haber hecho si desconfiaba de su salud mental. No habían discutido demasiado el tema entre ella y Frances porque esta última había manifestado con toda inocencia que Norma no había regresado al piso después de pasar el fin de semana en casa de sus padres. Claudia se había molestado. Era posible que esta encajara en el esquema más de lo que parecía a primera vista. Era inteligente y decidida. Volvió a pensar en Norma, una vez más en la tercera muchacha. ¿Dónde encajaba, cuál era su papel, el que daría sentido a toda el esquema? ¿El de Ofelia? Pero había dos opiniones sobre ese tema, de la misma manera que había dos opiniones sobre Norma. ¿Ofelia estaba loca o lo simulaba? Las actrices siempre habían mantenido una división de opiniones al respecto, o mejor debería decir los directores. Eran ellos los que tenían las ideas. ¿Hamlet estaba loco o cuerdo? Que cada cual decidiera según su manera de entender el papel. ¿Ofelia estaba loca o cuerda?

Restarick no usaría la palabra «loca» con su hija, ni siquiera en sueños. Siempre había preferido hablar de «desequilibrio mental». La otra palabra que habían empleado era «lela». «Es un poco lela.» «No está bien de la azotea.» «Es algo retrasada, ya sabe lo que quiero decir.» ¿Las asistentas eran buenas juezas? Poirot decidió que podían serlo. Había algo raro en Norma, aunque quizá era extraña de una manera diferente a lo que parecía. Recordó el aspecto que tenía cuando se presentó en su casa, una chica de hoy, con el aspecto moderno que tienen tantas otras muchachas. El pelo largo hasta los hombros, el vestido vulgar, el aspecto de una chica casi adulta que pretendía parecer una niña.

«Lo siento, usted es demasiado viejo.»

Quizá fuera verdad. La había mirado con ojos de viejo, sin ninguna admiración. Para él no era más que una muchacha sin deseos de agradar, sin coquetería. Alguien sin sentido de su propia feminidad, sin encanto ni misterio, sin nada que ofrecer más allá del sexo estrictamente físico. Por lo tanto, quizá la joven había acertado en su rechazo. Él no podía ayudarla porque no la comprendía. Poirot había hecho todo lo posible, pero ¿en qué consistía su ayuda? ¿Qué había hecho por ella desde aquella visita? La respuesta fue inmediata. La había mantenido a salvo. Ella necesitaba que la protegieran. Ahí estaba el quid de la cuestión. ¿Necesitaba que la protegieran? ¡Aquella ridícula confesión! No era tanto una confesión sino un anuncio: «Creo que quizá he cometido un asesinato».

Esto era lo importante, lo fundamental de todo este asunto. Aquí era donde entraba él. Ocuparse de los asesinatos, resolver los casos de asesinato, evitar los asesinatos. Ser el buen sabueso que huele el asesinato. Un crimen anunciado. Un asesinato en alguna parte. Lo había buscado sin éxito. ¿El arsénico en la sopa? ¿Un grupo de gamberros que se enfrentan a navajazos? Aquella ridícula y siniestra frase: «Manchas de sangre en el patio». Un disparo de revólver. ¿Contra quién y por qué?

No existía una figura criminal que encajase con las palabras que ella había dicho: «Quizá he cometido un asesinato». Poirot había tenido que moverse a ciegas, intentando descubrir un asesinato, procurando saber en qué lugar del esquema encajaba la tercera muchacha, y siempre tropezando con la misma imperiosa necesidad de saber cómo era ella en realidad.

Luego, con una frase casual, Ariadne Oliver le había mostrado el camino. El supuesto suicidio de una mujer en Borodene Mansions. Esto sí que encajaba. Allí vivía la tercera muchacha. Tenía que ser el asesinato que había mencionado. Otro asesinato cometido en el mismo momento habría sido demasiada casualidad. Además, no había ni rastro de ningún otro asesinato. Ninguna otra muerte le hubiera hecho venir corriendo a consultarle, después de haber escuchado en una fiesta las alabanzas sobre sus logros hecha por la señora Oliver. Por lo tanto, cuando la escritora le había comentado que una mujer se había arrojado por la ventana de su piso, a él le había parecido que por fin había dado con lo que estaba buscando.

Aquí estaba la clave, la respuesta a su perplejidad. Aquí encontraría lo que necesitaba. El cómo, el cuándo, el dónde y el porqué.

—*Quelle déception!* —exclamó Poirot.

Buscó entre los papeles el resumen de la vida de la mujer. Los hechos básicos de la existencia de la señora Charpentier. Una mujer de cuarenta y tres años, con una buena posición social, con una vida un tanto alocada —dos matrimonios y dos divorcios—, una mujer a quien le gustaban los hombres. Una mujer que, en los últimos años, había bebido más de la cuenta. Una mujer a la que le gustaban las fiestas. Una mujer que, a tenor de los informes, había mantenido relaciones con hombres mucho más jóvenes que ella, que vivía sola en un piso de Borodene Mansions. Poirot comprendía perfectamente a las mujeres como ella y también entendía por qué una madrugada había decidido arrojarse por la ventana. ¿Porque tenía un cáncer o creía tenerlo? Pero, en la encuesta judicial, el informe del forense había dejado bien claro que no padecía enfermedad alguna. Lo que Poirot necesitaba era un vínculo con Norma Restarick. No conseguía encontrarlo. Volvió a leer los hechos.

La identificación la había facilitado un procurador durante la encuesta. Louise Carpenter, aunque ella había utilizado una versión afrancesada de su apellido para transformarlo en Charpentier. ¿Quizá porque quedaba mejor con el nombre de pila? ¿Louise? ¿Por qué Louise le sonaba conocido? ¿Lo había mencionado alguien durante alguna conversación? ¿Formaba parte de alguna frase? Rebuscó entre los documentos. ¡Ah, aquí estaba! Una única referencia. Andrew Restarick había abandonado a su esposa por una muchacha que se llamaba Louise Birell. Alguien que después había tenido muy poca importancia en la vida de Restarick. Se habían peleado al cabo de un año. El mismo esquema. Amar a un hombre con locura, deshacer su hogar, irse a vivir con él durante un tiempo, para después abandonarlo. Tenía la absoluta seguridad de que Louise Charpentier era la misma Louise.

Incluso así, ¿dónde estaba la vinculación con Norma? ¿Restarick y Louise habían vuelto a reunirse cuando el hombre había regresado a Inglaterra? No parecía lógico. Sus vidas se habían separado hacía años. Que volvieran a estar juntos era imposible. Aquello no había sido más que un capricho. La nueva esposa de Restarick no podía ser tan celosa como para arrojar por la ventana a una vieja amante de su marido. ¡Ridículo! La única persona capaz de mantener vivo el rencor después de tantos años y con ánimos de venganza contra la mujer que había destrozado su hogar era la primera señora Restarick, algo que evidentemente resultaba descabellado porque la mujer llevaba años muerta.

Sonó el teléfono. Poirot no se movió. En esos momentos no quería ser molestado. Tenía el presentimiento de que estaba sobre la pista. Quería seguirla. El teléfono dejó de sonar. Bien. La señorita Lemon se había hecho cargo. Se abrió la puerta y apareció la secretaria.

—La señora Oliver desea hablar con usted.

—Ahora no, por favor, se lo ruego —contestó Poirot, haciendo un ademán de súplica—. No puedo hablar con ella ahora.

—Dice que acaba de recordar algo que no le dijo. Se refiere a un trozo de papel, una carta inacabada que al parecer se cayó del cajón de un escritorio cuando lo cargaban en un camión de mudanzas. Una historia bastante incoherente —opinó la señorita Lemon con un leve ademán de reproche.

Poirot gesticuló con mayor vehemencia.

—Ahora no, se lo suplico.

—Muy bien, le diré que está usted ocupado.

La señorita Lemon se retiró.

La paz y el silencio volvieron a reinar en la habitación. Poirot notó que le invadía la fatiga. Demasiada actividad cerebral. Había que relajarse. Sí, era lo mejor. Permitir que desapareciera la tensión. La serenidad le traería la solución. Cerró los ojos. Tenía todos los datos. No podía aprender nada más del exterior. Lo que necesitaba saldría del interior.

Entonces, sin más, cuando el sueño le cerraba los párpados, apareció el tan anhelado esquema.

Estaba todo allí, ¡esperándole! Quedaba mucho trabajo por delante, pero tenía el esquema. No faltaba nada. Todas las piezas encajaban. La peluca, el retrato, las cinco de la mañana, las mujeres y sus peinados, el Faisán. Todo conducía a la frase inicial: la tercera muchacha. «Quizá he cometido un asesinato.» ¡Por supuesto!

Recordó una canción infantil que hablaba de tres personajes que salían de una patata y se dispuso a tararearla en voz alta:

Rub, a dub dub, tres hombres en una bañera.
¿Y quiénes creéis que son?
Un carnicero, un panadero, un fabricante de velas...

Un panadero,* sí... Poirot intentaba dar con la estrofa final cuando reapareció la señorita Lemon.

—El doctor Stillingfleet insiste en hablar con usted de inmediato. Dice que es urgente.

—Dígale al doctor Stillingfleet que puede... ¿Ha dicho usted el doctor Stillingfleet? —Sin perder ni un segundo más, se puso al teléfono—. Estoy aquí. Soy Poirot. ¿Qué pasa?

—Se ha largado.

—¿Qué?

—Lo que oye. Se ha largado. Adiós, muy buenas.

—¿Usted la ha dejado marchar?

—¿Qué otra cosa podía hacer?

—Podía haberla detenido.

—No.

—Dejarla marchar es una locura.

—No.

—Usted no lo comprende.

—Ese fue el trato. Libertad para marcharse cuando quisiera.

—Usted no comprende lo que puede significar.

* «Panadero» en inglés es *baker*. Se trata de una alusión a David Baker. *(N. del T.)*

—De acuerdo, no lo entiendo. Pero sé lo que hago. Si no la dejo marchar, todo el trabajo que he hecho con ella no servirá de nada. He trabajado con ella. Su trabajo y el mío no son el mismo. No perseguimos el mismo fin. Le digo que estaba consiguiendo algo y, por lo tanto, confiaba en que no se marcharía.

—Sí, *mon ami*, pero lo ha hecho.

—La verdad es que no lo entiendo. No comprendo el retroceso.

—Habrá ocurrido algo.

—Sí, pero ¿qué?

—Quizá vio a alguien, a una persona que le habló, alguien que descubrió dónde estaba.

—No lo creo posible. Usted no parece entender que es una persona libre. Tenía que ser tratada como una persona libre.

—Alguien llegó hasta ella. Alguien descubrió dónde estaba. ¿Recibió una carta, un telegrama, una llamada telefónica?

—No, absolutamente nada. Se lo aseguro.

—¡Ya está! Los periódicos. Supongo que tienen periódicos.

—Por supuesto. Aquí se pretende llevar una vida normal. Es lo que predico.

—Entonces es así como llegaron hasta ella. ¿Cuáles son los periódicos que reciben?

El médico nombró cinco.

—¿A qué hora se ha marchado?

—Se ha marchado esta mañana, a las diez y media.

—Después de leer los periódicos. Es un buen punto de partida. ¿Cuál es su periódico favorito?

—No creo que tenga ninguna preferencia especial. Una vez uno, otras otro y, en ocasiones, todos. A veces solo los hojeaba.

—Bien, no debo perder más tiempo.

—Usted cree que ha visto un anuncio.

—¿Qué otra explicación puede haber? Adiós, no puedo decirle nada más por ahora. Tengo que investigar, buscar el anuncio y después ir allí inmediatamente. —Colgó el teléfono—. Señorita Lemon, tráigame los periódicos. El *Morning News* y el *Daily Comet*. Envíe a George a comprar los demás.

La secretaria le llevó los periódicos. Mientras Poirot leía la columna de anuncios personales, continuó pensando.

Llegaría a tiempo. Tenía que llegar a tiempo. Ya se había cometido un asesinato. Estaba a punto de cometerse otro. Pero él lo evitaría si llegaba a tiempo. Él era Hércules Poirot, el defensor de los inocentes. Proclamaba, aunque la gente se reía porque lo daba por hecho, que no aprobaba el asesinato. Lo suyo era una sencilla afirmación sin tintes melodramáticos. Él no admitía el asesinato.

George entró con un cargamento de periódicos.

—Estos son todos los de la mañana, señor.

Poirot miró a la señorita Lemon, preparada para entrar en acción.

—Repase lo que acabo de mirar por si acaso he pasado algo por alto.

—¿Se refiere a las columnas de anuncios personales?

—Sí. Quizá aparezca el nombre de David, el nombre de una muchacha o algún apodo. No usarían Norma. Tal vez una petición de ayuda o la mención de una cita.

La señorita Lemon cogió los periódicos con un cierto desagrado. No era este el trabajo para el que estaba preparada, pero de momento Poirot no tenía ninguna otra tarea para ella. El detective abrió el *Morning Chronicle*. Había tres columnas de anuncios personales.

Una señora que vendía su abrigo de piel. Se buscaban pasajeros para compartir un viaje en coche por el extranjero. Una casa de época en venta. Huéspedes. Confituras caseras. «Julia, nunca te olvidaré.» Había más del mismo estilo. Muebles estilo Luis XV. Señora mayor que buscaba ayudantes para un hotel. «Situación desesperada. Necesito verte. Ven al piso a las 16.30, sin falta. Nuestro código Goliath.»

Poirot oyó el timbre en el momento en que gritaba: «¡George, un taxi!». Se puso el abrigo y salió al vestíbulo justo cuando el criado abría la puerta y casi se llevó por delante a la señora Oliver. Reinó la confusión mientras los tres luchaban por recuperar el equilibrio en el pequeño vestíbulo.

Capítulo 22

I

Frances Carey, cargada con su bolsa de viaje, caminaba por Mandeville Road en dirección a Borodene Mansions, charlando con una amiga que acababa de encontrarse en la esquina.

—La verdad, Frances, es que vivir en ese edificio es como vivir en una cárcel.

—Tonterías, Eileen. Los pisos son comodísimos. He tenido mucha suerte, y Claudia es una estupenda compañera, nunca se mete en tus asuntos. Además, tiene una asistenta maravillosa. El piso siempre está limpio y ordenado.

—¿Solo sois vosotras dos? Creí que había una tercera muchacha.

—Sí, pero, por lo visto, se ha largado.

—¿Quieres decir que no pagaba su parte del alquiler?

—Supongo que le paga a Claudia con toda normalidad. Creo que se ha ido con algún novio.

Eileen perdió todo interés. Para ella los novios eran un tema vulgar.

—¿De dónde vienes ahora?

—De Manchester. Una exposición privada. Ha sido un éxito.

—¿Es verdad que vas a Viena el mes que viene?

—Sí. Está prácticamente arreglado. Será divertido.

—¿No sería terrible si roban algún cuadro?

—Están todos asegurados. Me refiero a los que son realmente valiosos.

—¿Qué tal resultó la exposición de tu amigo Peter?

—No muy bien. Pero el crítico de *The Artist* publicó una reseña excelente, y eso es lo que cuenta.

Frances se despidió de su amiga, que vivía un poco más allá, en una casa de planta baja, y entró en Borodene Mansions. Saludó al portero y subió en el ascensor hasta el sexto piso. Caminó por el pasillo canturreando una tonada.

Abrió la puerta del piso. La luz del vestíbulo estaba apagada. Claudia tardaría una hora y media en volver de la oficina. Sin embargo, por la puerta entreabierta de la sala de estar se veía luz.

—La luz encendida. Es curioso —comentó Frances en voz alta.

Se quitó el abrigo, dejó la bolsa de viaje en el suelo y se dirigió a la sala. Empujó la puerta, entró y se quedó inmóvil. Abrió la boca como si le faltara aire y después la volvió a cerrar, con la mirada fija en un cuerpo tendido en el suelo. Luego miró el espejo y contempló el reflejo de su rostro horrorizado.

Inspiró con fuerza. Superada la involuntaria parálisis, echó la cabeza hacia atrás y chilló. Después salió corriendo de la sala. Tropezó con la bolsa, la apartó de un puntapié y alcanzó la puerta. Salió al pasillo, corrió hasta el piso vecino y comenzó a golpear la puerta con todas sus fuerzas.

Una mujer mayor atendió la llamada.

—¿Qué diablos...?

—Hay alguien muerto —gritó Frances—. Hay un muerto y creo que sé quién es. David Baker. Está tendido en el suelo. Me parece que le han dado una puñalada. Hay sangre, mucha sangre por todas partes.

Comenzó a llorar. La señorita Jacobs la obligó a sujetar una copa de coñac.

—Quédese aquí y bébase el coñac.

Frances bebió obediente. La señorita Jacobs fue a paso rápido hasta el piso de la joven. Vio la puerta de la sala de estar abierta de par en par y entró.

No era de las mujeres que gritan. Se detuvo más allá del umbral y apretó los labios.

El espectáculo que tenía ante sus ojos era como una pesadilla. En el suelo estaba tendido un joven apuesto, con los brazos abiertos y el pelo castaño sobre los hombros. Vestía una chaqueta roja y la pechera de la camisa blanca estaba manchada de sangre.

Se sobresaltó al ver que había alguien más en la habitación. Una muchacha apoyada contra la pared debajo del cuadro de un enorme arlequín que parecía volar por un cielo azul.

La joven llevaba un vestido de lana blanca y el pelo lacio castaño claro le enmarcaba el rostro. Sostenía un cuchillo de cocina en una mano.

La señorita Jacobs y la desconocida intercambiaron una mirada.

Luego la muchacha, con una voz suave y pensativa, como si estuviera respondiendo a la pregunta de alguien que no estaba allí con ellas, manifestó:

—Sí, yo lo he matado. Me he manchado las manos con la sangre del cuchillo. He ido a lavármelas al baño, pero no te puedes quitar del todo esas manchas, ¿verdad? Después he vuelto aquí para ver si era verdad. Pobre David. Supongo que tenía que hacerlo.

La señorita Jacobs, bajo los efectos del shock, se dirigió a la joven con unas palabras que le sonaron absolutamente ridículas.

—Vaya. ¿Por qué ha hecho algo así?

—No lo sé. Por lo menos... supongo que sí. David estaba metido en un lío muy gordo. Me llamó y yo vine. Pero quería librarme de David, quería dejarlo para siempre. En realidad, no le amaba.

Dejó el cuchillo sobre la mesa con mucho cuidado y se sentó en una silla.

—No es bueno odiar a alguien. No es bueno porque nunca sabes lo que puedes llegar a hacer. Como Louise —comentó. Después, con una voz muy tranquila, añadió—: ¿No sería mejor que llamara usted a la policía?

La señorita Jacobs obedeció.

II

Ahora había seis personas en la habitación con el arlequín en la pared. Habían transcurrido varias horas. Los técnicos de la policía habían hecho su trabajo y se habían marchado.

Andrew Restarick tenía el aspecto de un hombre al que le acabaran de dar un mazazo en la cabeza. De vez en cuando repetía: «No me lo puedo creer». Le habían llamado a su oficina y había acudido acompañado por Claudia Reece-Holland. Con mucha discreción, se había encargado de llamar a los abogados, a Crosshedges y a dos agencias inmobiliarias en un intento de dar con el paradero de Mary Restarick. Después, le había suministrado un sedante a Frances Cary y la había enviado a la cama.

Hércules Poirot y la señora Oliver compartían el sofá. Habían llegado al mismo tiempo que la policía.

El último en llegar, cuando casi todo el personal de la policía se había retirado, fue un hombre discreto de pelo canoso y modales amables, el inspector jefe Neele, de Scotland Yard. Había saludado a Poirot con un gesto y, a continuación, le presentó al señor Restarick. Un joven pelirrojo, muy alto, se encontraba junto a la ventana, al parecer muy entretenido en la contemplación del patio.

¿Qué estaban esperando?, se preguntó la señora Oliver. Se habían llevado el cadáver, los fotógrafos y los técnicos del laboratorio se habían marchado a ocuparse de algún otro crimen, a ellos los habían metido en el dormitorio de Claudia para después readmitirlos en la sala, donde habían esperado a que llegara el hombre de Scotland Yard.

—Si quiere usted que me vaya... —le dijo la escritora con un titubeo.

—¿Usted es la señora Ariadne Oliver? No, si no tiene inconveniente, preferiría que se quedara. Sé que no ha sido agradable.

—No parecía real.

La señora Oliver cerró los ojos y una vez más revivió la escena. El Faisán resultaba una figura irreal, como un maniquí que simulaba un muerto. La muchacha no se parecía en nada a la indecisa Norma de Crosshedges. Había cambiado. Ya no era una poco agraciada Ofelia, se había convertido en una silenciosa figura trágica resignada a su destino.

Poirot preguntó si podía hacer dos llamadas, una a Scotland Yard. Se las permitieron después de que el sargento hiciera la preceptiva consulta previa para verificar si era el número correcto. El policía le indicó que fuera a hablar desde la extensión del dormitorio de Claudia y Poirot se encerró en la habitación.

El sargento, que no las tenía todas consigo, le murmuró a su subordinado:

—Han dicho que todo estaba en orden. Me pregunto quién será. Un tipejo con una pinta bastante extraña.

—Extranjero, ¿verdad? ¿De la Sección Especial?

—No lo creo. Pidió hablar con el inspector jefe Neele.

El subordinado enarcó las cejas y reprimió un silbido.

Después de hacer las llamadas, Poirot abrió la puerta y llamó a la señora Oliver, que estaba en la cocina. Se sentaron en la cama de Claudia.

—Desearía poder hacer algo —manifestó la señora Oliver, siempre dispuesta a la acción.

—Paciencia, *chère madame.*

—¿No me diga que no puede usted hacer nada?

—Ya está hecho. He llamado a las personas que debía llamar. Aquí no podemos hacer nada más hasta que la policía acabe con las investigaciones preliminares.

—¿A quién ha llamado después de hablar con el inspector? ¿Al padre? ¿Él no podría venir y llevársela en libertad bajo fianza?

—No hay fianza cuando se trata de un caso de asesinato —respondió Poirot con sequedad—. La policía ya se ha puesto en contacto con su padre. La señorita Cary les ha dado el número.

—¿Dónde está la joven?

—En el piso de la señorita Jacobs. Ella descubrió el cadáver y, al parecer, sufrió una impresión tremenda. Salió de aquí chillando como una loca.

—Ella es la intelectual, ¿no? Claudia no habría perdido la cabeza.

—Estoy de acuerdo con usted. Se trata de una joven muy sensata.

—Entonces, ¿a quién ha llamado?

—Primero, como usted ha escuchado, al inspector Neele.

—¿A esta gente le gustará que venga a entrometerse?

—No vendrá a entrometerse. Le he pedido el favor de que hiciera ciertas averiguaciones que podrían arrojar un poco de luz sobre este asunto.

—¿A quién más ha llamado?

—Al doctor John Stillingfleet.

—¿Quién es? ¿Vendrá a decir que la pobre Norma está como un cencerro y le es imposible no matar a las personas?

—Su especialidad le permitirá dar testimonio sobre el particular ante un jurado si fuera necesario.

—¿Sabe algo de la muchacha?

—Yo diría que mucho. Lleva a su cuidado desde el día que la encontró usted en el café.

—¿Quién envió a Norma allí?

—Yo —respondió Poirot con una sonrisa—. Hice ciertos arreglos por teléfono antes de ir a reunirme con usted en el café.

—¿Qué? Todo este tiempo me he sentido muy desilusionada con usted y le he insistido para que hiciera algo, y usted ya lo había hecho. ¡No es justo, Poirot! ¡No decirme ni una palabra! ¿Cómo puede ser tan malvado?

—No se enfade, madame, se lo ruego. Lo hice con la mejor intención.

—Las personas siempre dicen lo mismo cuando hacen algo que enfurece a los demás. ¿Qué más ha hecho?

—Arreglé las cosas para que el padre de Norma contratara mis servicios. Así podía ocuparme de velar por su seguridad.

—¿Se refiere al tal doctor Stillingwater?

—Stillingfleet. Sí.

—¿Cómo demonios lo consiguió? No se me hubiera ocurrido ni por un instante que usted podía ser la persona que su padre escogería para velar por la hija. Parece la clase de hombre que desconfía de los extranjeros.

—Digamos que lo obligué, como un mago que te fuerza a escoger una carta. Fui a verlo con la excusa de que había recibido una carta suya solicitando mi presencia.

—¿Se creyó el embuste?

—Naturalmente. Le enseñé la carta. Estaba escrita en el papel de su empresa y firmada con su nombre, aunque, como se molestó en señalarme, no era su letra.

—¿Me está diciendo que usted escribió una carta falsa?

—Así es. No me equivoqué al suponer que despertaría su curiosidad y que accedería a verme. Una vez en el despacho, tuve que apelar a mi talento.

—¿Le habló usted de lo que pensaba hacer con el doctor Stillingfleet?

—No, no se lo dije a nadie. Podía ser peligroso.

—¿Peligroso para Norma?

—Para Norma o para la persona que podía verse amenazada por la muchacha. En este caso siempre han existido dos posibilidades desde el principio. Los hechos se podían interpretar en dos sentidos. El presunto envenenamiento de la señora Restarick no resultaba convincente. Se había demorado mucho, no era una amenaza de muerte real. Después, aquella extraña historia de un disparo de revólver aquí, en Borodene Mansions, y otro relato de navajas y manchas de sangre. Cada vez que ocurre una de estas cosas, Norma no sabe nada al respecto, no recuerda nada y siempre ocurre igual. Encuentra arsénico en un cajón de la cómoda, pero no recuerda haberlo dejado allí. Afirma tener fallos de memoria, que hay largos períodos en los que no recuerda qué ha hecho. Por lo tanto, hay que preguntarse: ¿lo que dice es cierto o, por alguna razón que ignoramos, se lo está inventando? ¿Es la posible víctima de una siniestra y enloquecida conjura criminal o es ella la que mueve los hilos? ¿Es una muchacha que padece un trastorno mental o tiene el asesinato como meta y prepara un alegato de locura temporal?

—Ahora parece otra —comentó la señora Oliver con voz pausada—. ¿La ha visto? Es una persona muy diferente. Ya no es una lela.

—Ya no es una Ofelia —dijo Poirot—. Es una Ifigenia.

Unos ruidos en la sala interrumpieron la conversación.

—¿Cree usted...? —La señora Oliver se calló.

Poirot se había acercado a la ventana y miraba el patio donde acababa de aparcar una ambulancia.

—¿Vienen a llevárselo? —preguntó la escritora con un tono sombrío—. Pobre Faisán —añadió en un súbito arranque de piedad.

—Era una persona indeseable —manifestó Poirot fríamente.

—Resultaba muy decorativo, y tan joven.

—Eso es suficiente *pour les femmes* —masculló Poirot, mientras abría la puerta solo un resquicio para espiar lo que sucedía en el exterior—. Si me perdona, saldré un momento.

—¿Dónde va? —preguntó la señora Oliver de manera suspicaz.

—Tengo entendido que esa es una pregunta que se considera poco delicada en este país —replicó Poirot.

—Usted perdone, pero por ahí no se va al retrete —murmuró la mujer mientras espiaba por la rendija. Después fue a la ventana para ver qué pasaba en el patio—. El señor Restarick acaba de llegar en un taxi —informó a Poirot en cuanto lo vio entrar al cabo de unos minutos—. Claudia lo acompaña. ¿Ha conseguido usted entrar en el dormitorio de Norma, si es que se ha dirigido allí?

—La policía ha ocupado la habitación de Norma.

—Qué molestia para usted. ¿Qué lleva en eso negro que parece un maletín?

Poirot le respondió con otra pregunta.

—¿Qué lleva usted en ese bolso de lona?

—¿Mi bolsa de la compra? Solo un par de peras.

—Entonces, si me lo permite, le confiaré mi paquete. Por favor, le ruego que no lo apriete ni lo aplaste.

—¿Qué es?

—Algo que esperaba encontrar y que he encontrado. Ah, las cosas comienzan a superarse a sí mismas —comentó, refiriéndose a los ruidos que llegaban de la sala.

A la señora Oliver las palabras de Poirot le parecieron muy descriptivas. La voz fuerte y airada de Restarick. Claudia que telefoneaba. La voz distante de un agente que se dirigía al piso al otro lado del pasillo para tomar las declaraciones de Frances Cary y una persona mítica llamada señorita Jacobs. El rumor de una actividad ordenada y por último la marcha de dos fotógrafos.

Luego, la inesperada aparición en el dormitorio de Claudia de un joven larguirucho y pelirrojo. Sin fijarse en la señora Oliver se dirigió a Poirot.

—¿Qué ha hecho la muchacha? ¿Ha cometido un asesinato? ¿Quién es la víctima? ¿El amiguito?

—Sí.

—¿Lo ha admitido?

—Eso parece.

—No es suficiente. ¿Lo ha declarado con todas las letras?

—No lo sé. No he tenido la oportunidad de preguntárselo.

Un policía asomó la cabeza.

—¿Doctor Stillingfleet? El forense desea hablar con usted, señor.

El joven pelirrojo asintió y se marchó con el agente.

—¿Así que ese es el doctor Stillingfleet? —dijo la señora Oliver—. No está nada mal, ¿verdad?

Capítulo 23

El inspector Neele cogió una hoja de papel, escribió un par de notas y luego miró a las cinco personas que lo acompañaban en la habitación.

—¿La señorita Jacobs? —preguntó. Señaló al policía que se encontraba en la puerta—. Sé que el sargento Conolly le ha tomado declaración, pero me gustaría hacerle unas cuantas preguntas más.

La señorita Jacobs solo tardó un par de minutos en presentarse. El inspector se levantó para saludarla cortésmente.

—Soy el inspector jefe Neele. —Le estrechó la mano—. Lamento tener que molestarla por segunda vez, pero en esta ocasión es algo informal. Solo quiero hacerme una idea más clara de lo que vio y oyó. Sé que puede resultar desagradable y doloroso...

—¿Doloroso? No —respondió la señorita Jacobs, aceptando la silla que le ofrecía Neele—. Ha sido un shock, desde luego. Pero no había involucrados sentimientos personales. Veo que han puesto un poco de orden.

El inspector dio por hecho que se refería al levantamiento del cadáver.

La mirada aguda y crítica de la mujer se fijó en cada uno de los presentes y reflejó sus impresiones. Asombro en el caso de Poirot (¿quién diablos es ese?), una leve curiosidad por la señora Oliver, agrado por la nuca pelirroja del doctor Stillingfleet, lo mismo en el caso de Claudia, a la que saludó con un gesto, y, finalmente, compasión por Andrew Restarick.

—Usted debe de ser el padre de la muchacha —le dijo—. Las condolencias de un extraño no tienen mucho sentido. Es mejor no manifestarlas. Actualmente vivimos en un mundo muy triste, o al menos eso es lo que creo. En mi opinión las jóvenes estudian demasiado. —Luego miró al inspector—. ¿Decía usted?

—Quiero que me relate con sus propias palabras qué vio y oyó cuando entró en el piso.

—Supongo que habrá algunas variaciones respecto a mi primer relato —manifestó la señorita Jacobs inesperadamente—. Es algo bastante normal. Se intenta que la descripción sea lo más exacta posible y, en consecuencia, se utilizan más palabras. No creo que eso contribuya a la precisión. Inconscientemente, añades detalles que crees que has visto o que tendrías que haber visto o escuchado. Pero haré todo lo que pueda.

»Comenzó con los gritos. Me sobresalté. Creí que alguien había sufrido un accidente. Me acercaba a la puerta cuando alguien comenzó a dar golpes mientras chillaba. Abrí la puerta y vi que era una de mis vecinas, una de las muchachas que vive en el 67. No sé su nombre, aunque la conozco de vista.

—Frances Cary —le informó Claudia.

—Se mostraba muy incoherente y tartamudeó algo sobre una persona muerta, alguien a quien ella conocía, un tal David no sé qué. No entendí el apellido. La muchacha temblaba como una hoja. La hice entrar en casa, le serví una copa de coñac y después vine aquí para ver con mis propios ojos qué había ocurrido.

Todos los presentes estuvieron de acuerdo en que aquello era algo que la señorita Jacobs había hecho más veces a lo largo de su vida.

—Ya saben lo que encontré. ¿Es necesario que lo describa?

—Solo por encima.

—Un joven, uno de esos jóvenes modernos, prendas chillonas y pelo largo, se encontraba tendido en el suelo. Era obvio que estaba muerto. La camisa se veía manchada de sangre.

Stillingfleet se movió. El médico volvió la cabeza para observar a la señorita Jacobs con suma atención.

—Entonces fue cuando advertí la presencia de una muchacha en la habitación. Empuñaba un cuchillo de cocina. Parecía muy tranquila y con pleno control de sus emociones. Algo muy peculiar.

—¿Le dijo algo? —preguntó Stillingfleet.

—Me explicó que había ido al baño para lavarse las manos, y luego dijo: «Pero no te puedes quitar del todo esas manchas, ¿verdad?».

—¿Algo por el estilo de: «Fuera, condenada mancha»?

—No puedo decir que me recordara especialmente a lady Macbeth. Se mostraba, ¿cómo podría explicárselo?, muy compuesta. Dejó el cuchillo sobre la mesa y se sentó en una silla.

—¿Qué más le dijo? —intervino el inspector, consultando las notas que tenía delante.

—Algo sobre el odio. Que no era seguro odiar a nadie.

—También dijo algo como «pobre David», ¿verdad? Eso por lo menos es lo que usted declaró al sargento Conolly, y que quería verse libre de la víctima.

—Lo había olvidado. Sí. Mencionó algo sobre que él la había hecho venir aquí y habló de Louise.

—¿Qué dijo de Louise? —La pregunta la formuló Poirot, que se inclinó hacia delante con una expresión alerta. La señorita Jacobs lo observó con cierta desconfianza.

—Poca cosa, en realidad solo mencionó el nombre. «Como Louise», dijo, y luego se calló. Fue después de que comentara lo de que no era seguro odiar a nadie.

—¿Qué más?

—Luego, con esa misma calma, manifestó que lo mejor sería llamar a la policía, cosa que hice. Después nos quedamos sentadas aquí a esperar a que llegaran. No me pareció oportuno dejarla sola. No conversamos. Ella parecía ensimismada en sus pensamientos y a mí, bueno, no se me ocurría nada que decirle.

—Usted vio claramente que no se trataba de un comportamiento normal, sino el de una persona desequilibrada, ¿no es así? —dijo Restarick con un tono casi de súplica—. ¿Usted pensó que la pobre niña no sabía qué había hecho ni por qué lo había hecho?

—Si es un síntoma de desequilibrio mental parecer perfectamente tranquila y compuesta después de cometer un crimen, entonces estoy de acuerdo con usted —afirmó la señorita Jacobs con la voz de alguien que no estaba en absoluto de acuerdo con las excusas psicológicas.

—Señorita Jacobs —intervino Stillingfleet—, ¿en algún momento la joven admitió ser la autora del asesinato?

—Ah, sí. Tendría que haberlo mencionado antes. Fue lo primero que dijo. Como si respondiera a una pregunta. Dijo: «Sí, yo lo he matado». Después añadió lo de lavarse las manos.

Restarick soltó un gemido y se tapó el rostro con las manos. Claudia le tocó el brazo como si quisiera aliviar el desconsuelo de su jefe.

—Señorita Jacobs, dice usted que la muchacha dejó el cuchillo que empuñaba sobre la mesa —manifestó Poirot—. ¿Estaba usted cerca de la mesa? ¿Podía verlo con claridad? ¿Le pareció que también había lavado el cuchillo?

La mujer miró al inspector Neele titubeando. Era obvio que se le hacía difícil aceptar la presencia de Poirot en lo que era un interrogatorio oficial.

—Le ruego, señorita Jacobs, que tenga la bondad de contestar a la pregunta —dijo el inspector.

—No, no creo que lavara el cuchillo o que le pasara un paño. Se veía manchado con una sustancia pegajosa.

—¡Ah!

—Creía que usted ya estaba enterado de todo lo referente al cuchillo —protestó la señorita Jacobs encarándose con Neele—. ¿Sus agentes no lo han examinado? Me parece un grave fallo por su parte si no lo han hecho.

—Los expertos lo han examinado —respondió el inspector—, pero siempre preferimos tener una confirmación.

La señorita Jacobs lo observó con suspicacia.

—Supongo que lo que desea en realidad es comprobar hasta qué punto son fiables las observaciones de su testigo. Hasta dónde es cosecha propia, lo que han visto de verdad o lo que creyeron ver.

—No creo que en su caso haya ninguna duda, señorita Jacobs —señaló Neele con una leve sonrisa—. Será usted una excelente testigo.

—No será algo de lo que disfrute, pero supongo que es de esas cosas inevitables.

—Me temo que sí. Muchas gracias, señorita Jacobs. —Miró a los demás—. ¿Alguien de ustedes quiere formular alguna otra pregunta?

Poirot tenía una. La señorita Jacobs se detuvo junto a la puerta, sin disimular una expresión de disgusto.

—¿Sí?

—Es acerca de esa mención a una persona llamada Louise. ¿Sabe usted a quién se refería la muchacha?

—¿Cómo voy a saberlo?

—¿Es posible que se estuviera refiriendo a la señora Louise Charpentier? Conocía a la señora Charpentier, ¿no es así?

—No.

—¿No está usted enterada de que se arrojó por una de las ventanas de este edificio?

—Claro que lo sabía. Pero no sabía que el nombre de pila era Louise, ni tampoco la conocía personalmente.

—¿Quizá porque la evitaba?

—No he dicho algo así porque la mujer está muerta. Pero admito que es muy cierto. Se trataba de una inquilina indeseable, y yo junto con otros vecinos presentamos numerosas quejas a la administración.

—¿Qué tipo de quejas?

—Para decirlo con toda franqueza, la mujer bebía. Su piso estaba sobre el mío y no dejaba de celebrar fiestas hasta la madrugada. Se oía el ruido de las copas rotas, la caída de muebles, cantos y gritos, un incesante ir y venir.

—¿Tal vez era una persona solitaria? —sugirió Poirot.

—No era precisamente la impresión que daba —replicó la señorita Jacobs de manera ácida—. En la encuesta judicial se mencionó que estaba deprimida por su estado de salud. Pura imaginación. Al parecer estaba sana como un roble.

Después de dejar a la difunta señora Charpentier como un felpudo, la señorita Jacobs abandonó el piso.

Poirot volvió su atención hacia el padre de Norma.

—¿Me equivoco al suponer que usted conocía muy bien a la señora Charpentier? —preguntó con delicadeza.

Restarick permaneció en silencio durante unos segundos. Después exhaló un sonoro suspiro y miró a Poirot.

—No se equivoca. Hubo un tiempo, hace muchos años, en que la conocí muy bien. Pero no con el nombre de señora Charpentier. Por aquel entonces se llamaba Louise Birell.

—¿Estaba usted enamorado?

—Sí. Estaba loco por ella. Abandoné a mi esposa por Louise. Nos marchamos a Sudáfrica. Al cabo de un año, se acabó el romance. Ella regresó a Inglaterra. Nunca más volví a tener noticias de su paradero, ni de lo que hacía.

—¿Qué me dice de su hija? ¿Ella conocía a Louise Birell?

—No creo que la recordara. ¡Era una niña de cinco años!

—Pero ¿la conocía? —insistió el detective.

—Sí, conocía a Louise —respondió Restarick con voz pausada—. Quiero decir que Louise venía a nuestra casa. Jugaba con la niña.

—Por lo tanto, es posible que la recordara, incluso después de tantos años.

—No lo sé, no se lo puedo decir. No sé qué aspecto tenía ahora, hasta qué punto había cambiado. No la volví a ver nunca más.

—Pero tuvo noticias de ella, ¿no es así, señor Restarick? —señaló Poirot con el mismo tono amable—. Me refiero a que pudo tener alguna noticia desde su vuelta al país.

Una vez más, Restarick demoró la respuesta hasta que aceptó lo inevitable con un suspiro de resignación.

—Sí, tuve noticias suyas. —Dominado por una súbita curiosidad, preguntó—: ¿Cómo lo sabe, monsieur Poirot?

El detective sacó de su bolsillo un trozo de papel y se lo alcanzó al empresario, que lo aceptó con una expresión intrigada.

Querido Andy:

Acabo de enterarme por el periódico de que has vuelto a casa. Tendríamos que vernos y charlar un rato sobre lo que hemos estado haciendo en todos estos años...

Aquí, la autora había decidido que no le gustaba lo escrito y comenzaba otra vez.

Andy: ¡adivina quién te envía esta carta! Sí, soy yo, Louise. ¡No me digas que me has olvidado!

Querido Andy:

Como puedes ver por el membrete, vivo en el mismo edificio que tu secretaria. ¡El mundo es un pañuelo! Tenemos que vernos. ¿Po-

drías venir a tomar una copa el lunes o martes de la semana que viene?

Andy, cariño, necesito verte. Nunca nadie me ha importado tanto como tú. Espero que no me hayas olvidado, porque yo no lo he hecho.

—¿De dónde ha sacado esto? —preguntó Restarick sin disimular su curiosidad.

—Me lo dio una persona amiga mía, que lo obtuvo a través de un camión de mudanzas —respondió Poirot mirando a la señora Oliver.

Restarick observó a la escritora con una expresión de disgusto.

—No pude evitarlo —manifestó la señora Oliver, que interpretó la mirada del empresario correctamente—. Supongo que eran sus muebles los que se llevaban. Los hombres dejaron caer un escritorio, se abrió uno de los cajones y el contenido se desparramó por el suelo. El viento arrastró el papel por el patio, así que lo recogí e intenté dárselo, pero estaban discutiendo entre ellos y no lo quisieron. Lo metí en el bolsillo del abrigo sin darme cuenta. No volví a verlo hasta esta tarde, cuando vaciaba los bolsillos para enviar el abrigo a la tintorería. Ya ve que en realidad no se me puede acusar de mala fe.

—¿Al final recibió usted alguna de las versiones de esa carta? —preguntó Poirot.

—Sí. Una de las versiones más formales. No la respondí. Consideré que lo más prudente era no hacerlo.

—¿No quería usted volver a verla?

—¡Era la persona que menos me interesaba ver en el mundo! Se trataba de una mujer muy difícil, siempre lo fue. Además, sabía algunas cosas más. Entre ellas, que se había dado a la bebida.

—¿Guardó usted la carta?

—No. La tiré.

El doctor Stillingfleet intervino bruscamente en la conversación.

—¿En alguna ocasión su hija trató el tema con usted?

Restarick pareció poco dispuesto a contestar.

—Podría ser muy importante saberlo —insistió el psiquiatra.

—¡Ustedes los médicos son todos iguales! Sí, la mencionó en una ocasión.

—¿Qué fue exactamente lo que le dijo?

—De pronto me espetó: «El otro día vi a Louise, papá». Me quedé de piedra. «¿Dónde la has visto?», repliqué. «En el restaurante de Borodene Mansions.» Me sentí un tanto avergonzado. «Nunca creí que la recordarías», y ella dijo: «Nunca la olvidé. Mamá no me dejó olvidarla, aunque hubiese querido».

—Sí —asintió el doctor Stillingfleet—. Eso podría ser significativo.

—¿Qué dice usted, mademoiselle? —preguntó Poirot volviéndose repentinamente hacia Claudia—. ¿Norma le habló en alguna ocasión de Louise Charpentier?

—Hizo un comentario después del suicidio. Mencionó algo sobre que era una mujer perversa. Lo dijo de una manera un tanto infantil, no sé si me entiende.

—¿Usted estaba aquí la noche... o, mejor dicho, la madrugada en la que ocurrió el suicidio?

—No, no estaba aquí. Recuerdo que me enteré cuando regresé a la mañana siguiente. —Miró a Restarick—. ¿Lo recuerda? Fue el día veintitrés. Yo estaba en Liverpool.

—Sí, lo recuerdo. Fue usted a la reunión del consejo del Henver Trust.

—¿Norma sí que durmió aquí aquella noche? —preguntó Poirot.

—Así es. —Claudia parecía molesta por la pregunta.

—Claudia —dijo Restarick, poniendo una mano sobre el

brazo de la muchacha—. ¿Qué sabe usted de Norma? Hay algo..., estoy seguro de que hay algo que no nos quiere decir.

—¡Nada! ¿Qué puedo saber de ella?

—Usted cree que está loca, ¿no es así? —intervino el doctor Stillingfleet—. Lo mismo cree la muchacha del pelo negro. Y usted también —añadió dirigiéndose a Restarick—. ¡Todos ustedes se comportan muy amablemente y esquivan el tema, pero piensan lo mismo! Excepto, desde luego, el inspector. Por ahora, no tiene opinión. Se limita a recoger los hechos para decidir si está loca o es una asesina. ¿Qué dice, madame?

—¡¿Yo?! —exclamó la señora Oliver, pillada por sorpresa—. No lo sé.

—¿Se reserva la opinión? No la culpo. Es difícil. En general, la mayoría de las personas están de acuerdo en lo esencial. Emplean diferentes palabras: mal de la azotea, lela, chalada, pero todo se reduce a lo mismo. ¿Alguien cree que la muchacha está cuerda?

—La señorita Battersby —señaló Poirot.

—¿Quién diablos es la señorita Battersby?

—La directora de su colegio.

—Si algún día tengo una hija, la enviaré a ese colegio. Claro que yo estoy en otra categoría —intervino el pelirrojo—. Yo lo sé todo. ¡Lo sé todo sobre esa muchacha!

El padre de Norma lo miró estupefacto.

—¿Quién es este hombre? —le preguntó al inspector Neele—. ¿A qué viene eso de que lo sabe absolutamente todo sobre mi hija?

—Yo lo sé todo —replicó Stillingfleet antes de que el policía pudiera abrir la boca—, porque durante los últimos diez días ha sido mi paciente.

—El doctor Stillingfleet —añadió Neele— es un psiquiatra con una excelente reputación profesional.

—¿Y por qué fue a parar a sus manos sin que nadie pidiera antes mi consentimiento?

—Pregúnteselo al Bigotes —respondió el psiquiatra señalando al detective.

—Usted..., usted... —La furia impidió que Restarick pudiera acabar la frase.

—Usted me dio instrucciones —manifestó Poirot plácidamente—. Usted quería protección y cuidado para su hija cuando la encontrara. La encontré y conseguí interesar al doctor Stillingfleet en el caso. La joven corría peligro, señor Restarick.

—¡No podía estar más en peligro que ahora! —protestó el empresario—. ¡Detenida y acusada de asesinato!

—Técnicamente, todavía no ha sido acusada —señaló Neele—. Doctor Stillingfleet, ¿está usted dispuesto a emitir su dictamen profesional en cuanto a la condición mental de la señorita Restarick y hasta qué punto conoce la naturaleza y el significado de sus actos?

—Podemos reservarnos toda la terminología legal para el juicio —respondió el médico—. Lo que usted quiere saber ahora es si la muchacha está loca o cuerda, ¿no? Muy bien, se lo diré de inmediato. La muchacha está cuerda, tan cuerda como cualquiera de los que están presentes en esta habitación.

Capítulo 24

—No se lo esperaban, ¿verdad?

—Está usted equivocado —manifestó Restarick fuera de sí—. La muchacha ni siquiera sabe lo que ha hecho. Es inocente, completamente inocente. No se la puede considerar responsable porque no sabe lo que ha hecho.

—Déjeme usted hablar y no me interrumpa —dijo el médico—. Conozco el tema al dedillo y usted no. La muchacha está cuerda y es responsable de sus acciones. Dentro de unos instantes, la tendremos aquí y escucharemos lo que tenga que decir. Sí, continúa aquí, encerrada en su dormitorio y en compañía de una agente. Pero antes de que podamos formularle cualquier pregunta, tengo algo que decirle y más le vale escucharme. Cuando me hice cargo de la muchacha, estaba absolutamente drogada.

—¡Él se las dio! —gritó Restarick—. Ese degenerado y miserable tipejo.

—Él fue quien la inició.

—Gracias, Dios mío —dijo Restarick—. Te doy las gracias, Señor.

—¿Por qué le da las gracias a Dios?

—Había interpretado mal sus palabras. Creía que su intención era echarla a los leones cuando ha comenzado con todas esas tonterías de que estaba cuerda. Me he equivocado. La culpa es de las drogas. La empujaron a cosas que nunca habría hecho por propia voluntad y la trastornaron hasta tal punto que no era consciente de sus actos.

—Si me dejara usted hablar en lugar de darle a la lengua y no se pavoneara tanto de lo mucho que sabe, podríamos avanzar un poco. En primer lugar, ella no es una drogadicta. No hay marcas de inyecciones. No esnifa cocaína. Alguien, quizá el muchacho o algún otro, le estuvo administrando droga sin que ella lo supiera. No un par de pastillas de esas que están de moda, sino una interesante combinación de drogas y LSD que le provocaban delirios, algunos agradables, otros no. La marihuana distorsiona la noción del tiempo y, en consecuencia, podía creer que una experiencia duraba una hora en lugar de unos pocos minutos. También le suministraron otras muchas sustancias muy curiosas que no tengo intención de revelar ahora. Alguien que conoce muy bien la utilización de las drogas convirtió la vida de la muchacha en un infierno. Estimulantes, sedantes, empleó de todo para controlarla y hacerle creer que era una persona totalmente distinta.

—Eso es lo que yo digo —interrumpió Restarick—. ¡Norma no es responsable! ¡Alguien la manipuló para que hiciera esas cosas!

—¡Sigue usted sin entender nada! ¡Nadie podía obligar a la muchacha a que hiciera algo que no quería hacer! Lo que sí podían era convencerla de que lo había hecho. Ahora ya puede hacerla venir y veremos lo que le pasa.

Stillingfleet miró a Neele y el inspector asintió.

Mientras caminaba hacia la puerta, el médico le dijo a Claudia:

—¿Dónde está la otra joven? ¿La que estaba en el piso de la señorita Jacobs? Le suministró un sedante, ¿verdad? ¿Duerme en su habitación? Será mejor que la despierte y la traiga aquí. Necesitaremos toda la ayuda que podamos conseguir.

Claudia salió de la sala con el psiquiatra.

Stillingfleet fue el primero en regresar. Ayudaba a Norma, alentándola con palabras cariñosas.

—Eso es, buena chica. Nadie va a morderte. Ven, siéntate aquí.

La muchacha se sentó obediente. Su docilidad asustaba un poco. La agente de policía permaneció junto a la puerta con una expresión escandalizada.

—Lo único que pido es que me diga la verdad. No es tan difícil.

Claudia entró con Frances Cary, que bostezaba sin parar. Su pelo negro colgaba como una cortina delante de su rostro y ocultaba en parte la sucesión de bostezos.

—Necesita usted un estimulante —comentó el médico.

—Lo que necesito es que me dejen dormir —farfulló Frances.

—¡Nadie podrá irse a dormir hasta que yo haya terminado! Ahora, Norma, responda a mis preguntas. La mujer que vive al otro lado del pasillo declara que usted ha admitido haber matado a David Baker. ¿Es correcto?

—Sí, yo he matado a David —respondió Norma dócilmente.

—¿Le apuñaló?

—Sí.

—¿Cómo sabe que lo hizo?

En el rostro de la joven apareció una expresión de extrañeza.

—No sé qué quiere decir. Estaba allí en el suelo, muerto.

—¿Dónde estaba el cuchillo?

—Yo lo recogí.

—¿Tenía manchas de sangre?

—Sí. También en la camisa.

—¿Qué sensación le produjo la sangre en el cuchillo? La sangre que le manchó las manos y que usted fue a lavarse. ¿Mojada? ¿O era más parecido a la mermelada?

—Era como mermelada. Pegajosa. —Se estremeció—. Tuve que ir a lavarme las manos.

—Muy bien hecho. Bueno, eso lo liga todo a la perfección: la víctima, la asesina, todo, hasta el arma homicida. ¿Recuerda usted el momento del asesinato?

—No, no lo recuerdo, pero debí de hacerlo, ¿no?

—¡No me lo pregunte a mí! Yo no estaba. Es usted quien lo dice. Sin embargo, antes ocurrió otro asesinato, ¿no es así? Una muerte anterior.

—¿Se refiere a Louise?

—Sí, me refiero a Louise. ¿Cuándo fue la primera vez que pensó en matarla?

—Hace años, muchos años atrás.

—Cuando usted era una niña.

—Sí.

—Esperó mucho tiempo para hacerlo, ¿no le parece?

—Lo había olvidado.

—¿Hasta que volvió a verla y la reconoció?

—Sí.

—Durante la infancia la odiaba. ¿Por qué?

—Porque ella se llevó a mi padre.

—¿Su madre se sintió desgraciada?

—Mamá odiaba a Louise. Decía que Louise era una mujer muy perversa.

—¿Le hablaba mucho de Louise?

—Sí. Ojalá no lo hubiera hecho. No quería seguir escuchándola.

—Insoportable, lo sé. El odio no es creativo. Cuando volvió a verla, ¿experimentó un deseo auténtico de matarla?

Norma pareció analizar la pregunta. En su rostro apareció una débil expresión de interés.

—La verdad es que no lo sé. Parecía algo tan lejano. No podía imaginarme a mí misma, por lo que yo...

—¿... no estaba segura de haberlo hecho?

—Sí. Por extraño que parezca, tenía la idea de que yo no

la había matado, que todo había sido un sueño. Pensé que quizá ella se había tirado por la ventana por decisión propia.

—¿Y por qué no podría haber sido así?

—Porque sabía que yo lo había hecho. Lo dije.

—¿Usted dijo que lo había hecho? ¿A quién se lo dijo?

—No debo decirlo —respondió Norma, meneando la cabeza—. Fue alguien que intentaba ser amable, que pretendía ayudarme. Me dijo que haría como si no supiera nada. —La muchacha hablaba cada vez más rápido—. Yo estaba delante de la puerta de Louise, el 76, acababa de salir del piso. Fue como si hubiera llegado hasta allí sonámbula. Ellos, ella, dijo que había ocurrido un accidente. En el patio. Me repitió varias veces que yo no tenía nada que ver, que nadie se enteraría. No conseguía recordar qué había hecho, pero tenía aquello en la mano.

—¿Aquello? ¿Qué es aquello? ¿Quiere decir sangre?

—No, no era sangre. Era tela de la cortina. Cuando la empujé.

—Recuerda haberla empujado, ¿verdad?

—No, no. Eso es lo más terrible de todo. No recuerdo nada. Por eso esperaba... por eso acudí... —volvió la cabeza hacia Poirot— a él. —Miró una vez más al psiquiatra—. No recuerdo ninguna de las cosas que hice, ni una sola. Cada vez tenía más miedo porque había espacios en blanco, horas que no podía justificar, en las que no sabía dónde había estado ni lo que había hecho. Pero encontré cosas que seguramente había escondido. Envenené a Mary. Lo descubrieron cuando la llevaron al hospital. Encontré el herbicida que había escondido en el cajón de la cómoda. En este piso tenía una navaja y un revólver que ni siquiera recuerdo haber comprado. Maté a unas personas, pero no recuerdo haberlas matado, o sea que no soy en realidad una asesina, sino sencillamente una loca. Por fin me he dado cuenta. Estoy loca y no puedo hacer nada por evitarlo. No te pueden culpar si haces cosas cuando estás loca. Si vine aquí e incluso llegué a matar a David, entonces queda claro que estoy loca, ¿verdad?

—Le atrae mucho la idea de estar loca, ¿verdad?

—Sí, supongo que sí.

—En ese caso, ¿por qué le confesó a alguien que había matado a una mujer arrojándola por una ventana? ¿A quién se lo dijo?

Norma volvió la cabeza. Titubeó hasta que por fin señaló a Claudia.

—Se lo dije a Claudia.

—Eso es mentira. —Claudia la miró con desprecio—. ¡Nunca me dijiste nada semejante!

—Lo hice, claro que lo hice.

—¿Dónde? ¿Cuándo?

—No lo sé.

—A mí me dijo que te lo había confesado todo —intervino Frances con voz pastosa—. Con toda franqueza, creí que estaba histérica y se estaba inventando toda la historia.

El psiquiatra miró a Poirot.

—Podría habérsela inventado —manifestó—, es algo muy posible. Pero en ese caso, tendría que encontrar un motivo, algo muy convincente para desear la muerte de dos personas: Louise Charpentier y David Baker. ¿Un odio infantil? ¿Olvidado durante años? Tonterías. Matar a David solo para «librarse de él» ¡Las chicas no matan por algo así! Necesitamos mejores motivos. ¡Digamos un montón de dinero! ¡Codicia! —Miró a los presentes y su voz recuperó un tono normal—. Necesitamos algo más de ayuda. Nos falta una persona. Su esposa tarda mucho en llegar, señor Restarick.

—No sé dónde está. La he llamado. Claudia ha dejado mensajes en todos los lugares posibles. A estas horas, lo menos que podría haber hecho era llamar.

—Quizá estemos equivocados —señaló Poirot—. Tal vez madame está aquí, al menos parcialmente.

—¿Qué quiere usted decir? —preguntó Restarick furioso.

—¿Me permite molestarla, *chère madame*?—Poirot se inclinó hacia la señora Oliver, que lo miraba sorprendida—. El paquete que le he confiado...

—¡Ah! —La señora Oliver metió la mano en la bolsa de la compra. Le entregó el paquete.

El detective oyó que alguien cercano contenía la respiración, pero no volvió la cabeza.

Deshizo el paquete y sostuvo en alto una brillante peluca rubia con un llamativo peinado.

—La señora Restarick no está aquí, pero en cambio tenemos su peluca. Interesante.

—¿De dónde diablos la ha sacado, Poirot? —preguntó Neele.

—De la bolsa de viaje de la señorita Frances Cary, antes de que ella tuviera la oportunidad de guardarla en otro sitio. ¿Probamos a ver qué tal le queda?

Sin perder ni un segundo, apartó el pelo negro que enmascaraba el rostro de Frances y le encasquetó la peluca. La mujer, convertida ahora en una rubia, los miró furiosa.

—Dios santo, es Mary Restarick —gritó la señora Oliver.

Frances se retorcía como una víbora. Restarick se levantó de un salto para acudir en su ayuda, pero Neele se lo impidió, sujetándolo por un brazo.

—No. No vamos a tolerar ninguna violencia por su parte. Se acabó el juego, señor Restarick, ¿o debo llamarle Robert Orwell?

El hombre comenzó a perjurar como un descosido. La voz de Frances se oyó con toda claridad.

—¡Cállate, maldito imbécil!

Poirot había abandonado su trofeo: la peluca. Ahora estaba junto a Norma y le tenía cogida una mano en actitud paternal.

—La pesadilla se ha acabado, hija mía. La víctima no será sacrificada. No está usted loca ni tampoco ha matado a nadie. Hay dos criaturas crueles y despiadadas que han conspirado contra usted, valiéndose de la administración de drogas y con mentiras, y han hecho todo lo posible para inducirla al suicidio y para hacerle creer en su culpabilidad y su locura.

Norma miraba horrorizada al hombre que se había hecho pasar por Andrew Restarick.

—¿Mi padre? ¿Mi padre? ¿Cómo ha podido hacerme algo así?

—No es su padre, *mon enfant*, es un hombre que vino aquí después de morir su padre, con la intención de asumir su identidad y apoderarse de una fortuna inmensa. Solo había una persona que podía reconocerle, o mejor dicho descubrir que este hombre no era Andrew Restarick: la mujer que había sido la amante de Andrew Restarick hace quince años.

Capítulo 25

Había cuatro personas sentadas en la sala del apartamento de Poirot. El detective en su sillón de respaldo recto, bebiendo una copa de *sirop de cassis*. Norma y la señora Oliver compartían el sofá. La escritora llevaba un atuendo muy festivo de brocado verde manzana y uno de sus terribles peinados. El doctor Stillingfleet ocupaba una silla y sus largas piernas parecían llegar a la mitad de la habitación.

—Bien, hay un montón de detalles que quiero saber —anunció la señora Oliver con un tono belicoso.

Poirot se apresuró a echar aceite sobre las aguas turbulentas.

—Por favor, *chère madame*, recapacite. Es muy difícil expresar con palabras la inmensa deuda que tengo con usted. Todas las ideas correctas me las sugirió usted.

La señora Oliver lo miró recelosa.

—¿No fue usted quien me explicó lo que significaba «la tercera muchacha»? Ese fue el punto de partida y también el de llegada. La tercera muchacha de las tres que vivían en el piso. Supongo que, técnicamente, Norma siempre fue la tercera muchacha. Sin embargo, cuando miré la situación desde un punto de vista diametralmente opuesto, todo encajó. La respuesta perdida, la pieza del rompecabezas perdido, siempre era la misma: la tercera muchacha. No sé si me explico correctamente, pero siempre fue la persona que no estaba allí. Para mí, no era más que un nombre.

—Me pregunto por qué nunca la relacioné con Mary Restarick —se lamentó la escritora—. Había visto a Mary Restarick en Crosshedges, había hablado con ella. Claro que la primera vez que vi a Frances Cary el pelo le ocultaba la mayor parte del rostro. ¡Algo capaz de confundir a cualquiera!

—Una vez más fue usted, madame, quien llamó mi atención sobre lo sencillo que es alterar la apariencia de una mujer con un cambio de peinado. Frances Cary, no lo olvide, había tomado lecciones de teatro. Lo sabía todo sobre el arte del maquillaje rápido. Podía alterar la voz a voluntad. Como Frances, tenía un pelo negro y lacio que le tapaba parcialmente el rostro, camuflado con un espeso maquillaje blanco, las cejas muy marcadas y pestañas postizas. Hablaba con una voz ronca. Mary Restarick, con la peluca rubia, una vestimenta convencional, un ligero acento sudafricano y un andar enérgico, ofrecía un aspecto radicalmente distinto. No obstante, al verla se tenía la sensación de que no era del todo real. ¿Qué clase de mujer era? No lo sé. Reconozco que con ella me llevé un buen chasco. No estuve a su altura.

—Vaya, vaya —intervino el doctor Stillingfleet—. ¿Qué está pasando aquí? Es la primera vez que le escucho decir eso, Poirot. ¡Es algo milagroso!

—No acabo de entender para qué quería dos personalidades —comentó la señora Oliver—. Parece una complicación innecesaria.

—No. A ella le era muy útil. Le facilitaba una coartada perpetua a voluntad. Pensar que todo el tiempo lo tuve delante de las narices y no lo vi. Estaba la peluca, que no dejaba de incordiarme en el subconsciente, pero sin ver cuál era el motivo. Dos mujeres que en ningún momento nadie había visto juntas. Sus vidas estaban ordenadas de modo que nadie se fijara en los largos períodos en los que faltaba una u otra. Mary viajaba a Londres con mucha frecuencia. Iba de compras, visitaba agencias inmobiliarias, siempre muy ocupada. Por su parte, Frances viajaba a Birmingham, a Manchester, incluso al extranjero. Era una asidua de los círculos bohemios de Chelsea. Tenía su grupo de jóvenes artistas, a quienes empleaba en diversas actividades que no merecerían el visto bueno de la policía. Se fabrican unos marcos especiales para la galería Wedderburn. Los nuevos valores de la pintura hacen allí sus exposiciones. Sus cuadros se venden muy bien y los envían al extranjero o a alguna exposición con los marcos llenos de heroína. También venden falsificaciones de los viejos maestros. Ella se encargaba de organizarlo. David Baker era uno de sus artistas contratados. El joven tenía el don de ser un magnífico copista.

—Pobre David —murmuró Norma—. Cuando lo conocí creía que era maravilloso.

—Aquel retrato —añadió Poirot con voz soñadora—. Siempre, siempre aparecía en mi memoria. ¿Por qué lo había llevado Restarick a su oficina? ¿Cuál era su significado? La verdad es que me reprocho haber sido tan obtuso.

—No entiendo lo del retrato.

—Fue una idea muy inteligente. Cumplían la función de un carnet de identidad. Un par de retratos, marido y mujer, pintados por un célebre y famoso retratista. Cuando los sacaron del depósito, David Baker reemplazó la pintura de Restarick por otra de Orwell, pintándolo con veinte años menos. A nadie se le hubiera ocurrido pensar que el retrato era un fraude: el estilo, las pinceladas, la tela, todo era perfecto. Restarick lo colgó en el despacho. Cualquier antiguo conocido de Restarick que hubiera podido decir «¡Apenas si te reconozco!» o «Has cambiado muchísimo» miraría el retrato y solo pensaría que había olvidado completamente el aspecto del hombre.

—Restarick, o mejor dicho Orwell, asumió un gran riesgo —opinó la señora Oliver con una expresión pensativa.

—Menos de lo que usted cree. No se presentaba a reclamar una herencia. Solo era un miembro de una conocida empresa de la City que había regresado a su casa después de la muerte de su hermano para ocuparse del papeleo y mantener la firma familiar. Regresó después de haber pasado muchos años en el extranjero con una nueva esposa y se instaló en la casa de un tío político viejo y casi ciego, pero muy distinguido, a quien no veía desde su infancia y que lo acogió sin hacer preguntas. Sin más familia que una hija que tenía cinco años cuando él abandonó a su primera esposa. En el año que se marchó a Sudáfrica, la empresa solo tenía dos empleados muy mayores, que ahora ya habían fallecido. El resto del personal eran jóvenes que eran reemplazados cada pocos meses, porque ya se sabe que en la actualidad nadie permanece demasiado tiempo en el mismo trabajo. El abogado de la familia también había muerto. Puede usted tener la seguridad de que Frances se encargó de estudiar a fondo el terreno después de decidirse a dar el golpe.

»Al parecer, ella lo conoció en Kenia hará unos dos años. Los dos eran delincuentes, aunque con intereses muy distintos. Él había estado metido en varios asuntos turbios de prospección. La cuestión es que Orwell trabó amistad con Restarick y juntos fueron a buscar yacimientos mineros en una zona remota. Corrió el rumor de que Restarick había muerto (probablemente cierto), que después fue desmentido.

—¿Supongo que habría una considerable cantidad de dinero en juego? —preguntó Stillingfleet.

—Una auténtica fortuna. Fue una jugada arriesgadísima para obtener una ganancia inmensa. Funcionó. Restarick era un hombre muy rico y el único heredero de la fortuna de su hermano. Nadie puso en duda su identidad.

Pero entonces las cosas comenzaron a ir mal. De pronto, él recibió una carta de una mujer que, si lo viera cara a cara, descubriría en el acto que no era Andrew Restarick. Luego apareció el segundo problema. David Baker comenzó a chantajearlo.

—Eso era de esperar —opinó el psiquiatra.

—Ellos no se lo esperaban. David era un inexperto en temas de chantaje. Supongo que la enorme riqueza de la víctima le hizo perder la cabeza. Consideró que la suma que le habían pagado por pintar el retrato falso era una miseria. Quería más. Restarick le entregó grandes sumas con la excusa de la hija, el dinero era para impedir un matrimonio desastroso. Si quería casarse con ella de verdad, es algo que ignoro. Quizá sí. Pero chantajear a dos personas como Orwell y Cary era un juego muy peligroso.

—¿Quiere decir que esos dos planearon matar a sangre fría a dos personas como si tal cosa? —preguntó la señora Oliver, que parecía a punto de vomitar.

—Tuvo usted suerte, madame, de que no la incluyeran en la lista —señaló Poirot.

—¿A mí? ¿Quiere decir que uno de ellos fue quien me golpeó en la cabeza? Supongo que fue Frances. El pobre Faisán era inocente.

—No creo que fuera el Faisán. Usted ya había estado en Borodene Mansions. Ahora quizá había seguido a Frances hasta Chelsea, o al menos así lo creyó ella, y se presentaba en el estudio con una historia bastante dudosa. En consecuencia, decidió darle un golpe en la cabeza para aplacar su curiosidad durante un tiempo. Usted no quiso escucharme cuando le advertí que podía estar en peligro.

—Resulta difícil de creer después de verla posando con pinta de heroína en aquel estudio cochambroso. Pero por qué... —La escritora se interrumpió. Miró al detective y luego a la muchacha—. La utilizaron con toda intención.

Le dieron drogas, manipularon su mente, le hicieron creer que había asesinado a dos personas. ¿Por qué?

—Necesitaban una víctima —respondió Poirot. Dejó el sillón y se acercó a Norma—. *Mon enfant*, ha pasado por una prueba terrible. Es algo que nunca más le sucederá. Recuerde que ahora tiene confianza en sí misma. Haber conocido tan de cerca lo que es la maldad la ha preparado para enfrentarse con garantía a los avatares de la vida.

—Supongo que tiene usted razón —manifestó la joven—. Creer que estás loca, creerlo de verdad, es algo escalofriante. —Se estremeció—. Todavía no entiendo cómo he conseguido salir de todo este embrollo. Me parece imposible que alguien creyera que yo no había matado a David, cuando yo misma creía haberlo hecho.

—Fue la sangre —explicó el doctor Stillingfleet—. Comenzaba a coagularse. La camisa estaba «tiesa», como dijo la señorita Jacobs, no mojada. Se suponía que usted lo había asesinado cinco minutos antes de que Frances montara el número de los gritos.

—¿Cómo lo hizo? —preguntó la señora Oliver, que empezaba a atar cabos—. Estaba en Manchester.

—Regresó en tren a primera hora de la tarde. Se transformó en Mary durante el trayecto. Entró en Borodene Mansions. Subió en el ascensor como una rubia desconocida. Entró en el piso donde David la esperaba, tal como ella le había indicado. El muchacho no sospechaba una traición y ella lo apuñaló. Luego volvió a salir y aguardó hasta que apareció Norma. Se quitó la peluca y cambió de maquillaje en un baño público y, a continuación, aguardó unos minutos y, cuando pasaba una amiga, caminó con ella hasta la entrada de Borodene Mansions. Después montó toda aquella pantomima y, sin duda, disfrutó haciéndola. Para cuando llamaron a la policía y se presentaron, ya estaba segura de que nadie sospecharía del salto en el tiempo. Debo decir, Norma, que aquel día nos las hizo pasar canutas. ¡Vaya manera de insistir en que había matado a medio mundo!

—Quería confesar y acabar de una vez por todas. ¿Usted creyó en algún momento que era la autora de los asesinatos?

—¿Yo? ¿Por quién me toma? Sé muy bien lo que mis pacientes harán o dejarán de hacer. También sabía que nos pondría las cosas difíciles. Lo que no sabía era hasta qué punto Neele se jugaría el cuello. La verdad es que no me parecía un procedimiento normal, y reconozco que dejó su suerte en manos de Poirot.

—El inspector Neele y yo nos conocemos desde hace muchos años —afirmó el detective con una sonrisa—. Además, él ya había hecho ciertas investigaciones. Usted nunca estuvo delante de la puerta de Louise. Frances cambió los números. No tuvo más que invertirlos. Es fácil porque los números están sueltos. Aquella noche Claudia no estaba. Frances le suministró más drogas para que todo el asunto se transformara en una pesadilla.

»Entonces, sin más, descubrí la verdad. La única otra persona que podía haber asesinado a Louise era la auténtica tercera muchacha, Frances Cary.

—Usted estuvo a punto de reconocerla —le dijo el psiquiatra a Norma—, cuando me describió cómo una persona parecía transformarse en otra.

La joven adoptó una expresión pensativa mientras miraba al psiquiatra.

—Fue usted muy descortés con aquellas personas —opinó.

—¡¿Descortés?! —exclamó el médico sorprendido.

—Las cosas que dijo a todo el mundo. La manera de gritarles.

—Ah, bueno, sí, quizá lo fui. Pero es que la gente puede llegar a ser tan irritante. —De repente, sonrió a Poirot—. Es toda una mujer, ¿verdad?

La señora Oliver dejó el sofá con un suspiro.

—Me voy a casa —anunció. Miró a los dos hombres y después a Norma—. ¿Qué vamos a hacer con ella?

Ambos se quedaron sin respuesta.

—Se quedará conmigo por ahora —añadió la escritora—, ella se sentirá muy feliz en mi casa. Pero me refiero a que hay un problema, que no es ni más ni menos que las montañas de dinero que le dejó su padre. Todo eso traerá un sinfín de complicaciones, cartas de la beneficencia y de pedigüeños de todo el país, todas esas cosas. Siempre queda el recurso de que se vaya a vivir con sir Roderick, pero eso no resultaría divertido para una muchacha. El viejo es sordo, casi ciego y un completo egoísta. Por cierto, ¿qué pasó con toda aquella historia de los documentos desaparecidos, de la chica y de Kew Gardens?

—Aparecieron en un lugar donde ya había mirado antes. Sonia los encontró —respondió Norma—. El tío Roddy y Sonia van a casarse. La semana que viene.

—No hay peor tonto que un viejo tonto —afirmó el psiquiatra.

—¡Ajá! —exclamó Poirot—. Así que la joven damisela prefiere vivir en Inglaterra en lugar de verse enredada en *la politique*. Esa chica es muy sabia.

—¡Un problema resuelto! —afirmó la señora Oliver—. Pero volviendo al tema de Norma, hay que ser práctico. Hay que trazar planes. La chica no puede decidir ella sola todo lo que quiere hacer. Está esperando que alguien se lo diga.

Miró a los dos hombres con expresión severa. Poirot sonrió.

—¿Ah, ella? —dijo el doctor Stillingfleet—. Le diré algo, Norma. El martes que viene me voy a Australia. Primero quiero echar una ojeada. Comprobar que lo que me han preparado funcionará y todo eso. Luego le enviaré un telegrama y podrá venir a reunirse conmigo. Entonces nos casaremos. Le doy mi palabra de que no me interesa su dinero. No soy uno de esos doctores que pretenden montar una magnífica clínica o grandes laboratorios científicos. Solo me interesan las personas, y creo que usted será capaz de gobernarme bastante bien. En cuanto a aquello de que soy descortés, bueno, no me había dado cuenta. Es curioso, pero aunque en todo aquel embrollo usted parecía la indefensa, le aseguro que será usted la que me gobierne y no a la inversa.

Norma permaneció inmóvil. Miró a John Stillingfleet con mucha atención, como si estuviera pensando en algo que conocía desde un punto de vista completamente distinto.

Entonces sonrió con una sonrisa muy bonita, como la de una niña feliz.

—De acuerdo.

Se acercó a Poirot.

—Yo también fui muy descortés. El día que fui a verle cuando usted estaba desayunando. Le dije que era demasiado viejo para ayudarme. Fue una descortesía por mi parte y, además, no es cierto.

Apoyó las manos sobre los hombros del detective y le dio un beso en la mejilla.

—Será mejor que nos consiga un taxi —le dijo al psiquiatra.

El doctor Stillingfleet asintió y salió de la habitación. La señora Oliver recogió el bolso y la estola de piel. Norma se puso el abrigo y la siguió hasta la puerta.

—Madame, un petit moment.

La señora Oliver se volvió. Poirot había recogido de entre los cojines del sofá un rizo de pelo gris.

—¡Es como todo lo que fabrican en la actualidad! —exclamó la mujer irritada—. No sirven para nada. Me refiero a las horquillas. Se aflojan y todo se viene abajo.

Salió con el entrecejo fruncido. Un par de segundos más tarde, asomó la cabeza.

—Acláreme una cosa... No se preocupe, que le he dicho a la chica que bajara. ¿La envió usted a ese médico con alguna intención?

—Desde luego. Sus méritos...

—Olvídese de los méritos. Ya sabe lo que quiero decir. Él y ella... ¿Lo pensó antes?

—Puesto que tiene tanto interés por saberlo, le diré que sí.

—Ya me lo parecía. Piensa usted en todo, ¿verdad, Poirot?

www.coleccionagathachristie.com